SALMACIS

EMMANUELLE DE JESUS

SALMACIS

L'ÉLUE

hachette

Hachette Livre, 43, quai de Grenelle, 75015 Paris.

Aux intimes évidences qui deviennent la vie.

Tapez « 11 septembre » sur Google et des millions de pages s'affichent : vidéos des avions qui s'écrasent, des tours jumelles qui s'effondrent ; ceux qui choisissent de se jeter dans le vide et ceux qui disparaissent, leurs cris étouffés par le fracas des blocs de béton… Le plus bouleversant à mes yeux est un simple fichier Word qui égrène les noms des 2 976 victimes disparues dans les Twin Towers. Sobrement classés par ordre alphabétique, sans aucune photo, ils sont rassemblés dans ce cimetière virtuel. On ne sait rien de plus : ni leur âge, ni leur nationalité, ni les raisons pour lesquelles ces victimes se sont trouvées là, au point précis du déchaînement de la folie des hommes.

Le 11 septembre 2001, mon père, Paul Sullivan, venait rencontrer à New York l'avocat d'une société américaine de distribution de films. Pas une major, mais une boîte indépendante tombée raide du court métrage que mes parents avaient réalisé sur Tom, avocat dandy devenu SDF à cause d'une histoire d'amour véreuse. Tom ne sentait plus très bon ; pourtant, mais chaque dimanche matin, ses plaidoiries avinées mais brillantes devant Beaubourg étaient saluées par un public fidèle qui venait là comme au théâtre. Les gamins du quartier lui refilaient des clopes, les bobos des euros (le tout rapidement partagé avec ses homologues clodos dans des bars crades, Tom jouant le grand seigneur). Papa l'avait repéré, convaincu de se laisser filmer, ils étaient devenus potes. Des heures de rushes que maman, monteuse d'exception, déroulait le soir, les yeux brillants. Et pendant les quelques mois où maman s'est entièrement consacrée à « leur » film sur Tom, mes parents ont vécu comme des vampires…

Dans un reportage consacré à la courte mais fulgurante carrière de Paul Sullivan, maman avait accepté de témoigner. Son regard vide, des années après la mort officielle de papa, en disait long sur la douleur qui n'avait cessé de grandir. La vie semblait couler d'elle comme le sang d'un coup de rasoir sur une veine.

Le journaliste, un type à fleur de peau, avait su éviter le gros plan sur les larmes et les lèvres tremblantes de maman pour se concentrer sur ses mains qui dessinaient des calligraphies aériennes ressemblant à des caresses. C'était encore plus terrible d'imaginer son visage.

Berlin, Cannes, Venise : les images suivantes montraient mes parents, resplendissants sur les tapis rouges et leurs baisers intenses, indécents, interminables, alors que sur scène une star les attendait pour leur remettre un trophée récompensant leur court métrage.

Pendant des années, le Lion ailé, le César et l'Ours dorés ont capté le soleil du matin sur le rebord de la fenêtre du bureau de nos parents, devenu celui de maman. Elle les tenait serrés contre elle lorsqu'un 11 septembre, exactement dix ans après la mort de papa, elle a basculé de cette même fenêtre. Peut-être parce qu'ils étaient éclaboussés de sang, aucun des passants attirés par le drame n'a pensé à s'en emparer : ils étaient encore là lorsque les policiers ont ceinturé son corps d'un cordon de sécurité, encore là lorsque les pompiers l'ont emmenée, encore là lorsque Tom, mis au courant par radio-clochards et à peu près à jeun, les a ramassés. C'est notre héritage, à mon jumeau et à moi : les trophées cabossés d'un amour bousillé par la mort. Ils sont dans ma valise, alors que Sasha et moi parcourons les derniers kilomètres qui nous emmènent chez tante Anna, la sœur de maman, chez qui nous allons vivre désormais.

Et ça m'effraie. Car si nous adorons Anna et son chalet perdu dans la cambrousse, nous le connaissons seulement en plein été. Nos parents nous y envoyaient respirer l'air de la montagne en compagnie de notre écrivain de tante, qui gagne sa vie en publiant des polars gore traduits en plusieurs langues (elle a même un agent à New York). Mais de là à y habiter…

À peine descendue du train, je la vois, les traits ravagés malgré son grand sourire. Je lui tombe dans les bras tandis que Sasha et Ben, le compagnon d'Anna, se font une sorte d'accolade, un truc à mi-chemin entre le hug américain et le salut des gladiateurs. Bien sûr, la rentrée a lieu dans quelques jours, bien sûr il fait froid, bien sûr une pluie brouillasse nous tombe dessus. Tellement lugubre que nous ne pouvons qu'éclater de rire.

— Bienvenue à la maison, tente Anna. J'espère que ça va aller…

— Il va bien falloir, grogne Sasha.

Et bien sûr, la vie doit continuer…

NOTRE PLACEMENT CHEZ ANNA était assorti d'une injonction légale : poursuivre nos études dans un pensionnat. Notre tante, entre sa carrière d'écrivain et ses virées à New York où elle avait séduit Ben (« Le sosie de Basquiat, je ne pouvais pas le laisser à une autre »), n'avait pas eu le temps (ni l'envie, je suppose) de faire des enfants. Nous accueillir les week-ends semblait un compromis rassurant entre continuité familiale et obligation de scolarité.

À une heure à peine du chalet, Sasha et moi étions devenus les heureux nouveaux pensionnaires d'une sorte de *high school* privée à l'américaine où des « fils de… » (artistes, financiers, sportifs de haut niveau) suivaient un enseignement dispensé en plusieurs langues par des profs triés sur le volet. Le montant annuel des frais scolaires, absolument scandaleux, était équivalent au PIB d'un État en voie de développement – j'exagère à peine. Anna avait balayé l'argument d'un revers de main.

C'est ainsi que quelques jours après avoir défait les valises, j'étais à nouveau en train de contempler le César, le Lion et l'Ours abîmés : devaient-ils ou non me suivre dans cette nouvelle vie ? Comme souvent en pareil cas, j'allais consulter Sasha. Je m'apprêtais à rejoindre sa chambre lorsqu'il est apparu. Son regard est tombé sur les trophées.

— Tu crois que je dois les prendre ? lui ai-je demandé.

— Franchement, Faust, je m'en fous.

Lorsque mon frère m'appelle Faust, diminutif que je déteste presque autant que mon prénom réel, Faustine, c'est que quelque chose ou quelqu'un (moi, le plus souvent) l'a contrarié. En soupirant, j'ai posé mes copains au pied de mon lit. Quelques heures plus tard, je me relèverais pour les glisser dans ma valise…

Cela semble un cliché, mais celui-ci est vrai : seuls les jumeaux peuvent comprendre ce lien particulier unissant deux êtres qui, pendant neuf mois, ont partagé cette intimité unique, le ventre d'une mère. Vrais ou faux jumeaux, comme Sasha et moi, peu importe : c'est ce temps passé collés l'un à l'autre qui a fondé en grande partie notre caractère, notre tempérament, notre personnalité. Et, dans notre cas, jusqu'à notre physique. Avec quelques années de recul, je comprends le trouble de ceux qui nous voient pour la première fois, copies quasi conformes l'un de l'autre : même silhouette longiligne, même peau mate, mêmes yeux verts, les jeans que nous nous échangions, les polos de mon frère que je portais aussi bien que lui en raison de mes seins inexistants. Et les longs cheveux blond vénitien de Sasha qu'il se refusait à faire couper « puisque Faustine ne le faisait pas non plus ».

Sasha. Depuis nos douze ans, mon frère jubilait à nous entraîner toujours plus loin sur le chemin de la confusion. C'est lui qui, m'accompagnant dans les magasins comme une bonne copine, aiguillait mon choix de fringues, comme par hasard des teintes sourdes, des coupes unisexes, une mode androgyne qui servait nos corps identiques. Les amis artistes de nos parents trouvaient ça d'enfer ; mais moi, j'aurais sûrement fait d'autres choix si je n'avais eu, toute mon enfance, l'impression d'être devant un miroir…

Je suis née un bon quart d'heure avant Sasha. Comme si, en me voyant apparaître, la Nature avait fait d'ultimes réglages avant de lui permettre de faire son entrée dans le monde. Je suis le brouillon de mon frère : mon visage ressemble à l'ébauche d'une sculpture quand celui de Sasha est un chef-d'œuvre. Mon corps est flou, incertain, quand le sien, malgré sa sveltesse, est un assemblage parfait de muscles effilés et de peau soyeuse. J'ai entendu ce refrain jusqu'à notre entrée au collège (grâce au rabâchage exalté de notre nounou un peu timbrée, une étudiante attardée des Beaux-Arts, d'où ces comparaisons extrêmement flatteuses pour mon ego) et j'ai fini par le croire. L'amour que je porte à mon frère a fait le reste. Je ne lui en veux pas, au contraire : cette injustice a fini par rendre légitime l'adoration que je lui voue.

La rentrée dans un nouvel établissement scolaire a des allures de parcours du combattant : se repérer dans des lieux inconnus, faire connaissance avec de nouveaux profs. Et, bien sûr, supporter les regards de vos pairs, plus ou moins bienveillants. Oui, il s'agit ce jour-là d'une épreuve, qui met à nu vos facultés à faire votre trou. Du moins pour moi, car Sasha a toujours eu le chic pour rassembler en quelques heures, autour de lui, une bande de copains dévoués et admiratifs ; sans compter les filles en pâmoison. Moi, je suis celle qui se cache, celle qu'on découvre, celle que l'on compare ; je suis la sœur zarbi du mec très sympa, du petit ami rêvé, du surdoué si cool ; je suis celle qui vit dans l'ombre de son frère. Cela a toujours été ma place et jamais je n'ai eu l'idée de m'en plaindre. Si je devais être totalement honnête, je dirais même que cela m'arrange : c'est plus facile d'avancer lorsqu'un phare éclaire votre route, balise le chemin, vous évite les obstacles. L'amour que je porte à Sasha, il me le retourne en prenant soin de moi. Notre complicité est un cocon dont je n'ai pas la moindre envie de sortir.

En pénétrant dans l'immense hall de l'École Mont Angèle (quel nom !), je baissais déjà la tête, histoire d'éviter les regards qui allaient immanquablement se poser sur notre paire si mal assortie. Mais Sasha et moi avons été presque aussitôt séparés, car si l'école était mixte, les dortoirs ne l'étaient pas, et j'ai dû suivre un professeur dont la tâche, ce jour-là, consistait à conduire une cinquantaine d'adolescentes vers leurs lits respectifs, chacune scannant l'allure de sa voisine et espérant secrètement l'avoir comme compagne de chambre – ou pas. J'avais, moi, une seule envie : qu'on me parle le moins possible. Partager ma chambre avec une muette aux tendances autistiques m'aurait comblée. Mais quand j'ai poussé la porte de ce qui allait désormais être mon univers, je suis (bien sûr !) tombée sur l'exact contraire de mon idéal.

Ma voisine avait accaparé une bonne partie de l'espace disponible avec des valises, sacs, vanity et housses de toutes les dimensions. Même une inculte de la mode comme moi savait reconnaître la calèche et l'orange *so chic* qui ornaient cette débauche de bagagerie. Elle parlait d'une voix flûtée, horripilante, dans son portable en entrecoupant ses phrases de mots incompréhensibles. Le regard qu'elle m'a lancé après un examen de quelques nanosecondes était la réplique exacte de celui du Parisien qui vient de marcher dans une crotte de chien. J'ai eu la vague impression qu'on n'allait pas devenir de grandes copines.

— Salut, lui ai-je dit.

Elle s'est carrément tournée vers le mur pour ne pas avoir à répondre, et elle a repris sa conversation. Génial. L'année commençait bien !

J'ai balancé ma valise sur le second lit, à côté de la fenêtre, avant de quitter la chambre en quête de, je ne sais pas, un peu de réconfort. Sasha n'était pas dans le hall, mais il y avait là un distributeur de saletés bien grasses et bien sucrées. J'ai fait le plein de barres chocolatées et de Coca avant de m'effondrer sur une banquette pour regarder passer mes condisciples. Une fille est venue s'asseoir à côté de moi. Une fille un peu trop ronde, un peu trop rougeaude et très souriante, bref, une fille parfaite pour un petit moment de blues. Une fille qui m'a saluée…

— Bonjour !

— Salut !

— Tu es nouvelle ?

— Euh… oui. Faustine. Salut.

— Cora. Ça fait quatre ans que je suis ici, j'ai vu que tu étais nouvelle… Tu as choisi tes dominantes ?

— Hein ?

— Oui, tes dominantes ! Tous les cours ou presque sont à la carte, mais tu dois choisir ceux qui sont obligatoires dans une liste. C'est ça, les dominantes. Après, tu dois aussi choisir tes optionnelles, les cours qui ont moins de coefficient, et puis bien sûr il y a les disciplines artistiques et, euh… le sport.

— Ah, ouais. Non, j'ai encore rien choisi. Et pour le sport, le mieux, c'est de prendre un machin collectif, comme ça, ça se voit moins si tu es nulle…

Elle s'est penchée vers moi.

— C'est une bonne idée. Si tu veux, je t'accompagne au Gymnasium pour que tu t'inscrives…

Gymnasium ! Mais où j'étais tombée, moi ?

La différence entre un « gymnase » et un « Gymnasium », outre le titre prétentieux, tient peut-être à la superficie du bâtiment. Celui-ci était immense. Sur presque toute sa largueur, des tréteaux supportaient des planches encombrées de brochures vantant les mérites de telle ou telle discipline. Il m'a suffi d'un coup d'œil aux posters d'athlètes souriant bêtement épinglés sur le mur pour avoir envie de me casser une jambe. Les types (« les coaches », m'a soufflé Cora) assis derrière les tréteaux n'ont pas arrangé mon moral.

— Je vais devoir te laisser, m'a annoncé Cora. Mais si tu veux, on mange ensemble à la cafèt', ce soir ?

— Eh bien, euh… d'accord. À la cafèt'. Super.

Je devais vraiment avoir l'air paumée.

— Dix-neuf heures, ne sois pas en retard, sinon il y a moins de choix.

— OK. J'y serai. Il y aura sans doute mon frère.

— Super ! À tout' !

Je me suis tournée vers les « coaches » du « Gymnasium ». Franchement, je ne savais pas trop quoi faire, je me suis donc adressée au plus proche.

— Monsieur ?

Il m'a regardée des pieds à la tête avant de sourire.

— Ah, moi, ma petite, je ne pourrai rien pour vous !

Je me suis sentie rougir de honte en voyant le poster derrière lui : deux coureurs affublés de prothèses. Visiblement, je m'adressais au responsable handisport…

— C'est-à-dire… euh… (La misère !) Il y a pas un catalogue avec toutes les disciplines ?

— Pour les valides, tu veux dire ?

— Euh… oui.

Il avait l'air de prendre son pied, c'est le cas de le dire. Il s'est tourné vers un de ses collègues, a attrapé une brochure dans le tas qui s'écroulait devant celui-ci et me l'a tendue.

— T'inquiète pas, je te taquine !

— Euh… d'accord.

La honte.

Je me suis enfuie dans un coin du Gymnasium, le plus loin possible de ce type. Sans m'en rendre compte, je me suis retrouvée dans un groupe d'élèves silencieux, qui gardaient les yeux rivés sur le mur. J'ai suivi leur regard.

C'est là, à cette seconde, que ma vie a été bouleversée.

Sur le mur d'escalade face à moi, un garçon faisait une démonstration. Son corps souple semblait glisser le long de la paroi. Sa main gauche a effleuré une prise et, pendant un instant fugace, j'ai cru qu'il allait chuter ; mais ses pieds ont trouvé un appui comme par magie. Ses mouvements étaient si fluides qu'on ne devinait pas l'effort. On aurait dit un magnifique reptile, une créature surnaturelle. Il montait, toujours plus haut, s'arrêtant parfois quelques secondes le temps d'enduire ses doigts de magnésie, cette poudre blanche et fine qui sert à renforcer l'adhérence sur les prises.

J'étais fascinée, comme le groupe d'admirateurs autour de moi. Le garçon (il était un peu plus âgé que moi, peut-être un Prépa ?) abordait un passage délicat : une espèce de fente dans la paroi. Je me suis demandé comment il allait s'y prendre, mais il a franchi sans heurt la difficulté, croisant et décroisant les mains, comme un pianiste virtuose. J'étais presque tentée d'applaudir mais, à cet instant précis, il a enchaîné plusieurs mouvements pour se rapprocher de la dernière épreuve du parcours : un surplomb qui semblait vouloir se détacher de la paroi. Je le voyais déjà, misérable et pantelant, sauvé par son baudrier et la corde rouge fixée dans un mousqueton au plafond et retenue au sol par un équipier attentif que je n'avais même pas remarqué jusque-là…

Le garçon s'est arrêté un court instant pour considérer la lèvre du surplomb. J'ai cru qu'il voulait évaluer du regard le meilleur parcours, au lieu de quoi il a caressé la paroi du bout des doigts. J'ai frissonné. Sans prévenir, il a lancé sa main gauche par-dessus le surplomb et agrippé une prise. Pendant quelques secondes, tout son corps est resté suspendu à cette seule main. Je devinais la tension de ses muscles, j'imaginais sa douleur ; mais soudain, d'une torsion des reins à la fois brutale et sensuelle, il s'est redressé et d'un seul élan, a saisi une deuxième prise en plaquant son ventre contre le mur. J'avais le souffle coupé. J'ai suivi dans une brume ses derniers mouvements pour gagner une petite plateforme, tout en haut du mur. Là, il s'est tourné vers nous, silhouette perchée à plus de quinze mètres venant de vaincre l'apesanteur, et il nous a souri.

Nous étions toujours figés. Mais ce sourire nous a libérés. J'ai applaudi comme les autres, sans le quitter des yeux, tandis qu'il se laissait glisser le long de la corde rouge jusqu'au sol. Quand nous nous sommes calmés, un type d'une cinquantaine d'années, qui avait suivi sa progression, s'est dirigé vers nous.

— Je suis Patrick Gilles. J'enseigne l'escalade, discipline dont mon assistant Andrea vient de vous faire une démonstration…

Le garçon, qui était en train de plier les cordes, a levé la main vers nous pour nous saluer, mais est resté à l'écart. Il semblait à peine plus âgé que nous, et même revenu sur terre, il était toujours aussi troublant…

— Mes cours ne sont malheureusement pas ouverts à tous. L'escalade exige rigueur et discipline, choses difficiles à acquérir dans un groupe trop important ! Je sélectionne donc les élèves les plus prometteurs et leur impose un entraînement sévère afin de ne garder que les meilleurs. Je vous dis ceci afin d'éviter que nous perdions du temps avec des dilettantes ou des rêveurs qui s'imaginent que ce que vient de faire Andrea est à la portée du premier venu. Je forme uniquement des champions, des vainqueurs de sommets, pas des promeneurs du dimanche. J'attends demain à 9 heures les candidats et les candidates au pied de ce mur.

Il a parcouru un instant notre groupe du regard, devenu plus compact à mesure de la progression du garçon – Andrea –, et a conclu :

— Je prendrai dix personnes, pas une de plus.

Quand j'ai quitté le Gymnasium, j'avais oublié mon ambition de faire profil bas dans une quelconque équipe se passant un ballon. Je voulais devenir comme ce garçon, dont le sourire hors du temps me hantait, oublier la terre… et, toute à ma contemplation, je n'avais pas une seule fois pensé à Sasha.

J'ai retrouvé mon frère au réfectoire, entouré par quelques nouvelles groupies. Parmi lesquelles, misère, figurait mon amie secrète, miss Bagagerie.

— Faustine !

Sasha était plus beau que jamais ; être le point de mire de l'assistance semblait le nimber d'une lumière que j'imaginais un peu plus éclatante à chaque pas me rapprochant de lui.

— Je vous présente Faustine, ma jumelle. Et voici Éric, Yohan, David, Lola et… Elzbieta.

Évidemment, en plus de son physique de mannequin, mademoiselle Perfection était dotée d'un prénom élégant et mystérieux… Son sourire éclatant, apparemment sincère, était digne de l'Oscar de l'hypocrisie lorsqu'elle s'est tournée vers moi.

— Faustine ! Quelle chance que nous soyons coturnes ! (« Coturnes ! » Encore leur jargon débile !) Je suis si charmée de te connaître…

Sa voix flûtée et son accent faisaient comme un tintement de grelots. À l'écouter, je n'avais pas immédiatement pris conscience que, comme d'habitude, les regards allaient du visage de Sasha au mien.

— Tu te rends compte, Faustine, Elzbieta est une princesse en euh… Pologne, c'est ça ?

Depuis quand Sasha, qui avait suivi papa lors de ses virées chez les clochards copains de Tom, admirait-il les princesses ? J'ai regardé la cour qui entourait mon jumeau et soupiré intérieurement. J'aurais bien voulu lui demander son avis, pour l'escalade… Mais quelque chose chez « Elzbieta », plus encore que chez les autres, me mettait mal à l'aise. Tant pis, ce serait pour plus tard.

— J'ai promis à une fille de dîner avec elle. Désolée si je ne reste pas, Sasha…

Et je les ai plantés là, une première pour moi, sous l'œil ébahi de mon frère. Oui, quelque chose avait changé. Mais quoi ?

Revenue dans ma chambre, j'ai sorti l'Ours, le César et le Lion de mes bagages. Devaient-ils, comme dans le bureau de maman, capter le soleil sur le rebord de la fenêtre ? J'ai regardé le bazar d'Elzbieta et imaginé, dans un frisson, ses questions sournoises, son regard méprisant sur les trophées devenus dérisoires, sa fausse sollicitude pour accaparer – ça, je l'avais bien compris – l'attention de Sasha. Je les ai reposés doucement au milieu de mes fringues et j'ai refermé la valise.

Dans le couloir, des filles parlaient à haute voix d'une fête « trop géniale » pour la rentrée, qui devait avoir lieu je ne sais trop quand. Et d'une réunion de nanas « trop sympas » qui se déroulait en ce moment même dans la salle commune des filles. J'ai deviné sans peine où était Elzbieta. J'avais donc tout mon temps pour me mettre au lit, et toute la nuit pour imaginer ce que serait demain l'épreuve d'escalade. Mon dernier souvenir avant de m'endormir a été, tout là-haut sur la plate-forme, le sourire du garçon, et l'écho de son prénom étrange : Andrea.

8 HEURES, LE LENDEMAIN MATIN. Au réfectoire, j'ai retrouvé Cora devant le stand des viennoiseries. Elle a posé une troisième brioche sur son plateau avant de me rejoindre devant les pyramides de fruits. À l'idée de l'épreuve qui m'attendait dans le « Gymnasium » – voilà, j'étais intégrée – je savais déjà que je n'arriverais à rien avaler.

— Salut, Cora.

— Salut ! On mange ensemble ?

Je m'en étais doutée, je ne voyais Sasha nulle part, et je m'imaginais mal poireauter toute seule jusqu'à 9 heures. Alors, va pour le petit déjeuner avec l'historique de l'établissement et le pedigree des élèves VIP en fond sonore…

Cora se dirigeait vers une table à l'écart où se trouvaient déjà trois ou quatre types et deux filles, tous plongés dans des bouquins. Ses copains ? Pas vraiment. Plutôt une réunion des mal foutus, des losers, des exclus de la masse des élèves : filles pas assez jolies ou trop malignes, mecs qui ont oublié d'être cool. Je me représentais assez bien notre table au moment de m'asseoir en face de Cora : une nature morte de débris rejetés par la mer et laissés sur la plage à marée basse, des déchets bons pour la poubelle, à moins qu'un esprit un peu artiste, un peu poète, ne s'en empare pour leur laideur sympathique et leur absence de clinquant. Déjà je nous avais baptisés « Le Clan des Proscrits ». Comme prévu, Cora s'est lancée dans la description de notre première journée, mais une seule chose m'intéressait.

— Patrick Gilles, tu sais quoi sur lui ?

— Qui ça ?

— Patrick Gilles. Le prof d'escalade.

— Ah lui ! C'est une superstar dans la discipline, il paraît. Bon, je t'avoue que le sport, c'est pas trop mon truc. Mais je sais qu'il est malade, c'est pour ça qu'il est devenu prof ici.

— Comment ça, malade ?

— Oui. Un truc évolutif, enfin, je sais pas trop. Tout ce que je sais, c'est qu'il forme des pros. Pourquoi tu me demandes ça ?

— J'ai vu une démo hier, et il recrute une nouvelle classe ce matin. Je crois que j'ai envie d'essayer…

— Oh ! Tu crois ? Pour tes optionnelles, c'est ça ?

— Euh, oui. Voilà. Je ferais bien d'y aller d'ailleurs ; j'ai pas envie d'être en retard.

— Mais… T'as rien mangé !

— Pas grave. On se voit plus tard, je te raconterai !

Dans le hall, j'ai cherché Sasha, à nouveau, sans succès. Alors j'ai foncé vers le Gymnasium.

Il y avait un monde fou à l'épreuve d'escalade. J'ai failli renoncer mais, encore une fois, le sourire de ce garçon, Andrea, m'est revenu en mémoire. Moi aussi, je voulais connaître le bonheur qui avait illuminé son visage lorsqu'il était parvenu en haut du mur. C'était un sourire que je reconnaissais. Le sourire comblé de mes parents lorsqu'ils étaient ensemble ; quelque chose, je m'en rendais bien compte, dont j'avais désespérément besoin…

Soudain, un murmure a interrompu mes pensées, et l'émotion qui commençait à me gagner : Patrick Gilles venait d'arriver.

— Tout ça ?

Visiblement, le succès de son offre de recrutement agaçait le prof.

— J'espère que vous avez bien saisi que cette formation, quoiqu'optionnelle, va vous coûter énormément d'efforts. Je serai sur votre dos à longueur d'année. Vous louperez des sorties, des fêtes, des heures de sommeil, pour être dignes de rester dans mon cours. Que ceux qui ne se sentent pas capables d'endurer tout cela ne me fassent pas perdre mon temps !

Quelques personnes sont parties. Patrick Gilles a jaugé le groupe de ceux restés sur place, puis a désigné deux immenses cantines métalliques.

— Vous trouverez là-dedans des chaussons ainsi que des dossards. Vous avez quinze minutes pour revenir ici en short et maillot.

Il m'en a fallu bien moins pour être au pied du mur d'escalade ; j'avais déjà prévu une tenue adéquate sous mes affaires. Devant les cantines, une fille m'a tendu un dossard – numéro 6 pour moi. À quelques mètres, Patrick Gilles aidait un candidat à régler son baudrier.

Une fois le groupe rassemblé à nouveau, il a lancé ses instructions.

— Sur le mur, différentes voies sont indiquées grâce à la couleur des prises. Vous devrez parvenir le plus haut possible en suivant la voie verte, celle des débutants. Éva vous assurera en cas de chute : vous serez retenu par le baudrier. Lorsque tout le monde sera passé, je choisirai dix d'entre vous. Ma décision sera sans appel, inutile de gaspiller votre salive. Candidat numéro 1, c'est à vous.

« Candidat numéro 1 » était un type athlétique, avec des membres longs qui lui donnaient l'air d'une araignée. Il a commencé son ascension, lentement, prise après prise. J'ai jeté un regard à Patrick Gilles : après quelques secondes, il ne le regardait même plus. Le type est arrivé au sommet sans paraître essoufflé. Le haut du mur s'achevait par une petite plate-forme où quelqu'un que je n'avais pas vu s'est avancé. Mon cœur a fait un bond : c'était Andrea… En souriant – toujours ce sourire ! – il a aidé le candidat à ôter son baudrier, qu'il a lancé vers notre groupe. Éva l'a récupéré au bout du cordage accroché à une poulie fixée au plafond du Gymnasium avant d'aider le numéro 2, une fille, à s'équiper.

À trois mètres du sol, elle s'est arrêtée avant de supplier qu'on la fasse redescendre. Mon tour venu, je n'avais qu'une idée en tête : parvenir sur la plate-forme.

Sous ma main, la première prise avait un contour doux, poli comme un galet, mais sa matière, une résine qui ressemblait à une pierre de lave, adhérait à la paume. Je me suis hissée vers la deuxième, puis la troisième prise. Mes pieds ont trouvé leur position naturellement… et soudain, des larmes me sont montées aux paupières : cela faisait des mois que je n'avais pas ressenti cette merveilleuse sensation d'être à ma place. Je m'élevais sans réfléchir, empoignant les prises, posant sans tâtonner l'extrémité de mes orteils, savourant la sensation d'être en contact avec le mur à travers la semelle ultrafine de mes chaussons.

J'ai levé les yeux : à trois mètres au-dessus de moi, Andrea me fixait, m'encourageant à le rejoindre. Nos regards se sont noués. Il avait des yeux incroyables, à l'iris violet, frangés de longs cils très noirs, que l'on aurait dits maquillés, une bouche en arc, sensuelle, qui s'est ouverte sur des dents étincelantes au moment où il a esquissé un sourire… Ma dernière vision avant de perdre l'équilibre.

Sans avoir le temps d'avoir peur, je me suis retrouvée suspendue par mon baudrier, brutalement arrachée à cette merveilleuse sensation de légèreté que j'avais éprouvée sur le mur, à cette émotion qui m'avait envahie lorsque Andrea m'avait dévisagée. Je devais paraître minable, accrochée comme un appât à un hameçon, ou un morceau de steak au crochet d'une boucherie ! En touchant terre, je me suis efforcée de ravaler mes larmes. Pas question d'ajouter l'humiliation à la honte. Je me suis débarrassée des chaussons et m'apprêtais à quitter le Gymnasium lorsque la voix de Patrick Gilles m'a arrêtée.

— Vous restez avec nous jusqu'à la proclamation des résultats, jeune fille. Question de respect.

J'ai baissé la tête. J'ai imaginé comment Sasha se serait tiré de ce traquenard avant de réaliser qu'il n'avait jamais été dans ma situation. Celle de quelqu'un qui essayait désespérément de trouver sa place. La sienne avait toujours été au sommet. Ce sommet où je venais une fois encore de prendre une gamelle…

J'ai eu l'impression que le passage des autres candidats durait des heures. Finalement, Patrick Gilles nous a réunis devant lui. Je n'espérais qu'une chose : qu'Andrea ait la bonne idée de ne pas se montrer. Malheureusement, il a surgi de l'arrière du mur ; il devait y avoir un escalier. Quelle importance, de toute façon, puisque dans quelques secondes j'allais me faire jeter ?

Sans surprise, le professeur a annoncé le dossard numéro 1 (Spider-Man), puis a sauté direct au numéro 29 avant de revenir au 12… On se serait cru au loto. J'avais des fourmis dans les jambes, les oreilles bourdonnantes… C'est sans doute pour cela que j'ai mis quelques secondes à comprendre lorsqu'il a annoncé que le dernier candidat admis serait le dossard numéro 6. Six ? Six ! C'est quand Andrea a souri à notre petit groupe – sept gars et trois filles – que j'ai enfin réalisé.

Plus tard, j'ai compris d'où venait l'intensité de la joie ressentie à ce moment, ce soulagement, cette impression de relâchement si brutal que j'ai failli fondre en larmes. Je venais de réussir quelque chose ; une petite victoire qui me donnait la fugitive impression que peut-être, un jour, j'aurais droit à ma part de bonheur malgré papa, malgré maman. J'avais hâte de le dire à Sasha…

Pour le moment, la voix métallique de Patrick Gilles nous ramenait sur terre. En guise de félicitations, il s'est borné à nous rappeler que, dans quelques semaines, notre groupe déjà maigrichon allait encore perdre des membres, découragés par les efforts ou les blessures. Avant de conclure :

— Rendez-vous demain matin devant le Gymnasium. À 6 heures. Ne soyez pas en retard, nous parlerons de l'épreuve finale, qui comptera pour votre diplôme.

Et, avec un sourire ironique :

— S'il vous plaît…

6 heures ! C'est ma copine de chambre qui allait être contente !

Ce soir-là, même le regard noir d'Elzbieta – regard qui devenait de miel dès qu'elle le posait sur Sasha – ne parvint pas à me saper le moral. Assise à la table des Proscrits, je babillais comme une maniaque dans un asile tout en regardant Cora enfourner l'équivalent de plusieurs milliers de calories.

— Tu te rends compte ! Je me suis vautrée, mais il m'a quand même prise ! J'avais l'air idiot, t'as pas idée, quand il me l'a dit ! Et son assistant, oh ! là là, tu verrais ses yeux !

— …

— Il est beau, t'as pas idée ! Et le prof, là, comme il nous parle ! Il doit avoir du bagage pour se permettre de se comporter comme ça…

Au bout de quelques minutes, l'un des Proscrits m'a lancé un sourire embarrassé avant de sortir une très jolie boîte en émail de sa poche poitrine. J'ai cru qu'il allait gober des vitamines, mais il en a sorti deux bouchons d'oreilles qu'il a mis en place à la vitesse de l'éclair. Ça m'a calmée d'un coup.

— Euh… T'en fais pas, m'a dit Cora. Richard a…

euh… des problèmes en société. Mais il t'aime bien, sinon il serait parti !

— Et il nous aurait fait un urticaire géant, m'a gentiment informée sa voisine, une fille sérieuse avec des lunettes. Moi, c'est Elsa, a-t-elle poursuivi. Bienvenue parmi nous ! Alors, quel nom nous as-tu donné ?

— Hein ?

— Oui. Notre groupe. (Elle souriait.) Chacun d'entre nous, à cette table, se sent… disons… un peu à l'écart de ce qui se fait habituellement à Mont Angèle. On finit toujours par récupérer les nouveaux qui n'entrent pas dans le moule et on s'est rendu compte qu'avant d'intégrer le groupe, chacun avait trouvé un nom pour qualifier notre équipe de bras cassés. Alors, toi, c'est quoi ?

Je ne savais pas trop s'il s'agissait d'un bizutage nouveau style, mais Cora se marrait franchement.

— On a eu Médrano, la Cour des Miracles…

— Je suis une fan d'Hugo, a précisé Elsa.

— … Le Chaînon Manquant, Monstres et compagnie…

— Le Clan des Proscrits.

— Quoi ?

— Le Clan des Proscrits. C'est comme ça que je vous… euh… nous ai appelés.

Il y a eu un silence, puis quelqu'un a déclaré :

— J'aime bien. Ça fait un peu *Le Seigneur des Anneaux*, mais j'aime bien.

On a tous levé nos verres d'eau minérale Mont Angèle pour fêter ça. Pour une fois que je me faisais des amis en un temps record et sans l'aide de Sasha, je n'allais pas faire la difficile…

Nous étions donc en train de trinquer joyeusement à mon intronisation quand un silence s'est fait. Puis une symphonie de raclements de chaises a annoncé l'arrivée d'un groupe de professeurs, Mont Angèle perpétuant certaines habitudes désuètes mais charmantes, comme se lever en présence d'adultes. Effectivement, la directrice, suivie de l'ensemble du corps enseignant, a fait son entrée. Tout ce petit monde a pris place sur une estrade au fond du réfectoire et nous nous sommes rassis, à peine moins bruyamment qu'un troupeau d'hippos se vautrant dans un marigot. Derrière Patrick Gilles, j'ai aperçu Andrea, sublimissime en costume – privilège des profs assistants –, et j'ai bien failli recracher tout ce que je venais d'avaler. Richard a discrètement ôté ses bouchons d'oreilles, en soupirant. Je me demandais à quoi rimait cette visite surprise quand la directrice a pris la parole.

— Comme chaque année, nous venons vous annoncer les noms des élèves admissibles dans l'équipe de l'École Mont Angèle, qui représentera notre établissement lors du Challenge inter-écoles au mois de mars. Je vous rappelle que la Coupe du Challenge (je sentais bien les majuscules dans sa voix lorsqu'elle prononçait certains mots) est un Trophée extrêmement précieux pour notre École et qu'il n'a pas quitté notre établissement depuis six ans. Je compte sur vous pour que nous le conservions cette année encore…

— Qu'est-ce que c'est que cette connerie ? ai-je chuchoté à Cora.

— Te dirai plus tard. Pitié, ne nous fais pas remarquer…

— Le Challenge comporte des épreuves sportives, intellectuelles et artistiques, a poursuivi la directrice imperturbable. Voici les noms des élèves que nous pensons être les plus aptes à représenter notre établissement. Il s'agit d'une première sélection, qui sera affinée grâce à vos résultats du premier trimestre. La composition de l'équipe définitive sera annoncée lors du Bal de Noël…

J'allais encore me pencher vers Cora pour qu'elle m'explique cette bizarrerie, mais son regard fixé vers l'estrade m'en a dissuadée. Il allait falloir patienter.

— Rhétorique : Mathilde Le Fur, Guillaume Mc Callan, Côme Baxter, Helena Stein, a annoncé la directrice d'une voix de stentor.

Dans le coin des terminales, deux types se sont donné une accolade, puis le quatuor a rejoint les profs sur l'estrade. Mon Dieu !

— Littérature classique : Geoffrey Hands, Carlotta Tomaso, Minerva Toller (Minerva !), Richard Gauthier.

À ma stupéfaction, Richard Gauthier n'était autre que NOTRE Richard, qui nous a jeté un regard lugubre avant d'aller rejoindre les champions de Mont Angèle.

— Richard est un crack en latin et surtout en grec ancien, m'a chuchoté Cora. Un génie, je te jure. Il est admissible chaque année, mais bon, c'est une cata à l'oral, tu t'en doutes…

J'ai jeté un regard sur Richard, qui avait planté ses index dans ses oreilles pour ne pas entendre les applaudissements, et senti le fou rire monter en moi. Pendant ce temps, la directrice annonçait les noms des Merveilleux Matheux, des Fantastiques Philosophes, des

Magnifiques Scientifiques… Partagée entre l'ennui et la stupéfaction – je n'avais vu ce genre de truc que dans des films américains, et franchement, je trouvais que les scénaristes en rajoutaient en peu –, j'avais bloqué sur mes îles flottantes en train de sombrer dans la crème anglaise (nous en étions au dessert lorsque la Dream Team avait fait son entrée), avant de lever les yeux vers l'estrade.

Derrière Patrick Gilles qui avait l'air de se faire royalement suer, au milieu des tronches béates des profs, Andrea laissait flotter sur son visage impassible un soupçon de sourire ironique. Visiblement, je n'étais pas la seule à saisir le grotesque de cette cérémonie. Il m'a semblé que ses yeux violets me fixaient, mais j'étais sans doute en train de fantasmer : l'estrade était au moins à vingt mètres de notre table (la royale, entre les portes battantes de la cuisine et celles des toilettes). Ce type magnifique n'avait absolument aucune raison de me regarder… Pendant ce temps, la directrice poursuivait sa litanie.

— Nous avons choisi cette année de présenter une œuvre classique exécutée par un quatuor avec flûte. Les élèves dont les noms suivent peuvent se considérer comme admis : Emmanuel Mandat, Grégoire Leprince, Maxime Leroux, Elzbieta Leszczyńska.

Sous les applaudissements, j'ai vu ma charmante camarade de chambre se lever et produire une imperceptible mais néanmoins bien visible et coquette révérence devant la directrice, avant de se tourner vers nous et nous offrir son visage le plus dédaigneux.

— Nous passons à présent aux épreuves sportives, enchaînait la directrice. Les équipes de handball, football américain et basket-ball restent inchangées.

Son ton impliquait quelque chose d'assez répugnant, comme si elle était tombée par erreur sur un site porno en surfant sur le web.

— Quant à notre fierté, notre équipe d'escalade (regard coulé amoureusement vers Patrick Gilles qui lui a rendu un vaste sourire en retour… Eh eh !) C'est Patrick Gilles lui-même qui va nous faire l'honneur d'annoncer ses favoris…

Madame la directrice en était toute chose. Quant à moi, je devais à ce prof ma seule satisfaction depuis des lustres, et cela me donnait une occasion toute trouvée de contempler Andrea, qu'il venait d'appeler à ses côtés : à cet instant, j'étais la plus attentive des élèves du réfectoire.

— Contrairement à mes collègues, j'ai remanié l'équipe d'escalade, a commencé Patrick Gilles. De mon point de vue, les résultats obtenus l'année dernière par notre sélection ne m'ont pas apporté entière satisfaction, quand bien même elle a largement battu les équipes présentées par les autres établissements. Il ne me suffit pas d'avoir les meilleurs, cela va sans dire, pour une École comme la nôtre. (Regard à la directrice. Ma parole, ils étaient en rut !) Il me faut des athlètes exceptionnels. Voilà pourquoi j'ai choisi d'écarter cette année de ma sélection trois personnes dont les performances me semblent, hélas, avoir atteint leurs limites. Éva, Justin et Pascal, je regrette d'avoir à vous le dire devant cette assemblée, mais vous êtes désormais exclus de l'équipe.

Un grand silence s'était fait dans le réfectoire. Les regards s'étaient posés sur la table des varappeurs, qui portaient tous, je m'en rendais compte à présent, des costumes identiques à celui d'Andrea, aux couleurs du sponsor de Patrick Gilles. Deux types avaient le visage rougi par la fureur, tandis qu'Éva (la fille qui m'avait aidée ce matin ! Que j'avais à peine regardée, tant j'avais peur qu'elle me juge !) s'était effondrée en pleurs.

— Le salaud, a chuchoté Cora. Chaque année, il y en a au moins un qui y passe. Je comprends vraiment pas les méthodes de ce type…

J'avoue que je ne comprenais pas non plus cette humiliation gratuite, ce lynchage en public. Et l'autre qui continuait !

— Et donc, après les épreuves d'admission dans mon cours de ce matin, je pense avoir trouvé la relève. J'appelle donc… Simon David !

La tête baissée, Spider-Man s'est levé et a rejoint l'estrade. J'ai apprécié qu'il ne la ramène pas trop après l'exclusion des trois autres.

— Moundir Kadhaï !

Un mec aux longs cheveux noirs s'est levé à son tour. Ses mouvements étaient incroyablement gracieux et humbles. Il a rejoint Patrick Gilles, l'a salué, les mains jointes. J'avais hâte que ce cirque soit terminé.

C'est à ce moment que mon regard a croisé celui d'Andrea. Pas de doute cette fois-ci : c'est bien moi qu'il regardait, c'est à moi que s'adressait l'imperceptible hochement de tête qu'il esquissait. Est-ce que cela voulait dire… Non !

— Et enfin… Faustine Sullivan !

J'ai toujours détesté mon prénom. Mais jamais autant qu'à cette seconde… Peut-être qu'en restant assise, en faisant comme si je n'avais pas entendu, cette épouvantable seconde disparaîtrait dans le néant ?

— Faustine, a sifflé Cora entre ses dents. Mais qu'est-ce que tu fous ?

Scotchée sur ma chaise, je laissais la panique m'envahir. Je ne voulais pas y aller. Je ne voulais pas prendre la place de quelqu'un. Je m'étais plantée ce matin, j'avais déjà de la chance d'être parmi les élèves de Gilles, pitié qu'on m'oublie, qu'on me laisse tranquille…

— Sullivan ! hurle la directrice. Faut-il vous faire parvenir un recommandé ?

Les jambes molles, je me suis levée. En passant devant la table des varappeurs, j'entends distinctement le mot « salope » prononcé par Éva. Le pire, c'est que je suis presque de son avis. Comme engourdie, je me plante devant la directrice, sur l'estrade – je la dépasse d'une tête – quand un photographe surgi d'on ne sait où commence à installer un appareil sur un pied.

— Sullivan, grince la directrice. Veuillez, je vous prie, sortir de là !

Je suis prête à repartir à ma table lorsque je sens sur mon épaule une main ferme et amicale. Andrea qui m'attire vers lui… Si près que je sens son odeur, une odeur qui me chavire : vanille et lavande, un soupçon de cuir. Les larmes me montent aux yeux : c'est « Pour un homme », de Caron. Papa portait aussi cette fragrance désuète. Écœurante, car trop sucrée, sur certaines peaux, elle révèle au contraire l'élégance dandy et cependant virile d'une poignée de mecs. Papa en faisait partie. Gainsbourg aussi, une de ses idoles, qui avait même composé une chanson pour une pub dans les années 70, quelques phrases murmurées avec Birkin… Tout me revient en quelques secondes. Je pleure. Andrea me fixe. Lui aussi a l'air bouleversé.

— Mademoiselle Sullivan ? Ça ne va pas ?

Je renifle d'une façon que j'espère très distinguée avant de chuchoter :

— Ça va, c'est rien. Euh… L'émotion ?

Il n'a pas l'air convaincu.

— Vous m'en parlerez dès que cette ridicule séance sera finie…

Il nous reste cependant une dernière épreuve : la photo. Ai-je dit que si Sasha capte à la perfection la lumière, je suis d'une mocheté indescriptible en photo ? Je suis en train de me camoufler derrière mes cheveux lorsque j'entends un murmure :

— Ne faites pas ça. Ce serait stupide…

Voilà pourquoi, sur les huit clichés finalement sélectionnés par la directrice et affichés trois jours plus tard en taille XXL dans le hall, j'ai d'abord une mèche devant les yeux (deux poses), puis un air stupéfait (trois poses), enfin la main devant le visage (pour retirer la mèche, deux poses) et, sur la dernière photo, un sourire béat.

J'ÉTAIS MOINS JOVIALE le lendemain lorsque le réveil a lancé son joyeux appel sur le coup des 5 heures, puis 5 h 10, puis 15. Dans le demi-sommeil comateux du petit matin, je me suis rendu compte que je n'avais pas vu Sasha depuis la veille. Je l'avais cherché, pourtant… après la cérémonie ridicule dans le réfectoire, mais il avait disparu. Ce qui m'inquiétait un peu.

Par bonheur, invitée à une pyjama-party, Elzbieta avait déserté la chambre. C'est en parfait zombie que je me suis traînée sous la douche et que j'ai enfilé la jolie tenue que notre responsable d'étage m'avait remise, aux couleurs de Patrick Gilles, un camaïeu de pourpre et de violet qui piquait les yeux. Dans un sac monogrammé PG, une série de maillots moulants, de shorts (courts, mi-longs, longs), de chaussettes et les fameux chaussons ultrafins pour bien sentir les prises. Et une paire d'énormes chaussures de montagne que nous avions pour instruction d'enfiler avant de nous regrouper dans la cour de l'école. Il faisait évidemment un froid de canard, mais en voyant arriver Patrick Gilles, l'air martial, il n'est venu à l'idée d'aucun d'entre nous de se plaindre. Le moteur du minibus scolaire tournait au ralenti : d'un coup de menton, notre prof, que les anciens nous avaient conseillé d'appeler « Chef » (comme chef de cordée ou comme à l'armée) nous a intimé l'ordre de nous installer. J'ai cherché Andrea des yeux mais, à ma grande déception, il n'était pas en vue. Apparemment, je n'étais pas la seule à le chercher : une fille avec des seins XL s'est adressée au prof.

— Monsieur ? Euh… L'assistant n'est pas là ?

Gilles l'a fixée, un sourire narquois sur le visage.

— Fameux sens de l'observation, mademoiselle. Cela vous sera d'une grande utilité dans mon cours…

La fille ne s'est pas démontée.

— Mais euh… Pourquoi ? Il est malade ?

Le sourire du prof s'est accentué.

— Malade ? Non. Disons qu'il est… légèrement indisposé. Et maintenant, si vous permettez, nous allons cesser de perdre du temps.

Gilles a fait signe au chauffeur : le bus a démarré en direction de la forêt. Puis le prof a repris la parole.

— Je vous emmène au mont Angèle. Dans mon cours, l'épreuve de fin de première année consiste à faire l'ascension réservée aux amateurs confirmés, passer une nuit de bivouac et redescendre par le chemin de randonnée que je vous ai réservé pour aujourd'hui. Je serai particulièrement vigilant sur la sécurité et l'entraide durant l'ascension, qui se fera en cordée. Votre endurance et votre technique, je les aurai largement testées durant mes cours ; ainsi que je vous l'ai déjà dit, les plus faibles partiront d'eux-mêmes. Quant au style, qui fait les grands grimpeurs, je suis au regret de vous dire que je n'y peux rien. Certains d'entre vous seront des seigneurs, d'autres des empotés. Mais je ne ferai rien d'autre que les révéler au grand jour.

Il s'est rassis. De tout son laïus, j'avais retenu deux choses. La première, en gros, que nous avions déjà en nous le potentiel – ou pas. Une philosophie digne d'un film de kung-fu, mais à laquelle il avait l'air de tenir mordicus. Ayant passé seize ans aux côtés de mon frère, j'avais toutes les raisons de croire que pour ma part, j'étais en effet de la race des seigneurs, mais version reine des empotées. Et la seconde, que ce matin, nous allions avoir droit à une petite balade jusqu'en haut d'une montagne. Sans Andrea pour me servir de lièvre. Et sans rien dans le ventre, en ce qui me concerne. Misère !

Après une bonne demi-heure de minibus conduit par un chauffeur spécialiste du virage serré – finalement, oublier le petit-déjeuner n'était pas une si mauvaise idée –, nous nous sommes arrêtés sur un parking où de jolis bancs et une cabane en rondins invitaient sans doute au pique-nique en plein été, c'est-à-dire dans ce qui me paraissait un siècle vu la température. Le Chef (autant s'y mettre tout de suite) a contemplé notre petit groupe d'un air narquois.

— Je parie qu'aucun d'entre vous n'a eu la bonne idée de demander aux cuisines un en-cas, alors que vous saviez dès hier matin que nous aurions rendez-vous à 6 heures. Première leçon : toujours anticiper. Bien…

Avec sa tête rasée de près, ses lunettes miroir, l'énorme sac à dos qu'il avait ajusté sur ses épaules en descendant du bus et surtout cette façon horripilante de nous faire la morale à la moindre occasion, il commençait sérieusement à me saouler, Patrick Gilles. Mais il était lancé.

— Derrière vous, le départ du chemin de randonnée qui donne accès au bivouac situé au sommet du mont Angèle. Une balade pour touristes. Normalement, il ne faut pas plus de quatre heures pour arriver là-haut…

Quatre heures de marche ! Le deuxième jour de cours ! Ce type était un pur cinglé !

Il a avancé de quelques pas, s'est assuré que sa nichée le suivait. Spider-Man lui a emboîté le pas, puis nous tous. Patrick Gilles s'est brusquement arrêté :

— Bien ! Vous ! (Il s'adressait à Spider-Man.) Vous êtes soit un lèche-bottes, soit un leader. Comme les autres vous ont suivi sans moufter, je penche pour la seconde solution. À moins bien sûr que le groupe soit composé en totalité de minables…

Pas un cinglé. Juste un gros con.

— Vous prendrez donc la tête et serez considéré comme responsable de la bonne marche, si je puis dire de cette randonnée. Vous trouverez dans ce sac (dans un même mouvement, il l'avait ôté de son dos et tendu à Spider-Man, rouge comme une cerise, comme si ce truc énorme ne pesait rien), des barres énergétiques, de l'eau et des pansements en cas d'ampoules, ce que je ne vous souhaite pas si vous voulez rester dans mon cours. Ainsi que des couvertures de survie. Le chemin est balisé, vous ne POUVEZ PAS vous perdre. Cependant, ayant connu par le passé de graves cas d'imbécillité, je n'exclue pas le risque que quelqu'un s'éloigne du sentier et passe la nuit dehors. À vous de gérer.

— Mais, euh… a protesté Spider-Man. Vous ne venez pas avec nous ?

Les mecs de Wikipédia auraient dû être là avec un appareil photo : le visage de Patrick Gilles à cette seconde aurait parfaitement convenu pour illustrer la définition internationale de « mépris ».

— J'espère que vous plaisantez. Un hélico va me déposer là-haut dans très exactement quatre heures. Tout quart d'heure d'attente de ma part sera sanctionné par la perte de deux points sur la note du premier trimestre de chacun d'entre vous. Si j'étais vous, je me mettrais en route immédiatement.

Évidemment, c'est exactement ce que nous avons fait. En ayant à ce point abdiqué toute dignité que je crois bien qu'en plus, nous sommes partis en petites foulées…

Grâce au talent de « leader » de Spider-Man, qui s'appelle en fait Simon et est très sympa, c'est avec une demi-heure d'avance que nous sommes parvenus au sommet, fiers comme un toutou qui a rapporté la baballe – pardon –, heureux d'avoir réussi l'épreuve imposée par notre prof. C'est donc avec « désappointement » que, suants et exténués par notre marche forcée, nous avons trouvé Patrick Gilles en train de faire des pompes devant un hélico arborant la bannière de l'école. On s'attendait à des félicitations, mais en nous apercevant, il a cessé de jouer au gorille Alpha pour regarder sa montre.

— C'est tout ?

Nous avons baissé la tête. Pour ma part, j'avais la haine. Je venais de passer trois heures et demie, sans même prendre le temps de faire pipi, à repérer des panonceaux « sommet : à quatre heures », « aire de repos : à quinze minutes » (devant laquelle nous passions en courant comme des tarés), à soupirer en réalisant que nous en avions encore pour trois heures, puis deux, crever la dalle, mendier une barre, puis deux, puis trois à Spider-Man qui ouvrait le sac sans cesser de marcher, farfouillait dedans, me tendait la première avec le sourire, la deuxième sans rien manifester, la troisième d'un air navré. Il n'avait qu'à m'en donner un stock tout de suite, comme je le lui avais suggéré… mais non. Il tenait à « gérer nos réserves au cas où », Patrick Gilles lui avait flanqué la trouille avec ses histoires de nuit à la belle étoile. Et tout ça pour quoi ? Voir l'autre sadique nous faire le coup du blasé ? Quelques pauvres points grappillés pour passer en terminale ? Oui. Mais aussi pour le sourire d'Andrea la veille, si heureux…

Dans le minibus qui nous ramenait à l'école (pendant que nous marchions comme des fourmis sur notre petit sentier, des bus montaient à l'assaut du mont Angèle grâce à une jolie route goudronnée, celle-là même que le chauffeur s'amusait à redescendre à fond de train), Spider-Man – pardon, Simon – est venu s'asseoir à côté de moi.

— Salut.

— Salut. Euh… Tu sais, on vient de se taper quatre heures de marche et tu m'as nourrie tout le long. Ça crée des liens, on peut passer à la suite !

On s'est regardés. J'ai souri, lui aussi. Décidément, je devenais un crack dans l'art de me faire des copains… Sauf que je rêvais d'une odeur de lavande et d'un regard violet, et que j'avais en face de moi le sosie de Ed, la mule qui parle. Les plans B, voire Z ? C'est l'histoire de ma vie…

Le soir, j'étais tellement nase que j'ai eu le plus grand mal à me traîner jusqu'au réfectoire. Même si j'avais eu faim, le spectacle de Cora en train de bâfrer m'aurait sans doute coupé l'appétit. Heureusement, j'ai eu droit à une visite surprise : Sasha daignait quitter le cercle des demi-dieux pour se mêler à nous. J'ai jeté un coup d'œil à la table qu'il avait occupée jusque-là en savourant d'avance la déception de miss Virtuose. Raté : elle n'y était pas. Ce qui m'a mise de mauvais poil.

— Tina, grande nouvelle !

Tina, un des petits noms que me donne mon frère.

— Ah oui ? Tu t'es souvenu que tu avais une sœur ?

— Tine (un autre), tu charries. Bon, tu veux savoir ou pas ?

En tout cas, toute la table était suspendue à ses lèvres. En quelques nanosecondes, Sasha avait fourré les Proscrits dans sa poche. Même Richard avait oublié de mettre ses boules Quiès !

— Je vais entrer dans le quatuor !

Il m'a fallu un peu trop de temps pour comprendre, mais Cora est intervenue :

— Impossible. Tu as entendu la directrice hier soir : les musiciens ont déjà été choisis. De toute façon, ça fait quatre ans que rien ne change, alors…

— Eh bien ça va changer ! Je suis allé les écouter. Le violoncelle et l'alto ne sont vraiment pas mal, la flûte est au top (quelque chose me disait qu'Elzbieta était la flûtiste), mais le violon est à chier. Crois-moi.

— Tu joues ? a demandé bêtement Elsa.

— Euh… oui. Depuis, eh bien, quelques années…

Voilà qu'il nous la faisait modeste ! En plus de son physique de rêve et de sa cool attitude, mon frère possède autre chose que je n'ai pas : l'oreille absolue. Un don découvert par hasard quand nous avions cinq ans. La légende familiale, largement radotée par notre nounou foldingue, dit que tout a commencé lorsque l'infirmière scolaire a alerté maman sur la façon dont Sasha tenait, ou plutôt, ne tenait pas son dos : en fait, sur les photos de cette époque, on dirait un tas de linge sale abandonné sur une chaise (du très beau linge, s'entend). En cherchant une activité susceptible de corriger sa posture, nos peu académiques parents se sont orientés non pas vers un sport quelconque, mais vers le violon. Reconnaissons que les violonistes ne sont pas spécialement avachis ! Mon frère a donc fait son entrée dans un cours d'initiation, où il a immédiatement fait succomber sa prof. Qui a hurlé au génie au bout de quelques leçons. Mais bon, il avait décidé de zapper ces épisodes, ce dont je lui étais reconnaissante : pour l'instant, la miraculée de cette table de nuls, c'était encore moi, pas lui !

— Et donc, expliquait-il, demain, le quatuor répète entre midi et deux. Quand j'ai su ça, j'ai demandé à Ben de m'apporter mon violon, demain matin.

Ah ? première nouvelle…

— Ben, c'est notre oncle, ai-je précisé, histoire d'en placer une.

— Tina, tu sais ce qu'ils jouent, tu vas rire…

Rien qu'à son air, oui, je savais. Une pièce que Sasha avait travaillée des heures durant pour son cours de violon et qui lui avait valu les larmes de joie de sa prof. L'un des plus fameux morceaux que Mozart ait écrit pour un quatuor avec flûte…

— K 285 ?

— Yes !

S'il voulait garder son poste, le violoniste désigné par l'école avait du souci à se faire…

— Et donc, demain, pendant leur répèt, concluait Sasha, je me mets dans le couloir et je joue. Alors forcément, la directrice vient me supplier pour que j'intègre l'ensemble…

Et ça allait sûrement se passer comme il le prévoyait. Ah, mon frangin… incorrigible. On n'avait pas trouvé le temps de se parler en tête-à-tête depuis la rentrée et maintenant qu'il venait me voir, c'était pour faire le paon, sous l'œil admiratif de « mes » copains qui allaient sûrement, ensuite, m'accabler de questions. Malgré moi, il m'a fait sourire. Et puis j'ai compris…

Mon sourire a fondu d'un coup.

— Tout ça pour quoi ? Miss Révérence à la Cour de Pologne ?

Mon ton avait dû être un peu plus acerbe que je ne le voulais, car j'ai vu les autres me regarder bizarrement. Sasha, lui, s'est mis à sourire. Puis il a regardé l'assiette de Cora qui débordait de spaghettis et lui a demandé :

— Elles sont comment, les carbo ?

Fin de l'épisode.

L'épilogue est arrivé un peu plus tard, lorsque Elsa et moi nous sommes retrouvées dans la salle commune des filles (Cora avait un petit creux et était allée au ravitaillement auprès du distributeur du hall). Comme prévu, Sasha a fait les frais de la conversation

— C'est fou à quel point vous vous ressemblez, tous les deux… Je peux me tromper, mais il a l'habitude d'être le premier partout, non ? Il veut peut-être entrer dans l'équipe de l'école parce que tu y es ?

— Hein ? Tu rigoles ! Ça voudrait dire que Sasha est jaloux… de moi ? Ça serait bien la première fois depuis qu'on est nés !

— J'ai aussi remarqué que tu avais l'air de lui en vouloir à cause d'Elzbieta. Tu sais, pas un mec ne lui résiste à celle-là, je vois pas pourquoi ton frère ferait exception…

Pourquoi ? Mais parce que Sasha en avait eu des tas, des filles, mais que la seule qui comptait c'était moi !

— Donc, tu vois, l'ai-je coupée, on n'est pas du tout pareils, lui et moi ! Moi, j'ai pas choisi l'escalade pour plaire à je ne sais qui…

— Ah bon ?

Je n'avais pas entendu Cora revenir. Elle était pourtant bien là, avec suffisamment de chips, de barres chocolatées et de Coca même pas light pour s'infliger un suicide diététique.

— Dis donc, Faustine, sois honnête quand même ! Et l'assistant de Patrick Gilles, celui avec des yeux pas croyables, « t'as pas idée », t'en fais quoi ?

J'en suis restée coite. Ça se voyait tant que ça ? J'allais répliquer, mais elle a posé la main sur la mienne.

— Moi, si j'avais un frère aussi terrible que le tien, je n'aurais pas honte de lui ressembler. Je ferais même tout pour.

Je m'étais trompée : cette fille était la plus fine du lot. Cora m'a tendu un paquet de Maltesers.

— Allez ! À la santé des beaux mecs !

Fin de la semaine. Ben est venu nous chercher pour notre premier week-end loin de l'école. Seul.

— Anna est sur le sentier de la guerre, nous a-t-il prévenus.

Ça voulait dire que ma tante butait sur le bouquin en cours d'écriture. Dans ce cas, elle monte en pression et pète les plombs. Cela prend des formes légères (elle appelle des copines pour faire une virée, rentre au petit matin, prend une douche et enchaîne les chapitres) ou plus graves (elle saute dans un taxi « pour voir la mer » et bouffe au compteur l'intégralité de l'avance qu'elle a reçue pour le roman, histoire de se rappeler à l'ordre ; tente des expériences corporelles à base de coiffures improbables, piercings et tatouages ; va pleurer dans les bras de son agent (à New York), le tout sans jamais prévenir Ben). Elle a bien failli le perdre plusieurs fois à cause de ses conneries. Avec le temps, il a appris à reconnaître les signes avant-coureurs de la crise et la maîtrise à la perfection.

— Heureusement, c'est bientôt la saison des raids, a ajouté Ben avec un grand sourire. Je vais passer un peu de temps dehors…

S'il est né à New York (et pas dans les beaux quartiers) de parents d'origine haïtienne, Ben (Abélard-Benjamin en réalité) a toujours su ce qu'il voulait faire de sa vie : vivre dans la neige, avec des chiens. Un fantasme né dans son école publique grâce à la lecture par une institutrice dévouée de Jack London à des gamins dont la moitié connaissait déjà exactement l'effet d'une pipe de crack. Dès qu'il l'a pu, Ben est parti au Canada, a un peu zoné, puis a fini par rencontrer un éleveur de chiens de traîneaux, qui l'a exploité pendant trois ans. Un outsider des courses de traîneaux : juste assez mauvais pour ne pas faire de l'ombre aux meilleurs, juste assez bon pour intéresser quand même un ou deux sponsors. Mais pendant ce temps-là, Ben apprenait le métier. Et se forgeait une conviction : on n'obtient rien, des hommes comme des chiens, en hurlant ou en levant un fouet. « La haine de l'esclavage, j'ai ça dans les veines », nous répétait-il souvent, un peu solennel, quand nous nous étonnions de son refus d'utiliser ne serait-ce qu'une tape sur le museau pour apprendre la docilité à ses bêtes. Or, déjà, les chiens dressés et entraînés par Ben se faisaient remarquer, se rapprochant des meilleurs. Tant et si bien qu'à la fin de la saison, son patron était à quelques points de remporter un championnat national, synonyme d'un joli chèque et de nouveaux sponsors.

Le jour de la course, la meute était au top, et le patron de Ben à l'hôpital : malaise cardiaque. Ça s'est passé comme dans les films un peu gnangnan : le ramasseur de crottes de chien a pris la place du musher – celui qui conduit le traîneau – et a volé vers la victoire. Des sponsors sont venus faire des propositions à

Ben pour passer pro. Mais une semaine plus tard, son patron sortait de l'hôpital et, un peu gêné quand même, lui annonçait qu'il avait vendu la meute championne du Canada pour un bon paquet. Les médecins lui avaient conseillé d'arrêter le sport et de se trouver une occupation plus sédentaire. Ben a bien tenté de lui proposer de faire courir les chiens pour lui, mais l'autre est resté ferme.

— Il a failli prendre la pelle à merde sur la tête, disait invariablement Ben à ce moment de l'histoire.

Il a fallu à notre oncle quelques heures pour emballer ses affaires, compter les pauvres dollars amassés pendant trois ans et prendre un avion. Finalement, il est revenu dans son ancien quartier en crevant de haine, pleurant la nature et ses chiens perdus. Un de ses anciens copains, qui avait percé dans la musique, l'a traîné dans un café branché, un soir. C'est là qu'Anna, séduite par son air buté et sa tignasse rebelle, l'a apprivoisé.

— La fin de l'histoire, c'est que cet abruti est mort à peine six mois plus tard, concluait Ben. Il a dégringolé dans son escalier et s'est cassé le cou. Il a suivi les conseils des médecins à la lettre et trouvé une occupation sédentaire.

Mon oncle a un humour particulier, j'avoue…

C'est aussi un cordon-bleu. Car si Anna, comme l'avait été notre mère, est une nullité crasse en cuisine, Ben est un dieu des fourneaux. Ce soir-là, pour fêter notre première semaine à Mont Angèle, il avait sorti le grand jeu : une soupe à l'étrange couleur parme, des légumes transformés en spaghettis ou en billes flottant dans des verrines, des parts monstrueuses de poisson décorées de fleurs comestibles. Et une invention à base de chocolat, pamplemousse et pistaches pour laquelle j'ai tendu trois fois mon assiette.

— Ben, ce dessert est une tuerie. J'ai une copine de classe qui se traînerait à tes pieds pour en avoir une part…

Il avait l'air content et un peu solennel. Ben ne fait jamais rien à la légère. Il prépare un repas avec autant de ferveur et de minutie qu'un cadeau pour quelqu'un de très cher.

— Justement, a commenté Anna qui avait daigné quitter son roman pour honorer la table de sa présence. Parlez-nous un peu de vos condisciples. Des problèmes en vue ?

Elle avait prononcé le mot « problèmes » avec la délectation du chat devant son bol de crème. Anna, qui a trouvé en Ben son double, attend du monde entier qu'il vive la même passion.

— Eh bien, pas en ce qui me concerne, ai-je commencé. Je suis devenue copine avec tous les ratés de l'école, donc pas de risque de ce côté-là. Sasha, en revanche, vient de se faire mettre le grappin dessus par une intrigante…

« Intrigante » : un des mots favoris de ma tante.

— Raconte ! a-t-elle hurlé.

— Une princesse, figure-toi. Avec un nom à dormir par terre et une garde-robe comme dans *Gossip Girl*. Je le sais, car c'est ma compagne de chambre. Enfin, compagne, c'est un grand mot. Elle ne m'adresse la parole que lorsque Sasha est dans le coin…

— Tina… a commencé mon frère.

Mais vu son sourire, je pouvais y aller.

— Elle a une boutique Hermès pour ranger ses fringues et malgré ça, son armoire déborde encore. Tellement de godasses que j'ai cru qu'elle avait des pieds en trop. Et une fortune en maquillage et en bijoux. Manque plus que le chihuahua et on a la panoplie complète de la pétasse...

— Une femme séduisante n'est pas forcément infréquentable, a murmuré Ben. (Ai-je déjà parlé de son incapacité à prendre les choses avec un peu de recul ?) Je suis sûr que si Sasha s'intéresse à elle, c'est qu'elle a des qualités....

— Merci, Ben. Elle s'appelle Elzbieta...

— Pfiou, a fait ma tante. Polonaise ?

— Exactement ! (Sasha rayonnait). C'est vrai qu'elle est pas mal. Mais le plus beau...

Tout le monde retenait son souffle, moi y compris. Il n'allait pas nous faire le coup du « oui, c'est une bombe, mais c'est sa beauté intérieure qui m'intéresse », quand même ? Eh bien si, mais avec une légère variante.

— Elle est musicienne, comme moi. On joue ensemble dans le quatuor de l'école.

— Tu vois, a dit Ben. Une artiste. Ce sont les meilleures...

— Lèche-bottes ! a fait Anna.

— Et donc, ai-je repris, si tu veux un scandale, va plutôt fouiner du côté de l'orchestre. Sasha a quand même viré un mec pour pouvoir jouer !

J'ai vu Sasha se figer, mais j'étais lancée.

— Figure-toi que l'école organise une espèce de compétition où on rencontre d'autres établissements. Il y a des épreuves de toutes sortes, et donc de la musique classique. Ça fait quatre ans que le quatuor existe, mais Sasha s'est débrouillé pour remplacer le violoniste…

— Faust ! a grincé mon frère.

— Quoi, c'est pas vrai peut-être ?

— Pas exactement, non. Et tu peux parler, toi, mademoiselle « je m'envoie en l'air »…

— Hein ? !

Anna et moi avions hurlé en même temps. Puis, avec un temps de retard, j'ai réalisé son jeu de mots pourri.

— Oh, on se calme ! Il fallait choisir un sport, alors j'ai essayé l'escalade. J'ai été prise dans l'équipe. Y a pas de quoi s'extasier…

— Tu parles ! Ce qu'elle oublie de dire, c'est que le prof est un pro qui ne prend que quelques élèves chaque année. Et que pour avoir Faustine, il a jeté des anciens plus expérimentés.

— C'est quoi, cette histoire ? m'a demandé Anna.

J'étais bien en peine de répondre. Je n'avais moi-même pas compris ce qui m'arrivait, alors l'expliquer à quelqu'un qui n'était pas de l'école…

— Je sais pas. Je suis tombée pendant la sélection, et pourtant, il m'a prise dans son cours. Et même dans l'équipe qui va représenter l'école – enfin, ça dépendra de mes résultats d'ici la fin de l'année. Mais moi, je n'ai voulu virer personne, ça c'est fait comme ça…

— Je vois, a murmuré Anna. Bon, je vais faire du café. Quelqu'un en veut ?

Je n'avais envie que d'une chose : quitter la table et me retrouver seule. J'ai foudroyé Sasha du regard, jeté ma serviette sur ma chaise et j'ai claqué la porte le plus fort possible en quittant la cuisine.

Lundi matin. Énervée, j'avais eu du mal à fermer l'œil et j'étais nase. Heureusement que je n'avais pas cours avec Patrick Gilles ce jour-là, car j'ai eu le plus grand mal à lacer mes chaussures après la douche ; localiser des prises, supporter ses remarques désobligeantes aurait été au-dessus de mes forces. Évidemment, ne pas voir Patrick Gilles signifiait aussi ne pas voir Andrea… En montant dans le 4 × 4, j'avais prétexté un mal de tête pour m'allonger sur la banquette arrière.

Depuis la nomination des équipes de l'école dans le réfectoire, les mots du prof assistant me revenaient sans prévenir en mémoire, ces mots qui m'avaient encouragée à montrer mon visage, moi qui passe mon temps à le cacher : « Ne faites pas ça… » Est-ce que cela signifiait que je lui plaisais ? Ou bien (soyons réalistes) que j'étais potable ? Ou encore (carrément pragmatique) qu'une silhouette filiforme surmontée d'une touffe de cheveux n'était pas exactement l'image la plus flatteuse pour l'équipe de l'école ? Pourtant son sourire pendant le discours de la directrice m'avait laissée supposer qu'il n'était pas dupe… Dans un moment de lucidité, j'ai réalisé que j'étais en train de fantasmer sur un type déjà majeur, prof assistant de surcroît. J'étais encore dans la lune lorsque Ben a arrêté le 4 × 4 sur le parking de l'école et nous a fourré nos sacs dans les bras.

Français, littérature anglaise, civilisation antique, initiation à la philosophie : à midi, j'avais la tête bourdonnante – j'avais aussi douloureusement conscience des efforts à fournir si je voulais me hisser au niveau d'études exigé par l'école. J'étais même complètement découragée en m'asseyant à la table des Proscrits.

— J'y arriverai jamais, ai-je grommelé en posant mon plateau chargé de nourriture remonte-moral.

— Quoi ? m'a demandé Elsa, son sempiternel bouquin à la main.

— Les cours. J'étais dans un bon lycée à Paris. Mais là ! C'est ouf. De la philo en première ? Des cours en anglais ? Je m'attendais pas à ça…

— Mont Angèle est une boîte dure, a-t-elle reconnu. Ils ont presque 100 % de réussite au bac et presque autant de mentions très bien. Et c'est un minimum si tu veux intégrer leur prépa. Viens étudier avec nous après les cours, m'a-t-elle proposé gentiment.

— Hein ? Vous bossez après…

— Oui, est intervenue Cora, la bouche pleine. On bosse les cours, on prépare les exposés ensemble, on se pose des questions… C'est sympa, tu verras !

Moui. Sympa n'était pas exactement le terme que j'aurais employé, mais si je voulais être au niveau, je n'avais pas trop le choix.

— De toute façon, m'a fait Cora, tu dois t'accrocher. Sinon, tu seras virée de l'équipe de l'école…

J'avais oublié ce détail. Et ça, il n'en était absolument pas question…

17 heures. Peut-être pour ne pas déraciner les nombreux étudiants britanniques de l'établissement (ou simplement pour faire genre), Mont Angèle accorde généreusement une « pause thé » d'une demi-heure avant l'étude obligatoire jusqu'à 19 heures et le repas du soir. En fait de thé, les accros à la clope se précipitent dans le parc, les amoureux en profitent pour se peloter dans les couloirs (en été, j'imagine que ça se passe dehors). Mais Sasha a une meilleure adresse que le distributeur du hall et m'entraîne à peine sortie de la salle de cours.

— Tina ! Viens…

Je reconnais son regard. Celui du sale gosse parfaitement conscient qu'il s'apprête à faire une connerie, et parfaitement à l'aise. Une nonchalance que je n'ai jamais réussi ne serait-ce qu'à feindre. Au bout du couloir principal, il ouvre une porte pourtant barrée d'un « Réservé au personnel enseignant » et me pousse dans l'escalier.

— Sasha ! Mais qu'est-ce que tu fous ? On n'a pas le droit d'aller là…

— J'ai eu un rendez-vous avec la directrice. Elle veut me proposer d'assister le prof de musique, tu sais, dans la classe de violon. Je l'ai baratinée, j'ai dit que j'avais besoin d'en parler plus longuement avec elle… On est allés discuter dans un petit salon près de la salle des profs. Il faut que tu voies ça !

— Toi, prof assistant ?

— Ouais, enfin, j'ai encore rien dit. Mais on s'en fout pour l'instant. Ce que je veux, c'est que tu voies les locaux des profs. J'ai halluciné !

Nous étions arrivés dans un couloir qui ne ressemblait en rien à ceux piétinés par les élèves : au sol, un tapis épais étouffait nos pas. Des lustres dégoulinants de pampilles ponctuaient le plafond mouluré et sur les murs, des portraits encadrés aux visages sévères.

— Les mécènes de l'école, a chuchoté Sasha.

— Ouah, c'est…

— Attends, t'as rien vu !

Sasha s'est arrêté devant une porte, a semblé hésiter un instant, puis l'a poussée. Il avait raison : c'était hallucinant.

La salle était visiblement prévue pour la détente et la conversation : des fauteuils capitonnés étaient groupés par deux ou trois autour de petites tables marquetées ; dans un coin, un bar bien garni. À l'autre bout de la pièce, une cheminée faisait entendre le chuintement de la sève qui grésille et s'écoule d'un bois trop vert. Un mur était entièrement recouvert d'une tapisserie représentant des animaux fabuleux : licornes, dragons, créatures marines à la mâchoire grande ouverte. Deux autres murs disparaissaient sous les livres. Leurs couvertures paraissaient anciennes.

Le soleil déclinant laissait s'attarder un ultime rayon où dansaient des milliers de particules de poussière. En les suivant des yeux, j'ai découvert la vue extraordinaire qu'offrait l'unique vitre qui composait le dernier mur. Derrière le parc de l'école, derrière la forêt de sapins, le mont Angèle imposait sa silhouette majestueuse. Il paraissait si proche que j'ai tendu la main. Soudain, j'ai cessé de respirer : une voix se faisait entendre dans le couloir et se rapprochait…

— Merde, a soufflé mon frère.

— Sasha !

J'étais affolée. En un instant, j'ai imaginé la convocation dans le bureau de la directrice, l'exclusion de l'équipe de l'école, peut-être le renvoi. Les visages de mes parents, de Ben, d'Anna sont venus se télescoper dans ma tête.

On a échangé un regard : foutus ! Mais Sasha a bondi vers moi, et j'ai pigé en une seconde. C'était un de nos trucs de jumeaux quand nous étions petits : pour atténuer une bêtise, faire front commun. Nous savions que nos frimousses identiques, arborant le même air contrit, amenaient souvent un sourire involontaire sur les lèvres de nos parents ou de notre nounou, qui en oubliaient la fessée… À presque dix-sept ans, ça pouvait peut-être encore marcher ?

Dans le couloir, la voix venait de s'interrompre après un « Ciao ! » joyeux. Une voix familière…

Vanille, lavande, un soupçon de cuir… Andrea venait de surgir, un téléphone à la main. En nous découvrant, il a eu un sursaut, puis il a semblé se pétrifier tandis que ses incroyables yeux violets passaient du visage de Sasha au mien. Une fois. Deux fois… À côté de moi, Sasha retenait son souffle. Je n'avais même pas conscience d'avoir ouvert la bouche lorsque je me suis entendue supplier :

— S'il vous plaît… Ne dites rien à Patrick Gilles !

Le silence était si dense que j'entendais battre mon sang. Et Andrea qui ne disait rien… Soudain, de nouvelles voix se sont fait entendre, dont celle, bien reconnaissable, de la directrice.

— C'est mort, m'a soufflé Sasha.

C'était bien elle, accompagnée du responsable général des études. Notre expulsion n'allait pas traîner.

— Monsieur Sullivan ! Et votre sœur ! Mais que faites-vous ici ?

Sasha a semblé vouloir ouvrir la bouche, mais j'ai serré sa main de toutes mes forces pour lui intimer le silence. Puis j'ai fixé Andrea. Il a paru sortir d'une transe, nous a regardés une dernière fois, puis s'est tourné en souriant vers la directrice.

— Mademoiselle Sullivan est une des élèves de Patrick, madame. Je l'ai convoquée afin de discuter avec elle de l'incroyable chance qui lui est offerte de représenter l'école…

Je n'y croyais pas.

— Elle a jugé bon d'amener son frère jumeau, qui vient justement d'intégrer le quatuor. J'ai l'impression qu'il est difficile de les séparer !

Il était en train de nous sauver la mise !

— J'en ai fini avec eux. Ils allaient justement rejoindre leurs camarades…

— Eh bien ! a dit la directrice avec un sourire crispé, les yeux braqués sur nous, allez-y ! Et vous, cher Andrea, prenez donc quelque chose avec nous…

— Avec plaisir, lui a-t-il répondu. Et, en me fixant : à demain en cours, mademoiselle Sullivan…

J'ai entendu Sasha marmonner un « merci-bonsoir » un peu embrouillé, puis il m'a entraînée dans le couloir. Nous avions eu chaud !

Deux heures plus tard, au moment de passer à table, j'avais toujours la boule au ventre. Sasha avait bien essayé de faire passer la pilule en disant qu'on s'en était bien tirés, mais pour ma part j'avais du mal à décolérer. Je ne voulais même pas lui adresser la parole.

— T'en fais un peu trop, m'a dit mon frère en venant s'asseoir à côté de moi sous le regard ému de Cora qui semblait partager son adoration entre Sasha et son hachis Parmentier.

— J'en fais trop ?

— Oui. Je sais à quoi tu penses. Que j'ai déconné, qu'on va finir en foyer ou je ne sais quoi... Exagère pas !

— Moi, j'exagère, MOI ?

Au silence gêné qui s'était soudainement abattu, je me suis rendu compte que j'avais sans doute un peu haussé le ton. Mais j'étais lancée.

— Ouais, tu peux le dire que tu déconnes, Sasha ! Et oui, on serait dans la mouise si Andrea ne nous avait pas sauvés... Alors va rejoindre ta princesse avant qu'elle se trouve un nouveau bouffon et fous-moi la paix !

— Sauvés ! Tout de suite les grands mots ! Tu te crois dans un mauvais film, ma parole !

— Tu crois pas qu'après papa et maman on n'a pas eu assez de mauvais plans comme ça ?

À ma table, même Cora avait cessé de manger. Sasha s'est levé, m'a foudroyée du regard, puis s'est dirigé vers la table où, visiblement, Elzbieta l'attendait sans perdre une miette de notre dispute. Il a fait deux pas, s'est tourné vers moi :

— « Andrea », hein ?

Pourquoi fallait-il toujours que mon frère ait le dernier mot ?

J'AI ZAPPÉ LA SOIRÉE RÉVISION en promettant à Elsa que je viendrais le lendemain soir. En entrant dans la chambre, j'ai trouvé Elzbieta assise sur mon lit. Visiblement, elle m'attendait. Je n'avais aucune envie de papoter, mais elle était bien décidée à ne pas me laisser dormir. Or je n'avais pas la moindre parcelle d'énergie à lui opposer…

— Je voulais te parler de Sasha, a-t-elle attaqué.

Sans déconner ? Cette fille était imprévisible.

— Il me fascine. Il est tellement… (Elle avait pris une voix rêveuse qui sonnait aussi faux qu'un mauvais doublage.) Tu sais, j'en ai eu des mecs dans ma vie, mais quelqu'un comme ton frère !

— Ouais, je sais, ai-je coupé. Il est magnifique. Il est tellement incroyable que tu n'arrives même pas à réaliser que c'est mon frère ! Et moi, je veux me coucher…

— Ça devra attendre.

Et, mauvaise :

— C'est vrai que j'ai du mal à croire qu'il est ton jumeau. Enfin, la nature fait ce qu'elle veut, n'est-ce pas, a-t-elle ajouté en jetant un regard appréciateur sur le miroir de sa coiffeuse. Ce que je veux dire, c'est que je sais que toi et la bande de tarés dont tu t'es fait des amis ne m'aimez pas beaucoup. Surtout Cora. Cette pauvre fille est jalouse de moi depuis que nous sommes élèves dans cette école. Bref. Je ne veux plus entendre un seul commentaire venant de toi ou de tes minables copains à propos de moi et de Sasha. Ou je te ferai chialer ta mère. Oups ! Pardon…

Je me suis avancée, prête à lui en mettre une. Sasha lui avait raconté notre vie ! Elle a souri en voyant ma main crispée.

— Évidemment, je nierai tout si tu t'avises de répéter à Sasha ce qui vient de se passer. Et, vu qu'il est vraiment en rogne contre toi, ça m'étonnerait beaucoup qu'il t'écoute.

— T'es vraiment cinglée !

— Et toi, une pauvre fille qui va perdre son frère si elle ne sait pas rester à sa place.

— C'est ça. Rêve !

— Pour l'instant, celle de nous deux qui rêve qu'elle m'en colle une et qui ne bouge pas, c'est toi. Tu m'excuseras, a-t-elle fait en se levant, je ne reste pas avec toi ce soir. Je suis invitée à une soirée organisée par la directrice avec les profs et les principaux donateurs de cette école. Mes parents ne peuvent pas être là, alors je les représente… Penses-y la prochaine fois que tu as envie de me taper dessus. Tu imagines ce que tu deviendrais si tu étais virée ? Tu te retrouverais sans Sasha pour te tenir la main…

— C'est ça. Rêve !

— Tu l'as déjà dit. Décidément, on se demande comment vous pouvez avoir autant de chromosomes en commun, Sasha et toi… Ah, oui : demain matin, j'ai pas cours, alors si tu pouvais éviter de me réveiller en allant prendre ta douche, tu remonterais dans mon estime…

Lorsqu'elle est partie, j'ai eu l'impression de pouvoir enfin respirer. Pourquoi Sasha ne voyait-il pas quelle pouffe elle était, une pouffe qui allait sans doute le jeter dès qu'elle se serait lassée de son jouet ? Oh, et puis qu'il se débrouille, je n'étais pas… eh non, je n'étais pas sa mère. Sa mère, *notre* mère était morte. Elle avait choisi de partir, non, elle avait choisi… oui, de nous abandonner, et ce n'était pas à moi de prendre sa place. Avec un haut-le-cœur, j'ai réalisé que pour la première fois, j'avais osé m'avouer que je lui en voulais. Oui, je lui en voulais terriblement de nous avoir laissé seuls… Mon ventre s'est tordu, j'ai couru vers les sanitaires de notre étage. Sur la faïence, j'ai vomi ce que j'avais péniblement avalé ce soir-là. Et malgré la promesse que je m'étais faite, j'ai posé mes bras sur la cuvette des toilettes. Et j'ai pleuré comme je n'avais pas pleuré depuis le jour de son enterrement.

Je n'ai pas tellement eu le temps de m'apitoyer sur mon sort le lendemain matin. Après ma crise de larmes, je m'étais ruée sous la douche pour me rincer un bon coup de mon cafard. Bizarrement, je m'étais endormie sitôt la tête posée sur l'oreiller et je n'ai pas entendu Elzbieta rentrer. Elle dormait profondément lorsque mon réveil a sonné et c'est avec beaucoup de plaisir que j'ai augmenté le volume de l'alarme, puis fait semblant de dormir jusqu'à ce qu'elle se lève en sursaut.

— … CHIER !

— Eh bien, me suis-je moquée en m'étirant et en tendant le bras pour éteindre le réveil, t'es pas gracieuse le matin. Allez, c'est l'heure. On a cours dans quarante-cinq minutes…

— Je t'ai dit hier que je n'avais pas cours ce matin !

— Oups ! Pardon. J'ai dû oublier. Dis donc, pour une princesse, je te trouve un peu grossière. La noblesse, c'est plus ce que c'était…

— Dégage ! Je dors !

— T'as raison, t'as une petite mine. Tu devrais profiter de ta matinée pour te coller de l'antirides…

Elle criait encore comme un goret lorsque je me suis dirigée vers les douches. Je riais tellement en me brossant les dents que j'ai avalé la moitié du dentifrice et failli m'étrangler. Les autres filles qui se préparaient ont dû me prendre pour une cinglée, mais moi je trouvais que la journée commençait bien.

Elle était même parfaite, deux heures plus tard, lorsque je me suis retrouvée déguisée en groupie de Patrick Gilles au pied du mur d'escalade et qu'Andrea m'a souri. Simon aussi, mais je dois dire que l'effet n'était pas du tout le même ; j'ai failli me remettre à pouffer. Heureusement, le prof est arrivé : nous étions fin prêts pour notre premier « vrai » cours de varappe.

— Vous êtes encore tous là ? (Visiblement, il était déçu.) Vous avez décidé d'en voir de toutes les couleurs ? Pourquoi pas. Bien. En parlant de couleurs, vous allez aujourd'hui vous répartir en deux équipes : les rouges et les verts. Les verts seront encadrés par Andrea, les rouges par moi. Allons, pressez-vous : deux équipes de cinq, ça ne doit pas être bien compliqué ?

Toutes les filles se sont précipitées vers Andrea.

Merde.

— Nous allons tester aujourd'hui votre stress et la façon dont vous le gérez. Vous allez partir sur les deux voies que nous vous avons préparées. Elles sont du niveau d'un parc à jeux pour gosses de cinq ans dans un square, mais là n'est pas le problème. Il y en a une rouge et une verte, j'imagine que même vous devriez deviner pourquoi. Vous remarquerez aussi qu'il y a un nombre trop important de blocs, vous découvrirez également pourquoi quand vous aurez le nez dessus. Vous partez deux par deux, un de chaque équipe. Il y a cinq fiches de votre couleur plantées au sommet sur la plate-forme : vous devez en ramener une à chaque ascension pour la valider. Mais seul le plus rapide marque un point pour son équipe. L'équipe perdante sera soumise à une épreuve que j'ai pris beaucoup de plaisir à imaginer. Monsieur David, vous commencez pour mon équipe. Andrea, désigne ton poulain.

Simon a attrapé la corde rouge passée dans la poulie – celle à laquelle je m'étais moi-même retrouvée suspendue quelques jours plus tôt – et l'a glissée dans le mousqueton de son baudrier, puis a tendu l'extrémité à Patrick Gilles. De son côté, Andrea assurait l'équipier qu'il avait choisi pour entamer l'épreuve : Moundir.

— Et c'est parti ! a hurlé le Chef.

Simon a attaqué bille en tête. Avec ses grands bras, il attrapait des prises bien au-delà de celles que pouvait choper Moundir. Ce point-là, c'était du tout cuit pour nous. Simon était à environ quatre mètres lorsque la prise qu'il a saisie lui est restée dans la main. Après un moment de panique, il s'est collé contre la paroi. Avec trois appuis assurés, il ne risquait rien, mais il avait dû avoir drôlement la trouille pendant quelques secondes…

— Voilà pourquoi il y a des prises surnuméraires, a hurlé Gilles avec un sourire sadique. Certaines sont dévissées et ne vous seront d'aucune utilité. Débrouillez-vous avec les bonnes, évitez de paniquer et ne vous retrouvez pas au bout de la corde, sinon le point est pour l'équipe adverse.

Sur le mur, Simon regardait le bloc, toujours dans sa paume, avec un air stupéfait. Moundir, qui n'avait pas encore eu de mauvaises surprises, gagnait du terrain. Et moi, je n'avais pas envie de gâcher cette journée parfaite avec une corvée ! Je me suis précipitée en bas du mur et me suis mise à beugler :

— Simon ! Débarrasse-toi de cette prise et trouves-en une bonne !

— Qu'est-ce que j'en fais ? a-t-il crié.

Vite, réfléchir !

— Euh… la jette pas, on va la prendre sur la tronche. Repose le bloc où tu l'as pris et continue !

Simon a considéré une dernière fois la prise rouge et a réintroduit la tige filetée dans le trou de la paroi. Puis il a tâté au-dessus de sa tête pour trouver où accrocher ses doigts et continuer sa progression. Pendant ce temps, Moundir était dans une sale position : son pied gauche avait délogé deux prises, dont l'une avait bien failli tomber sur Gilles. C'était ça, plus que l'exercice, qui avait l'air de le paniquer…

De son côté, Simon avait pigé le truc : vérifier la solidité des blocs au lieu d'y aller en bourrin, prendre le temps d'étudier la voie avant de grimper. Pas trop de temps quand même, car Gilles commençait à s'impatienter.

— Cinq ans ! Dans un square !

Finalement, notre champion a marqué le premier point. Le deuxième a été marqué par une fille de l'équipe d'Andrea.

Idem pour le troisième, tandis que notre équipier trouvait le moyen de perdre l'équilibre et de forcer Gilles à un minimum d'efforts pour amortir sa chute. Ça commençait à sentir le roussi pour nous. Il restait un autre gars et moi pour éviter la cata. Simon nous a réunis, il avait l'air confiant.

— J'ai repéré les bonnes prises. Je me mets en bas et je vous les indique, comme ça vous ne perdrez pas de temps…

À peine trois minutes plus tard, grâce aux indications de Simon, l'autre avait ramené le score à 2-2. Le sort de la journée était entre mes mains !

— C'est du tout cuit, m'a assuré Simon.

Ou pas.

— Monsieur David, a dit Patrick Gilles lorsque notre coéquipier est redescendu du mur, j'apprécie votre sens de l'observation et votre envie d'aider vos camarades. Mais je n'anime pas un atelier de mémorisation et, par ailleurs, je n'aime pas que l'on contourne mes règles. Donc…

Il s'est penché vers un sac en toile bleue posée à ses pieds et en a extrait une visseuse électrique qu'il a tendue à Andrea.

— Niveau quatre, a-t-il dit.

— En début d'année ? Vous êtes sûr ? a-t-il demandé.

Gilles l'a fixé d'un œil noir et sa voix a claqué.

— Je suis TOUJOURS sûr.

Nous avons ensuite entendu le vrombissement de la visseuse, puis dans le silence revenu, Gilles s'est tourné vers moi.

— Mademoiselle Sullivan. Vous pouvez remercier votre camarade ici présent, qui a voulu jouer au plus fin avec moi en repérant les prises. Andrea vient de vous concocter une voie de niveau quatre, c'est-à-dire d'une difficulté que vous devriez normalement aborder au dernier trimestre – et encore, si vous êtes douée. Il va sans dire que votre adversaire a conservé la voie de niveau un. Je vous souhaite bonne chance, et aussi de dévisser le moins haut possible pour épargner mes lombaires.

Un point pour lui. Mais je n'allais pas me laisser impressionner ! J'ai jeté un coup d'œil à Simon.

— Désolé, s'est-il excusé.

— Non, mais tu rigoles ! Je vais le ridiculiser, tu vas voir. Sa visseuse, il va se la… laisse tomber.

Au pied du mur, je faisais moins la fière. Mais il n'était pas question de flancher. Pendant que je m'équipais, Andrea et Gilles ont chuchoté, puis Andrea a empoigné ma corde.

— Mon assistant m'a justement fait remarquer qu'il était là pour m'éviter de souffrir physiquement de vos incompétences, a craché le prof.

Sa voix était métallique, et je me suis rappelé ce que m'avait dit Cora : « Un genre de maladie évolutive… » C'était ça qui le rendait aussi mauvais ?

— Je vais donc assurer l'équipe verte, qui devient mon équipe, a-t-il dit en fixant Andrea. Comme tu le sais, je n'aime pas perdre…

Andrea a incliné la tête, mais j'avais pu voir son sourire lorsqu'il m'a chuchoté :

— Je serai votre ange gardien, Faustine. Ne me décevez pas…

Surtout ne pas répondre et ne pas le regarder, sinon j'allais exploser d'un rire nerveux ou avoir les jambes en coton. Peut-être même les deux…

J'avais quand même une petite chance de mon côté : le matin même, j'avais croisé mon adversaire dans le hall, braillant qu'il tenait la cuite du siècle, « rapport à une teuf privée » la veille. Il semblait avoir besoin de deux-trois heures pour cuver. C'est peut-être pour ça, d'ailleurs, qu'il avait tenu à passer en dernier. En revanche, il avait de meilleures chances de tomber sur des prises solidement vissées, même en voyant double. Donc ça n'était pas gagné…

J'ai tâté la première prise : elle semblait en place, et j'ai commencé à m'élever. Ma main droite a cherché un appui, mais là, la prise a joué à peine mes doigts posés dessus. Bon. En m'étirant, j'ai trouvé un autre bloc, solide celui-là. À mes pieds de se trouver leurs appuis… Ça a été à peu près pour le droit, mais à gauche, impossible ! Finalement, je me suis écartelée façon araignée pour poser le bout de mon chausson sur une saillie. Nickel !

— Ouais ! a hurlé Simon lorsqu'il m'a vue réussir ma manœuvre.

Sur la prise salie par la magnésie, mon chausson noir ressortait, comme une tache d'encre sur une calligraphie… Et le miracle s'est reproduit : comme lors de mon épreuve d'admission, j'ai vu s'inscrire dans ma tête le chemin parfait pour parvenir au sommet. Il était technique, un peu périlleux à un endroit puis s'achevait sur une caresse avec la paroi. Andrea avait dessiné une voie qui parlait directement à mes tripes.

Tripes que mon adversaire n'arrivait plus à contrôler, à en juger par l'énorme rot qu'il a lâché à cet instant. Mais j'étais trop concentrée pour me laisser entraîner par le fou rire qui montait du Gymnasium. Il fallait à présent que je me hisse en forçant sur la jambe, tout en lâchant la main gauche qui devrait rapidement trouver une prise solide. Normalement, elle serait centrale, mais légèrement décalée à gauche – à moins qu'Andrea n'ait voulu me piéger. Mais je le pensais loyal et sa voie serait à son image. J'ai décidé de lui faire confiance et c'est ce bloc que j'ai visé : lorsque ma paume s'est refermée sur lui, il n'a pas bougé. Ma jambe droite dans le vide, ma main droite a tâté une première prise qui a cédé comme je l'avais deviné, puis en a trouvé une seconde, à peine plus haut. Mes mains assurées, je pouvais à présent trouver des appuis pour mes chaussons.

— T'assures, m'a fait Rototo qui était presque à ma hauteur.

Piètre performance, vu le nombre de prises qu'il avait à sa disposition. Une échelle ! J'ai forcé l'allure. Ce passage était facile, et même si de nombreuses prises n'étaient là que pour me leurrer, je progressais facilement. Trop facilement même : emportée par mon élan, je me suis bientôt retrouvée dans un cul-de-sac. Première prise : par terre. Deuxième prise : brinquebalante. Troisième : idem. Andrea m'avait-il eue, finalement ? Puis j'ai repensé à ses mots :

« Ne me décevez pas… »

Il y avait une solution. Mais laquelle ? Mes deux pieds étaient sur le même appui, ma main droite crispée sur une prise, la gauche tâtonnant désespérément. De l'extrême bout de la pulpe des doigts, j'ai fini par effleurer un bloc qui semblait solide. L'était-il vraiment ? Il fallait oser.

« Ne me décevez pas… »

Fermant les yeux, je me suis repassé le film de l'ascension d'Andrea, ce moment précis où mon cœur avait sauté un battement. Oui. Il fallait oser. J'ai respiré un grand coup, caressé la paroi…

— Non ! a crié Andrea.

Trop tard ! J'ai tout lâché, pariant sur cette prise. Je n'avais plus besoin d'imaginer la douleur : elle était là, irradiant dans tout mon corps, fulgurante lorsque mes pieds ont quitté leur appui pour me donner l'élan nécessaire et accrocher, tout là-haut, mon seul espoir… Ma main gauche s'est refermée dessus. Pourvu qu'Andrea ne m'ait pas trahie !

Mais lorsque je l'ai sentie, inébranlable, c'est comme si lui-même m'avait tendu la main. C'est dans un rêve que j'ai fini l'ascension alors que mon voisin Rototo, enfin parvenu sur la plate-forme, m'applaudissait. Au pied du mur, malgré notre défaite, mes équipiers étaient en délire. J'ai arraché la fiche de son socle, enjambé la barrière de protection qui donnait accès à l'escalier dissimulé à l'arrière du mur (eh oui, il y avait bien un escalier) puis j'ai décroché le cordon ombilical qui me retenait à mon ange gardien. Au pied du mur, Simon m'a prise dans ses bras.

— Faustine, c'était… waouh !

— Géant, m'a félicitée Moundir, bon perdant.

Ils étaient à deux doigts de me porter en triomphe lorsque j'ai croisé le regard d'Andrea. Il était bouleversé. Mais qu'est-ce que j'avais fait ? Pourquoi faisait-il cette tête ?

— Pourquoi ? a-t-il murmuré, comme en écho.

La réponse est venue de Gilles.

— C'est vraiment du grand N'IMPORTE QUOI !

Une fois de plus, j'avais merdé. Mais ce n'était pas à moi que s'adressait le prof. Stupéfaite, j'ai compris qu'Andrea était en train de prendre l'engueulade du siècle.

— Un niveau six ! Au moins ! Tu ne sais plus jauger les élèves ?

Mais qu'est-ce qu'il nous faisait ? J'avais réussi, non ?

— Monsieur… ai-je commencé.

— Oh, vous ! Vous vous prenez pour qui ? Vous ne pouviez pas signaler que la difficulté était trop importante pour vous ?

— Mais j'ai réussi, non ?

— Oui ! On a vu ! Mais à quel prix ! Vous croyez qu'en montagne, on joue à pile ou face ? Qu'on empoigne une prise en espérant qu'elle va tenir le coup sans assurer ses arrières ? Et toi ! (Furieux, il s'est à nouveau tourné vers Andrea.) Tu pensais à quoi ? À faire de l'esbroufe ? Je te croyais plus malin que ça, Andrea ! Qu'est-ce que je fous avec toi si je ne peux plus te faire confiance ?

Ses yeux violets fixés sur ceux de Gilles, l'assistant ne baissait pas le regard. Nous étions tous scotchés sur place, stupéfaits par cette violence muette. Puis Andrea a paru céder. Il a incliné la tête.

— Je vous présente mes excuses, à toi et à mademoiselle Sullivan. Cela ne se reproduira pas.

Gilles a paru se radoucir.

— Excuses acceptées en ce qui me concerne. On passe l'éponge.

Il nous a enveloppés d'un regard froid.

— Le cours est fini. Allez prendre une douche.

— Euh… mais qui a gagné ? a demandé Rototo.

Quel crétin, celui-là ! Gilles l'a foudroyé du regard.

— Pas la politesse ni le respect de soi en ce qui vous concerne, espèce de pourceau. Considérez que vous avez de la chance que je ne fasse pas un rapport sur le fait que vous vous êtes présenté saoul à mon cours, et restons-en là.

Moi, je ne pouvais pas en rester là. J'avais désormais deux bonnes raisons de voir Andrea en tête-à-tête : le remercier et m'excuser.

Le soir, au réfectoire, de parfaits inconnus sont venus me taper sur l'épaule. Les uns (des mecs) pour me féliciter d'avoir passé un « niveau six » pour mon premier cours ; les autres (des filles) pour me reprocher d'avoir fait risquer un renvoi à Andrea. Je n'avais pas pu placer une parole intelligible et surtout je ne comprenais toujours pas où était le problème. Pour ma part, je n'avais jamais eu l'impression d'avoir été mise en danger. Alors ?

— Bon, tu viens de faire officiellement ton entrée dans le club des varappeurs, m'a dit Cora.

— Tu vas bientôt rejoindre leur table, a pronostiqué Richard avec son air de chien battu.

— Mais non ! C'est n'importe quoi ! C'est presque que des terminales et des prépas, qu'est-ce que tu veux que j'aille faire avec eux ? C'est juste à cause de ce matin, ça va leur passer. Et moi, ai-je ajouté en me tournant vers Elsa, ce soir, je vous rejoins pour la remise à niveau. Alors je vais pas bouleverser mes plans pour une optionnelle !

Pour une optionnelle, non. Mais pour Andrea ? Il fallait que je trouve un moment pour lui parler…

Alors que chacun rejoignait les salles d'études ou les couloirs des chambres, je me suis retrouvée toute bête. Parler à Andrea, oui. Mais où ? Pas question de retourner à l'étage des professeurs. Une partie d'entre eux résidait dans un bâtiment annexe. Au réfectoire, des histoires circulaient à propos des fêtes organisées là-bas : du club de philo à la soirée X, les thèmes variaient selon les fantasmes. J'imaginais plutôt une version juste un peu plus fatiguée de nos propres soirées ; l'amour, la jalousie, l'envie et l'amitié devaient bien exister même après trente ans, non ? Mais Andrea semblait n'avoir que la vingtaine. Peut-être qu'il avait une maison à lui, quelque part ? En même temps, je ne voyais pas bien où ; Mont Angèle était un village à lui seul, perdu au milieu des forêts, au pied de la montagne.

Le réfectoire s'était peu à peu vidé. Le personnel de la cafèt' achevait le service lorsque j'ai levé les yeux. À une table, seul, j'ai vu Andrea.

J'étais à nouveau sur le mur, quelques heures plus tôt. Ce moment où le cœur rate un battement, où il faut y aller… Surtout, ne pas réfléchir, ou j'allais me trouver de bonnes excuses pour ne pas l'affronter. J'ai foncé droit sur lui.

Il était en tête-à-tête avec un mug, les yeux dans le vague.

— Euh… Andrea ?

J'avais vraiment l'impression de le déranger. Mais il s'est secoué et m'a adressé un sourire. Ce fameux sourire qui me faisait fondre…

— Je voulais vous remercier pour hier avec mon frère dans le salon des profs et je suis désolée pour ce matin je n'ai pas trouvé le parcours trop dur j'ai pas compris pourquoi M. Gilles s'était énervé…

— Je vous demande pardon ?

J'ai senti mes joues passer à l'écarlate ; j'avais débité mon laïus à toute allure. Pitié, je n'allais jamais m'en sortir !

— Asseyez-vous, m'a-t-il dit. D'ailleurs, on va se tutoyer, je suis élève, comme toi. Redis-moi ça calmement…

Toujours ce sourire. Merde, le tutoyer en plus, c'était pas facile, il se rendait pas compte ? Je me suis assise, et j'ai fixé son col. Le regarder dans les yeux, c'était vraiment pas possible.

— Merci pour hier. Avec la directrice, à l'étage des profs. Avec mon frère (merde, merde !). Je veux dire… Vous, euh… tu nous as sauvé la mise. On voulait juste voir à quoi ça ressemblait…

— Ne t'en fais pas ! (Il a ri.) Moi-même, je suis un peu gêné parfois par le luxe extravagant de nos quartiers.

Il avait une façon un peu vieillotte de s'exprimer, je m'en rendais compte. Mais bon, j'avais compris. Et surtout, il n'avait pas l'air de m'en vouloir pour ce matin…

— Merci, en tout cas. On aurait été super dans la m… enfin, on aurait eu des problèmes, quoi. Et pour le cours, aussi… Je veux dire… J'ai pas trop compris M. Gilles. C'est bien lui qui avait demandé un parcours difficile, non ? Je suis désolée.

— Faustine…

J'ai eu un sursaut. Qu'Andrea prononce mon prénom était troublant…

— J'ai commis une erreur. En réalité, tu n'étais pas supposée accomplir de tels exploits ce matin. Le parcours que j'avais imaginé était beaucoup plus facile. Pour tout dire, tu avais une prise presque sous le nez. Peut-être ne l'as-tu pas vue ? C'était mon rôle de prévoir cela. J'ai fait une faute, et Patrick a eu raison de me rappeler à l'ordre.

— C'était génial !

Je n'avais pas pu me retenir.

— Je t'assure ! Génial. Je ne me suis pas sentie aussi bien depuis… longtemps. Je… Au pire, je serais tombée, hein ? Mais je savais que j'y arriverais. C'était comme si je voyais ce qu'il fallait faire. Et puis, j'étais assurée ! Tu étais là ! J'avais confiance !

— Faustine…

— Tu m'avais dit de ne pas te décevoir ! Je l'ai fait, non ?

Sans m'en rendre compte, j'avais levé le nez et j'avais planté mon regard dans le sien. Et pour ce qui m'a semblé être la première fois, j'ai pu contempler son visage…

Ses pommettes saillantes, le bas de son visage ciselé, son nez droit, tout cela proclamait le beau mec. Mais cette peau que j'imaginais si douce, ses sourcils finement dessinés, ses lèvres bombées, pulpeuses et surtout l'incroyable frange de ses cils encadrant ses iris violets… J'ai compris soudain pourquoi il était si attirant : dans un genre plus affirmé, plus viril, il ressemblait à Sasha dans sa beauté androgyne. Jusqu'à ses cheveux, un fouillis de vagues noires aux reflets bleutés qui entretenaient l'ambiguïté… Je n'arrivais pas à le quitter des yeux.

Soudain son sourire a disparu. Il s'est levé.

— N'en parlons plus. Nous nous voyons jeudi, en cours.

Je n'avais pas eu le temps de réaliser qu'il était déjà parti. Mais qu'avais-je encore dit ?

J'étais mal, mal, mal en regagnant le couloir qui menait à la chambre d'Elsa, à qui j'avais promis de venir étudier. Mal et en colère. J'avais cru, à quelques signes, qu'Andrea m'aimait bien. « Rêve », m'avait dit Elzbieta. C'est ça. Je rêve. La différence entre Sasha et moi, c'est que je vis dans ma tête, que je me vautre dès qu'il s'agit de la réalité. Mais en découvrant la chambre d'Elsa, je me suis aussitôt fait la remarque que je n'étais pas la seule à avoir du mal avec la réalité.

Un tourbillon blanc : c'est la première image qui m'est venue à l'esprit lorsque j'ai découvert l'univers d'Elsa. Sur chaque meuble, chaque mur, jusqu'au plafond et sur le sol, de quelques centimètres à presque un mètre d'envergure, partout où le regard pouvait se poser, il y avait des oiseaux, des centaines d'oiseaux en papier.

— Bienvenue chez moi, m'a saluée Elsa. Ou plutôt (en voyant que j'ouvrais de grands yeux), bienvenue chez Sumi !

— Bonjour, m'a dit une fille minuscule, une Asiatique, en train de se barbouiller de maquillage bleu devant le miroir de la coiffeuse tandis que Cora lui faisait des couettes.

— Euh… Faustine. Salut.

— On ne s'est pas encore vues. Je suivais une session avec un professeur de mathématiques supérieures à Paris, je suis revenue à l'école il y a à peine une heure…

— Ah, d'accord, ai-je bêtement répondu.

— C'est grâce à l'origami que mon professeur à Tokyo a découvert que j'étais douée pour les maths, a poursuivi Sumi en me voyant saisir un des oiseaux. J'étais une enfant turbulente alors, pour m'apprendre la concentration, mon professeur m'a enseigné le pliage du papier. C'est un art très ancien dans mon pays, tu sais ?

— Euh…

— Je connais pas mal de pliages, mais cette année je ne fais que des grues, a-t-elle repris. C'est assez simple, mais une erreur d'un dixième de millimètres fausse le mécanisme…

— Le mécanisme de quoi ?

J'étais de plus en plus paumée… Sumi a ri.

— Mais du vol, bien sûr !

Elle a pris un des oiseaux qui traînaient sur la commode et lui a tiré la queue : les ailes de la bestiole se sont déployées, puis repliées au rythme de sa main. Le mouvement était si fluide qu'on aurait pu croire que l'oiseau était vivant, qu'il allait réellement s'envoler de sa paume…

— Celle-ci n'est pas parfaite, a soupiré Sumi en la jetant sur le tapis. Mais je ne désespère pas d'arriver à quelque chose avant la fin du trimestre.

En regardant la grue, j'ai soudain eu une idée…

— Sumi ? Je crois que tu pourrais faire très plaisir à quelqu'un que j'adore !

— Vraiment ? (Elle a tapé dans ses mains, comme une gosse.) Alors, ça me fait plaisir aussi !

Les semaines suivantes ont vraiment été dures. J'arrivais en tirant la langue à supporter les huit heures de cours quotidiennes, les deux heures d'études, puis du rab en compagnie de mes potes les Génies. En me concentrant un maximum, je parvenais à décrocher des notes plus que potables. Mais à quel prix ! Heureusement, il y avait Selma, notre prof de littérature, dont la joie de vivre et le désir de partager son savoir me faisaient irrésistiblement penser à papa. Ce jour-là, elle avait réussi à transmettre aux plus blasés d'entre nous son enthousiasme en nous parlant de deux livres qui avaient changé la vie de leurs auteurs : *L'Attrape-cœur* de David Salinger et *Bonjour Tristesse* de Françoise Sagan.

— Françoise Sagan était à peine plus âgée que vous quand elle a écrit le manifeste d'une génération. Le monde adulte découvrait grâce à elle les pensées les plus intimes et les plus crues de la fin de l'adolescence, la perversité des jeunes filles que l'on voulait cantonner à leur futur rôle de ménagère, leur fragilité sous leur carapace de beauté. Elle avait tout compris de l'hypocrisie, de la faiblesse des hommes, de la passion, de la sensualité, et n'hésita pas à l'écrire, noir sur blanc !

François Mauriac, l'un des écrivains les plus respectés de l'époque, l'avait appelée : « Un charmant petit monstre ». Elle n'était pas un monstre. Elle était simplement une femme d'un grand courage, qui l'a payé toute sa vie…

Nous l'écoutions, transportés par sa voix sur les traces de cet auteur dont la majorité d'entre nous ne connaissait même pas le nom une heure plus tôt. À la fin du cours, Selma nous demanda de lire *Bonjour Tristesse*. Puis de rédiger une dissertation comptant pour l'exam du premier trimestre sur le thème de la création littéraire « envers et contre tout ». En quelques secondes, nous étions revenus sur terre…

Bien sûr, le plus difficile pour moi, c'était les heures de cours avec Patrick Gilles. Plus la fin du trimestre approchait, plus il se faisait une joie de nous rappeler que notre sélection dans l'équipe de l'école n'était pas encore gagnée. Mais je supportais sans une plainte les innombrables ascensions sur le mur, les gamelles, ses remarques vexantes sur notre absence de style, les échauffements interminables, ses exercices débiles pour tester notre résistance aussi bien physique que mentale.

Ce qui me mettait à la torture, c'était l'attitude d'Andrea. Comme au premier jour, il me souriait, m'encourageait, me reprenait lorsque je faisais une faute. Il a été d'une patience d'ange pour m'apprendre la technique de la cordée, la façon de préparer son matériel, les secrets d'une bonne condition physique. Mais il se comportait ainsi avec chacun d'entre nous, et plus aucun trouble ne semblait l'habiter lorsque, pendant quelques secondes, nos regards s'accrochaient. J'étais redevenue n'importe laquelle des élèves du cours… Celle que je n'avais cessé d'être, en fait. Oh oui, j'avais rêvé ! Et lorsque Patrick Gilles fut absent pendant presque une semaine – « des ennuis de santé », nous avait sobrement appris une directrice crispée, au bord de l'évanouissement –, Andrea, débordé de travail, ne sembla même plus me voir.

Le 2 novembre, le Chef était de retour, plus cassant que jamais.

— Je n'accepterai aucune marque de sympathie quant à mon absence de la semaine dernière.

Comme si quelqu'un avait eu envie de le plaindre !

— Et je vous informe que le week-end prochain aura lieu l'examen comptant pour votre note du premier trimestre. Vous partirez en bivouac au refuge du mont Angèle où vous ferez votre première ascension d'extérieur. Je vois (il venait de lever les yeux vers la piste d'athlétisme) que le temps est acceptable aujourd'hui. Vous allez donc en profiter : allez vous échauffer dehors ! Ne me remerciez pas !

J'ai respiré un grand coup. Si je ne voulais pas faire son foutu bivouac, c'était pour une tout autre raison. Assise sur le sol du Gymnasium, je bougonnais en enfilant mes baskets.

— Ça ne va pas ? m'a demandé Simon Pot-de-colle David.

— Le week-end prochain, c'est notre anniversaire avec mon jumeau. On a toujours fêté notre anniv' ensemble depuis notre naissance. Je vais pas y aller, à son truc !

— Ben… ça compte pour les notes, a-t-il marmonné.

— Ouais, eh ben je m'en fous ! C'est pas avec une optionnelle qu'on passe ou pas en terminale ! Son bivouac, c'est quoi ? Du camping amélioré ! Franchement, je m'en bats…

Deux baskets pourpre et orange sont venues s'encadrer sous mon nez. En levant la tête, j'ai eu droit à une superbe contre-plongée sur les narines poilues de notre prof.

— Quelque chose à redire, mademoiselle Sullivan ?

— Euh… non. Non. Rien à dire. Je vais m'échauffer…

— Faites, a-t-il dit ironiquement. Et n'oubliez pas d'emmener votre chevalier servant…

J'ai jeté un coup d'œil à Simon qui me regardait avec l'air compassé. Une escorte parfaite pour la pauvre fille sans la moindre once de courage que j'étais.

Dehors, même si, selon les critères de Gilles, le temps était « acceptable », il faisait un froid de gueux. J'ai regardé notre groupe en train de faire du surplace pour tenter de se réchauffer, puis remarqué le grand sourire d'Amélie et Gaëlle, les deux autres filles du groupe. En short, Andrea était vraiment sexy… Il a pris la tête du troupeau et nous avons entamé le premier tour de piste.

Une autre fois, j'aurais pris plaisir à courir en matant son corps de rêve, mais là, j'ai laissé les autres filles s'en charger : franchement, j'étais trop énervée. De quel droit l'école nous faisait-elle bosser un week-end ? *Ce* week-end ? LE week-end où j'aurais pu passer du temps avec Sasha ? Qu'est-ce que j'allais lui dire, moi ? Et Anna ? Et Ben, tout content, qui nous avait promis un « gâteau inouï » pour nos dix-sept ans ?

Sans m'en rendre compte, j'avais forcé l'allure et dépassé le groupe d'une bonne dizaine de mètres. C'est en entendant la voix d'Andrea à mon oreille que j'ai réalisé qu'il avait tracé pour me rejoindre et que nous courions côte à côte.

— Tu es contrariée, Faustine. Que se passe-t-il ?

Faustine... Une nouvelle fois, mon prénom dans sa bouche m'a paru étrangement attirant...

— C'est le bivouac. Je... tu ne peux pas comprendre. C'est notre anniversaire à mon frère et moi. C'est... important pour nous. Vraiment très important. Chaque 8 novembre, nous nous sommes fait la promesse d'être ensemble. Et... (J'étais au bord des larmes...) je vais louper notre anniversaire, alors qu'en ce moment ça va pas super entre nous...

Mais où j'allais, là ? Je n'allais tout de même pas me mettre à pleurer et expliquer à ce type combien j'aimais mon frère, qu'il était ce que j'avais de plus précieux, surtout depuis que nos parents n'étaient plus là ?

— Je sais. Vous avez un lien unique, et il est parfaitement compréhensible que tu sois en colère. Néanmoins, ne t'en veux pas trop... Tous les élèves présélectionnés pour le Challenge sont retenus le week-end prochain, et ton frère sera lui aussi occupé à l'école pour les répétitions du quatuor. Il n'aurait pu être présent, de toute façon. Je crains que cela ne te console pas tout à fait, mais...

Sur le coup, j'avais été un peu soulagée. On était quittes pour refaire la fête le week-end suivant ! Puis j'ai réalisé que cela voulait dire que Sasha serait avec… Je me suis tournée vers Andrea, furibarde.

— Tu as raison. Ça ne me console PAS DU TOUT !

Le soir, au réfectoire, je faisais encore la tronche lorsque Sasha m'a rejointe. Lui non plus n'était pas à la fête, ce qui, en un sens, m'a rassurée : j'étais toujours et avant tout sa sœur…

— Tina, a-t-il commencé.

— Laisse tomber. Moi aussi. Je vais me geler les miches en haut d'une montagne pour nos dix-sept ans !

— Ouais. Ça craint. On va être coincés ici, nous. J'en ai marre de refaire douze fois les mêmes passages parce que l'alto ou la flûte ne sont pas ensemble.

Tiens, tiens ! Mademoiselle je-sais-tout avait donc quelques faiblesses ! Ça n'était pas très réglo mais d'un seul coup, mon moral est remonté en flèche…

— « En haut d'une montagne ? » C'est quoi ce délire ?

— On passe une nuit dans un refuge, au mont Angèle. On fait une ascension, on dort là-bas et on redescend. Et j'ai ma note d'optionnelle du premier trimestre…

— C'est ça qui me gonfle le plus, a dit mon frère. Je l'ai déjà, ma note. Le prof m'adore, il va me mettre un A, histoire de garder le A+ pour le prochain trimestre…

Mon frère… Un peu vantard, mais si adorable, et moi toujours pâmée d'admiration à ses pieds… Faustine et Sasha étaient de retour !

— Ça va faire drôle quand même… C'est notre premier anniv' sans maman…

J'ai sursauté. Sasha ne parlait jamais de maman. J'avais toujours eu peur d'aborder le sujet en sa présence, peur de sa réaction, peur de ma colère ; peur au fond que nous découvrions qu'elle avait préféré rejoindre son amour plutôt que de souffrir à nos côtés. Depuis que je me l'étais avoué l'autre soir, la fureur continuait à bouillir au fond de moi. Avais-je envie de la partager avec Sasha ? Comme s'il avait suivi le cours de mes pensées, il a enchaîné :

— Moi aussi, je lui en veux…

— Ah oui ? ai-je fait bêtement.

— Je la comprends, en un sens. Elle avait perdu tout espoir depuis que papa… enfin… Tu te souviens ? Les derniers temps, elle avait toujours l'air ailleurs. Elle n'a même pas essayé de nous en parler. Oui, je lui en veux pour ça. Et je me sens mal de n'avoir rien vu venir…

J'étais stupéfaite. Au fond, Sasha s'en voulait surtout À LUI-MÊME, il se bouffait le foie en croyant… quoi, d'abord ?

— Arrête ! ai-je dit un peu trop brutalement. Si elle nous avait parlé, elle aurait dit quoi ? Désolée, j'y arrive pas, soyez pas étonnés si un jour je me flingue parce que votre père me manque trop ? Tu crois que t'aurais pu la retenir ? Moi aussi je me sens mal, mais je la comprends pas du tout. Et tu sais pourquoi ? (Mes larmes coulaient et je me doutais que ça faisait un beau spectacle pour mes voisins de table, mais, franchement, ça m'était égal.) Parce que j'arrive pas à croire qu'elle en avait à ce point rien à foutre de nous…

— Tine !

Sasha avait l'air bouleversé. Il s'est avancé vers moi, m'a prise dans ses bras, m'a bercée. C'était notre « consolation de jumeaux », qu'on s'était faite cent fois, quand l'un de nous allait mal, pour un bobo au genou ou une engueulade avec un prof, un camarade ou notre mère…

— Pourquoi tu ne m'as rien dit ? a-t-il chuchoté dans mes cheveux. Pourquoi t'es pas venue ?

Quittant le réfectoire, il m'a guidée dans le hall, puis vers la rangée de poufs. On s'est assis, moi toujours calée dans son épaule.

— T'avais l'air d'aller bien ! Surtout depuis qu'on est arrivés ici, ai-je hoqueté en essayant de ne pas trop morver sur sa chemise.

— On est pareils, m'a dit mon frère. Toi, moi. Comment tu peux penser ça ! Si tu vas mal, je vais mal aussi !

— Pourquoi elle a fait ça, Sasha ? On comptait pour rien, alors ?

— Non, dis pas ça. Mais elle était dépassée, je crois. Et, a-t-il ajouté en baissant la voix, on ne lui a peut-être pas laissé assez de place entre nous…

J'ai eu un nouveau sursaut. Est-ce que Sasha avait vu juste ? Est-ce que ma colère n'était que le moyen minable que j'avais trouvé pour dissimuler ma culpabilité ?

— J'aurais jamais fait ça, moi, jamais…

— Ah oui ?

Sasha m'a prise par les épaules et détachée de lui pour me fixer.

— Eh bien moi, s'il t'arrive quelque chose, je peux te dire que je ferai comme elle…

J'ai eu l'impression qu'un poids énorme se retirait de mon ventre pour revenir le heurter avec encore plus de violence. Ce que venait de dire Sasha, j'aurais pu le dire il y a encore quelques semaines… et je savais qu'il attendait de moi les mêmes mots. Mais je sentais aussi, confusément, que je lui aurais menti si je l'avais fait.

Avec un pincement au cœur, j'ai réalisé que je m'éloignais de mon frère…

TROP TÔT LE LENDEMAIN MATIN, le vibreur de mon réveil m'a tirée du lit. Je n'avais pas cours avant deux heures, mais le bouquin de Sagan, entamé la veille, m'avait scotchée et je voulais connaître la suite. Comme le soir était pris par les révisions, que j'étais trop crevée pour lire plus de huit pages une fois couchée, le mieux était de finir le livre ce matin. Je l'avais donc emporté au réfectoire où les cuisiniers venaient à peine d'arriver et calé contre une corbeille de pain pour pouvoir lire tout en mangeant à peu près proprement sans le salir, vu que je l'avais emprunté à la bibliothèque.

J'en étais arrivée au moment où l'héroïne, Cécile, son séducteur de père et la copine cruche de ce dernier jouissent des premiers jours de vacances dans leur villa du bord de mer. On se doute bien que la copine n'est là que pour servir de passe-temps, que le seul amour qui vaille est celui qui unit Cécile à son père. Sagan n'utilisait que des phrases simples, un peu sèches ; mais elles m'allaient droit au cœur. Cécile et son père, c'était un peu Sasha et moi : un lien hors des autres, un amour qui ne serait jamais celui des corps, mais la communion des âmes. On sentait aussi une menace, comme une fièvre, et un ennui élégant dans l'écriture. J'étais, grâce à Sagan, avec Cécile lorsqu'elle enfilait son maillot et sentait sur ses épaules la morsure du soleil…

— Bonjour, Faustine.

Avant même de lever les yeux, la caresse de sa voix prononçant mon nom, les notes de vanille et de lavande mêlées de cuir m'avaient renseignée : Andrea… Mon cœur, comme à chaque fois, s'est embrouillé dans ses battements. Mais c'est avec une voix que j'espérais ferme et vaguement blasée (la voix que j'attribuais à Cécile, en fait) que je me suis efforcée de lui répondre.

— Bonjour.

Il m'a souri et s'est installé en face de moi. Une des dames préposées au service s'est avancée vers lui : il a commandé un caffe latte et un macchiato caramel, pour moi. J'ignorais qu'ils en servaient ! Comment savait-il que j'adorais ça ? J'allais lui poser la question lorsqu'il a remarqué mon livre.

— Que lis-tu ?

J'ai pris *Bonjour Tristesse* et le lui ai tendu en bredouillant :

— C'est pour notre cours de français…

Il n'a pas répondu. Il avait ouvert le livre et semblait réciter les phrases qu'il suivait des yeux. Cela ressemblait à un murmure, une prière. Alors, une nouvelle fois, je me suis perdue dans la perfection de son visage…

— Cela te plaît ?

— Hein ? !

Je me sentais rougir. Il m'avait vue en train de le reluquer !

— *Bonjour Tristesse*. Tu aimes ?

— Ah ! Oh oui, c'est… super.

Était-ce une lueur de dépit dans ses prunelles violettes ? J'ai cru l'entendre me murmurer à nouveau son fameux : « Ne me décevez pas… » Je me suis jetée à l'eau.

— C'est… incroyable. J'ai l'impression d'être avec eux, là-bas, sur la plage… J'ai le sable sur ma peau, le goût du sel, l'odeur de la mer, le soleil qui me mord… J'ai envie d'être Cécile, de me foutre de tout sauf de profiter de la vie et d'ouvrir grand les yeux sur le monde…

Où j'allais, là ? Mais voir Andrea me sourire, son magnifique visage tendu vers moi… J'en ai oublié où j'étais, qui nous étions. J'avais l'impression d'être avec un très vieil ami et de lui donner à lire mon âme. J'étais revenue sur la paroi : je savais que je pouvais lui faire confiance, aveuglément.

— J'en suis tout au début, mais je sais qu'il va se passer quelque chose. Quelque chose de dramatique. Ça couve, on le sent. Et c'est écrit avec tant d'élégance ! C'est… classe. Vraiment très classe. Ça me fait penser…

J'ai senti les yeux me piquer. Il avait le don pour me faire chialer, ma parole ! Mais c'était trop tard…

— Ça me fait penser à mes parents. Mon père était réalisateur de cinéma, ma mère était monteuse. Ils étaient… géniaux quand ils étaient ensemble. Ils…

Sa main sur la mienne. Ses doigts, si doux, aussi doux qu'une main de femme, juste une seconde, mêlés aux miens. Une sensation brutale et délicieuse, une vague qui dégringolait depuis mon cou jusque dans mes reins.

— Je sais, Faustine.

Il avait retiré sa main. Mais l'empreinte de sa paume était là, gravée sur ma peau. Je fixais bêtement mes doigts alors que la dame de service, avenante, me tendait mon macchiato, dont j'ai avalé une grande gorgée pour me donner une contenance. Une gorgée à cent degrés. Comme mes joues alors que, dans un flash, j'imaginais Andrea soufflant sur mes lèvres pour apaiser la brûlure. N'importe quoi !

— Et tu as raison, pour Sagan. La passion et l'élégance, c'était elle, absolument. Ne traîne pas, a-t-il ajouté en se levant et en jetant un regard sur sa montre. Patrick nous a donné rendez-vous à neuf heures pile, en tenue. Ne m'oblige pas à devoir te sermonner alors que nous venons de passer ensemble un moment si agréable…

Je devais avoir l'air vraiment stupide alors que je fixais son dos tandis qu'il gagnait la sortie du réfectoire. Oui, stupide. Mais aussi, si je voulais être honnête, merveilleusement heureuse.

— Ben ? Anna ?

Pour la troisième fois aujourd'hui, j'avais essayé de les joindre pour leur annoncer qu'il ne faudrait pas compter sur nous de tout le week-end. Pour la troisième fois, je suis tombée sur le répondeur. J'allais laisser un troisième message. Ou raccrocher et réessayer plus tard. Ou bien encore dire à Sasha d'essayer de les appeler. C'est que j'avais beaucoup à faire... Finir *Bonjour Tristesse*, me gaver de barres chocolatées immondes au distributeur du hall, lever la main à tous les cours, courir dans le parc... N'importe quoi, comme je le faisais depuis trois jours, pour ne pas avoir un instant de libre et repenser à la main d'Andrea posée sur la mienne. Ne pas ressasser le dilemme qui s'offrait à moi : soit il avait fait ce geste de façon machinale, comme on passe sa main dans le dos d'un ami pour le réconforter et, dans ce cas, je devais cesser de m'emballer ; soit il tenait vraiment à moi et n'avait trouvé que ce moyen, acceptable vu son statut et le mien, pour me le faire comprendre.

Bon, Andrea n'était pas vraiment un prof ; comme tous les assistants, il était élève, sans doute à bûcher sa prépa quand il n'assistait pas Gilles dans ses cours… mais quand même ! Et, me disais-je ensuite, était-ce si banal d'agir ainsi avec une fille, sans y accorder plus d'importance qu'une poignée de main ? Et si c'était, disons, Gilles, qui avait posé sa main sur la mienne, est-ce que j'aurais été troublée à ce point, ou vaguement dégoûtée, plutôt ? Ce qui m'arrivait était inédit pour moi. Jamais je n'avais ressenti cette attirance physique, qui me faisait vibrer dès que j'apercevais Andrea, cette impression d'être aimantée par son corps. Et dire que je n'avais personne à qui en parler ! À moins que…

— Anna ?

— Salut, Faustine !

— J'ai cru jamais vous avoir ! On sera pas là ce week-end pour notre anniv'…

— Je sais. J'ai eu Sasha un peu plus tôt. On est super déçus, mais on fera la fête la semaine prochaine ! Ben va faire une répétition pour son gâteau, on va le tester à votre santé…

— Anna…

Qu'est-ce que je pouvais lui dire ? Qu'un prof, non, un garçon un peu plus âgé me plaisait, peut-être, mais que je n'étais même pas sûre que la réciproque soit vraie ? Que j'avais l'impression de savoir enfin comment avancer, de trouver ma vraie place ? Que chaque fois que j'escaladais une paroi, je le faisais en ayant l'impression de faire corps avec lui ? Même elle, ma tante adorée si avide de « problèmes », n'aurait pas compris…

— Oui, Faustine ?

— Tu me manques…

Voilà. Ça, c'était acceptable. Ça, et être bien au chaud dans mon lit, lire jusqu'à ce que mes yeux se ferment et que le sommeil chasse Andrea de ma tête…

Ou pas. Le lendemain matin, veille de notre départ en bivouac, en écoutant vaguement Patrick Gilles énumérer le matériel dont nous aurions besoin pour l'ascension et la nuit au refuge (« Votre examen commencera à l'instant où je ferai l'inventaire de vos sacs ! »), j'ai soigneusement évité de regarder Andrea qui, par bonheur, de son côté, alignait soigneusement quatre types de cordages de couleurs différentes, des sacs de magnésie et des mousquetons sur le sol du Gymnasium ; il ne me prêtait pas la moindre attention. Nous étions tous un peu comateux (la veille, des devoirs surveillés dans trois matières nous avaient mis à moitié HS et constituaient un sujet inépuisable de chuchotements), mais je me suis soudain réveillée lorsque Gilles a réclamé le silence.

— Il me sera impossible de vous accompagner pour des raisons sur lesquelles je n'ai pas l'intention de m'attarder. Néanmoins, Andrea sera mes yeux et mes oreilles, et soyez sûrs que par le passé, il n'a pas hésité à sanctionner l'attitude ou la technique de tel ou tel élève. Il n'y aura pas de favoritisme : chacun sera récompensé selon son mérite et seulement pour cela. Une nuit là-haut et retour en bus. Votre note déterminera si vous avez votre place ou non dans l'équipe. Ma présélection comporte quinze noms, je garderai sept personnes. À vous de mériter d'en faire partie. Et je vous rappelle que tous mes élèves, et pas seulement les premiers niveaux, sont concernés…

C'est vrai qu'à force de vivre en petit comité, nous en avions oublié les autres varappeurs. Enfin, pas tous… Simon, Moundir, Gaëlle et Amélie mangeaient désormais à leur table et étaient devenus de vrais petits Gilles en miniature. Simon essayait bien de m'entraîner avec eux, mais je m'accrochais aux Proscrits. J'étais à ma place parmi eux. Ils n'avaient pas joué les chochottes pour m'accepter ou attendu que je fasse mes preuves pour daigner s'asseoir à mes côtés. Moi, si muette d'habitude, j'arrivais à leur parler sans ressentir de gêne. Ce qui pour moi valait largement le prestige de me montrer à la table estampillée PG. Je n'oubliais pas non plus que l'on pouvait s'en faire virer avec pertes, fracas et la honte en prime. Alors manger entre les effluves gras des cuisines et les relents des toilettes… Finalement, ce n'était pas si mal pour qui aime la discrétion !

— D'accord, mademoiselle Sullivan ?

— Hein ? (Toute à mon analyse sociologique de la géostratégie du réfectoire, j'avais perdu le fil.) Hem… Veuillez m'excuser, Chef ! (Un peu de lèche ne pourrait pas me faire de mal.) Je n'ai pas entendu…

— Vous voulez sûrement dire « écouté », m'a-t-il reprise, narquois. Je disais donc que vous serez en queue de cette cordée. Il vous appartiendra d'aider vos camarades puisque vous aurez largement eu le temps de repérer les voies…

Bon, c'était chaud. J'allais passer le week-end de mes dix-sept ans le nez en l'air, à regarder les fesses des copains et à guider les plus nases…

— Merci monsieur, ai-je dit, avec ce que j'espérais être une ironie imperceptible. C'est un grand honneur.

— Mais je vous en prie, a-t-il croassé. Je vous l'ai dit : chez moi, tout s'obtient par le mérite.

J'espérais vaguement que Sasha viendrait me chercher à midi, mais il était déjà très occupé lorsque je suis arrivée vannée après deux heures d'entraînement : Elzbieta lui tendait justement un paquet choucrouté de bolduc. Du coin de l'œil, je l'ai vu déballer une chemise et un smoking.

— Bon anniversaire, un peu en avance ! C'est pour le concert en mars. Dès que je t'ai vu, j'ai su que tu serais parfait en Hedi Slimane. C'est un vintage de 2006, quand il était chez Dior Homme. Chouette, non ?

Il en restait bouche bée. Bon ça va, c'était jamais que des fringues ! Sans doute super chères, mais depuis quand Sasha était-il fasciné par des vêtements ?

— Waouh ! s'est-il exclamé.

Ce n'était pas le smok. Dans le fond du paquet, il y avait une photographie qu'il a soulevée comme s'il tenait le Graal. Derrière le papier cristal qui la protégeait, j'ai reconnu Pete Doherty photographié par Slimane *himself*. Là, elle avait fait fort…

— C'est un tirage original. Quelqu'un m'a dit que tu avais la repro dans ta chambre, j'ai pensé que ça te plairait…

— Waouh, Elzbieta, c'est… Je sais pas quoi te dire…

— Juste : oui. Que tu acceptes mon cadeau. Et que tu vas m'inviter pour le bal de Noël.

Normalement, il aurait dû faire quoi, le Roi des Blasés, le chouchou de ces dames, le BG, *MON* frangin ? Lui rendre ses trucs hors de prix, lui faire une bise sur la joue (allez, je suis pas chienne) et lui dire que c'était trop et que le bal de Noël, très peu pour lui. Au lieu de ça, il l'a serrée un peu trop longtemps dans ses bras et lui a dit :

— Tes ordres sont mes désirs, princesse !

Joyeux anniversaire, Faustine. D'habitude, « princesse », c'était pour moi, le titre suprême que Sasha me décernait lorsqu'il voulait que tout le monde sache à quel point j'étais importante dans sa vie. Alors voir « notre » mot gaspillé pour cette garce, ça m'a fait très mal. Pour un cadeau, c'était vraiment un chouette cadeau…

Le matin est arrivé sans prévenir. C'est un bruit de moteur venu du parking situé sous ma fenêtre qui m'a réveillée. Bizarre : mon radio-réveil n'avait pas sonné… Et pour cause : il était débranché. J'ai jeté un œil sur le lit, vide bien entendu, de ma compagne de chambre… Saloperie d'Elzbieta ! Une vengeance pour le coup du réveil tonitruant de la dernière fois…

— Quelle p… !

D'un seul coup, j'avais réalisé que c'était le jour du bivouac. Limite nauséeuse, j'ai repoussé les couvertures et me suis jetée en bas du lit. Il me restait… cinq minutes pour être sur le parking à l'appel avant de monter dans le bus. Et mon sac que je devais récupérer au Gymnasium… Jamais je n'y arriverais !

J'ai enfilé n'importe comment les vêtements heureusement préparés la veille (un bonheur que l'autre tordue n'ait pas balancé le tout par la fenêtre !) et me suis précipitée dehors. J'avais une haleine de chacal mort, les cheveux en fouillis, les lacets en balade…

— Faustine ! a hurlé Simon alors que je galopais sur le parking pour rejoindre le Gymnasium.

Bien sûr, le bus était déjà là, moteur au ralenti.

— Mon sac ! ai-je répondu sur le même ton.

— Il est là !

Je me suis arrêtée d'un coup, manquant m'étaler sur les graviers.

— Tiens, t'inquiète pas. Amélie l'a vu dans votre vestiaire et te l'a amené…

J'ai bafouillé un merci à Amélie en levant le pouce et en évitant d'attaquer le visage de Simon plein sud : j'étais persuadée de répandre une odeur d'égout. Pour être vraiment certaine que personne ne viendrait me renifler de trop près, j'ai même entamé un tour du bus en petites foulées… avant de m'arrêter net.

À une trentaine de mètres de moi, à côté d'une énorme moto, Andrea était en grande conversation avec une fille. Elle était de dos, mais je voyais parfaitement ses longues jambes minces gainées dans un pantalon de cuir et ses cheveux mi-longs, d'un blond presque blanc, qui tranchaient avec élégance sur son blouson noir. Et je voyais distinctement le visage crispé d'Andrea… Ils discutaient à voix basse passionnée, mais soudain la fille a haussé le ton.

— Tu ne pourras pas lui cacher très longtemps, Andrea !

Il a baissé la tête, a passé la main sur son front… Alors, elle a posé d'un geste brusque le casque qu'elle tenait à la main sur le siège de la moto. Puis, sans prévenir, elle a enlacé Andrea. Un drôle de geste, qui ressemblait plutôt à l'accolade bizarre que se font Sasha et Ben lorsque nous rentrons le week-end, mais une accolade qui se prolongeait un peu trop…

Mon cœur battait à grands coups sourds, douloureux. J'ai détourné la tête et fait marche arrière pour rejoindre les autres. Qui était cette nana ? Sa copine ?

Les jambes en coton, j'ai quand même réussi à rallier le groupe. Dans mon dos, j'ai entendu hurler le moteur, puis la moto a fusé, éclaboussant de gravier quelques élèves.

— Quelle conne, celle-là ! s'est exclamé quelqu'un.

Mais qui était cette fille ?

Pour essayer de ne plus y penser, je me suis assise juste derrière le chauffeur, qui par bonheur était un type vraiment sympa. Et vraiment bavard. Et vraiment content d'avoir quelqu'un à qui parler, sans devoir employer le vous très « prout-prout, ma chère » en vigueur à Mont Angèle. Il s'appelait Charles, mais voulait qu'on dise Charlie et appelait le bus sa « Charline ». Il habitait dans un appart' de fonction, mais avait une cabane de pêche à une heure de l'école…

— Tu verrais ça ! Un rêve. Je suis au bord du lac, j'y vais dès que j'ai un congé. Je l'ai faite moi-même, ma cabane, tu sais. Pis les voisins sont sympas. Quand je suis pas là, ils jettent un coup d'œil pour pas que des malfaisants y z'entrent. Mon voisin, c'est un noirouf. Bon, tu me diras, c'est pas sa faute, il est né comme ça. Il fait du traîneau avec des clébards, y paraît qu'il fait du fric avec ça. Un jour y m'a invité chez lui, faut voir le chalet, et pis sa bourgeoise ! Une belle femme. La classe, hein ! Pas une denrée. Une dame. Elle écrit des bouquins. Elle m'en a offert un, un jour, mais bon, les bouquins c'est pas trop mon truc. Moi mon truc c'est la pêche. C'est elle qui doit faire tourner la boutique, elle vend des bouquins même en Amérique, tu y crois, toi ?

J'étais prête à lui expliquer ma façon de penser quand ça a fait tilt : Charlie, je le connaissais. Enfin, de réputation. Ben m'avait déjà parlé de ce voisin pêcheur qui lui faisait cadeau de ses plus belles prises « pour sa dame », lui avait montré sous le sceau du secret absolu ses coins à champignons et, d'une manière générale, connaissait la forêt comme sa poche. Il l'aimait bien, donc ce type était tout sauf un raciste, CQFD. Un peu bas du plafond, mais brave type dans son genre. On se demandait même comment il avait pu atterrir comme chauffeur de la très stylée école Mont Angèle, et puis j'ai pensé à CDA (Crétin des Alpes, le surnom du concierge). Ça devait être une question de quotas obligatoires. Il devait y en avoir aussi pour les pétasses du gotha et c'était vraiment pas de bol que je me retrouve justement dans la même chambre que cette minorité-là...

Finalement, après trois, quatre virages serrés et une demi-heure de monologue de Charlie, nous sommes arrivés au mont Angèle. Pas la version touristes, cette fois-ci, mais celle des sportifs, des vrais !

— Bonne journée ! m'a lancé le chauffeur.

J'étais vraiment devenue une bête pour me faire de nouveaux amis...

À l'idée de notre expédition, Simon était tout réjoui, mais la plus contente c'était Gaëlle : elle allait passer le plus clair de son temps dans le dos du super assistant sexy...

Andrea nous a conduits derrière la cabane en rondins d'où nous étions partis la première fois pour la rando de la mort. Un minuscule sentier menait au cœur d'une forêt de sapins. Il faisait frais au milieu des arbres, mais ça n'était pas désagréable. Nous avancions dans une odeur délicieuse de résine et de champignons. À Paris, je connaissais des boutiques qui vendaient une fortune des bougies qui sentaient quatre fois moins bon que ça. J'espérais à chaque instant apercevoir une bestiole, malgré le boucan que nous faisions… Je me disais que ce serait bien que Dame Nature, pour une fois, me fasse un cadeau pour mon anniv'… parce que pour l'instant, ce qui tournait en boucle dans ma tête, c'était le moment où la blonde avait serré Andrea contre elle. Mais qu'est-ce qui m'arrivait ?

Sous prétexte de conseils, les filles accablaient Andrea de questions, et il y répondait avec patience et son fameux sourire. J'étais restée en queue de peloton, où Super Glue Simon est venu me rejoindre.

— Alors, où est passé notre leader ? lui ai-je demandé, histoire de lancer la conversation et me sortir la blonde à moto du crâne. Amélie et Gaëlle ont pris la tête des opérations !

— Ouais, bof, tu sais. Elles essaient de draguer Andrea…

Je n'en menais pas large..

— Oh, tu crois ?

— Ben… je suis un mec, et en général je détaille pas trop les autres mecs… Mais bon, là, faut reconnaître qu'il doit vous faire de l'effet, non ?

Deux options : jouer la fille blasée. Pas crédible. Ou la fille lucide, mais pas intéressée : mieux.

— Bon, c'est sûr qu'il est canon. Mais bon, c'est un prof ! Il a quoi ? Au moins vingt ans ? Qu'est-ce que tu veux qu'il s'intéresse à nous, enfin je veux dire, aux élèves ?

— J'ai jamais dit qu'il allait s'intéresser aux filles du groupe ! Je dis juste qu'elles sont là à baver devant comme... Toi, t'es une fille, Faustine...

— Ouais, ai-je rétorqué, faisant la vexée. J'ai pas des gros lolos comme Gaëlle, mais ouais.

— Bah, excuse. Tu vois bien ce que je veux dire. Bon, disons qu'en tant que fille, il te fait bicher, nan ?

— Écoute : pour moi, c'est d'abord un prof, tu vois. J'ai pas envie de me la jouer Lolita...

— Arrête ! Il est en prépa, il a vingt ans maxi, et toi...

— Moi ? Dix-sept dans quelques heures, mon pote ! T'as pas intérêt à oublier de me le souhaiter...

— Mais c'est vrai ! Tu me l'avais dit lundi au Gymnasium !

Il m'a prise par l'épaule, à la façon pataude des mecs normaux, je veux dire pas les mecs cool comme mon frère, et m'a fait une bise sur la joue. Au moment précis où Andrea s'arrêtait et tournait la tête en nous faisant signe d'activer le mouvement. J'ai vu distinctement ses yeux devenir fixes, presque cruels, comme lors de l'engueulade avec Gilles, mais nuancés de désespoir. Cela a duré quelques secondes, puis il est reparti, Gaëlle et Amélie sur les talons. Simon n'avait rien remarqué, bien sûr ; moi, j'étais bouleversée. Ce regard, je le connaissais. C'était le mien lorsque Sasha rentrait à l'appart', à Paris, une copine ou une autre accrochée à sa main. Et tout à l'heure, en voyant la blonde prendre Andrea dans ses bras. Ce regard, c'était celui de la possession trahie, de l'amour bafoué. C'était celui de la jalousie.

J'étais encore en pleine cogitation lorsque nous sommes arrivés au pied d'un piton rocheux. J'ai enfilé mon baudrier, accroché mon sac de magnésie ; pas une fois je n'avais pu croiser le regard d'Andrea. Il enroulait soigneusement la corde qui allait nous relier les uns aux autres, en a fixé l'extrémité à son baudrier, puis l'a tendue à Gaëlle. Le tout sans une parole, ce qui nous convenait bien : peut-être émus à l'idée de notre première « vraie » ascension, nous avions tous fait silence...

Les trois premières heures ont été magiques. Les sensations, déjà intenses dans le Gymnasium, étaient décuplées dans la montagne. Les minuscules pierres qui s'incrustent dans la pulpe des doigts ou dévalent le long de la paroi, et le brusque coup au cœur... Les changements de température lorsque nous évoluions sur un pan de roche chauffé par le soleil montant... et ce sentiment qu'attachés l'un à l'autre, nous étions en communion, chacun veillant à la sécurité de ses coéquipiers. En tête de cordée, Andrea ouvrait la voie et nous étions tous concentrés – Gaëlle stressait même un peu – pour repérer ses prises tant il les enchaînait avec souplesse et rapidité. Tout charme, tout sourire, il accrochait la corde aux spits fixés sur la paroi à une telle vitesse que l'on entendait à peine les mousquetons claquer. Puis, arrivé sur les promontoires, assurait la corde et guidait chacun de nous afin que nous le rejoignions. Enfin... presque tous. Lorsqu'il a constaté que je me débrouillais comme une championne (toujours cette incroyable sensation, presque surnaturelle, de deviner exactement où poser mes appuis, et quelle serait la sensation produite dans tout mon corps !), il n'a plus attendu que j'aie rejoint le groupe pour enchaîner sur le parcours suivant. Dans ma tête, c'était l'euphorie ; et c'est lorsque Amélie m'a demandé pourquoi j'arborais mon sourire en coin (« Mon sourire de Joconde » selon notre nounou folle, peut-être le seul compliment qu'elle m'ait jamais fait !) que j'ai réalisé que j'étais simplement… bien. Sans stress, sans mélancolie, sans tristesse. Finalement, dans cette journée pourrie, c'était peut-être ça mon cadeau…

Nous étions arrivés sur un plateau, une petite clairière à flanc de montagne, quand Andrea a décidé que nous méritions une pause déjeuner. Énervés comme des gamins en colo, nous nous sommes rués sur les pique-niques préparés par l'école et distribués le matin. Honnêtement, c'était top : des tomates aussi fondantes, je n'en avais jamais mangé avant !

Le soleil était délicieux sur la peau et poussait à l'alanguissement. Pourtant, sans avertissement, Amélie et Moundir ont commencé à se courir après en jappant comme des teckels. Soudain, il a mis le pied dans un trou. La seconde suivante, il était face contre terre et ses hurlements de rire se sont transformés en hurlement tout court.

— Ma cheville ! a-t-il gémi.

Lorsqu'il a enlevé son chausson, son pied a semblé tripler de volume en quelques secondes, comme un soufflé dans un four. Et cette couleur aubergine sur sa peau brune n'augurait rien de bon…

Il n'a pas fallu plus de deux secondes d'examen à Andrea pour établir un diagnostic :

— Entorse, et sans aucun doute ligaments arrachés. Je suis désolé, il va falloir être solide en attendant que je puisse organiser votre rapatriement à l'école…

Les instructions d'Andrea étaient claires : réconforter Moundir, ne pas le toucher, veiller à ce qu'il n'attrape pas froid. De son côté, il allait rejoindre le refuge qui disposait d'un poste pour appeler les secours car, bien sûr, les portables ne passaient pas. Normalement, cette dernière ascension aurait dû nous prendre deux heures, mais seul et avec son expérience, il irait beaucoup plus vite.

— Mais… Vous ne serez pas assuré ? s'est inquiétée Amélie, au bord des larmes.

— Ne vous en faites pas. J'ai l'habitude des solos.

Le cœur serré, nous l'avons regardé empoigner la première prise, enchaîner sur la suivante… Hypnotisés, nous étions à nouveau sous le charme de son extraordinaire virtuosité, comme au jour de la démonstration. C'était grâce à lui si j'étais là aujourd'hui, si j'avais vécu ce matin des sensations si neuves et pures… Soudain, il s'est retourné vers notre groupe en souriant :

— Ne touchez surtout pas à mon sac !

Puis il a disparu, dissimulé par un surplomb qu'il venait de passer, comme par magie.

— Merde, avons-nous entendu à ce moment. Merde !

Moundir, bien sûr, qui venait de réaliser ce que j'avais déjà compris. Et, au regard à la fois soulagé et honteux que m'a lancé Simon, il venait d'avoir la même pensée.

— Ben, ça fait un concurrent de moins, a commenté Gaëlle.

Pas fair-play, mais lucide. Nous devenions aussi cyniques que notre prof !

Deux heures plus tard, nous enfilions à nouveau les baudriers. Nous avions vu revenir Andrea porteur d'une bonne nouvelle (un hélico allait venir chercher le blessé) et d'une annonce moins réjouissante : Gilles était à bord et il était furieux. En fait, Andrea avait été sympa de parler de fureur. Gilles était à son zénith de colère. Il a pourri Moundir pendant cinq minutes avant de se tourner vers Andrea.

— Traîne cet imbécile jusqu'à l'hélico, je le réceptionne là-haut. Tu gères la nuit, je vous récupère demain à l'école.

Je trouvais ça un peu trop sympa pour un Patrick Gilles. J'étais presque sûre qu'il n'avait pas craché toute sa bile.

— Ne soyez pas trop déçu ! a-t-il hurlé à Moundir par-dessus le vacarme de l'hélico. Vous êtes tellement nul que j'avais l'intention de vous exclure de la sélection, de toute façon. Réjouissez-vous : vous n'aurez pas à l'apprendre devant tout le réfectoire.

J'avais raison. Je commençais à bien le connaître, mon Gilles…

La fin de l'ascension a été un calvaire. Pas tellement à cause de la difficulté de la voie – honnêtement, même une mamie avec un peu d'entraînement aurait pu y arriver – mais à cause de Gilles. Moundir était considéré comme un grimpeur honnête, sans la souplesse de Simon ou mes coups de folie, mais de là à imaginer qu'il serait écarté si rapidement de la sélection ! Comme s'il avait fait exprès de se foutre la cheville en l'air… Andrea, sensible au changement d'atmosphère, n'en avait pas fait des tonnes pour nous remonter le moral. J'ai juste admiré son calme et l'attention redoublée qu'il nous portait.

Finalement, c'est presque blasés que nous sommes parvenus au refuge, une cabane en bois arrimée sur un plateau au sommet du mont Angèle. Le cul dans l'herbe, nos sacs en vrac à nos pieds, Simon et moi avons partagé une gourde d'eau puisée à la pompe à bras juste à côté de la cabane. Une eau délicieusement glacée, qui faisait friser les dents. J'espérais que ce n'était pas avec celle-là que l'on devrait prendre une douche le lendemain matin. J'imaginais n'importe quoi, en fait, pour ne pas penser à Moundir… et à la blonde, qui était revenue hanter mon esprit.

UNE FOIS INSTALLÉS autour de la table en bois gravé de milliers d'initiales, cœurs, mots dans toutes les langues et dessins pornos, Nous avons vraiment pris conscience de notre fatigue. Après un quart d'heure de pause, Andrea ne nous avait pas ménagés : certains avaient été chargés de la collecte de bois pour le poêle, d'autres de la préparation du repas ou du nettoyage… Bref, quand Amélie nous a crié de venir à table (perso, ayant hérité du gène de la tambouille immangeable des femmes de ma famille, je m'étais portée volontaire pour la corvée de bois), j'étais vannée. En mangeant la salade, les grillades qu'Andrea avait sorties comme par magie d'une poche isotherme de son sac à dos, les fruits et les bouts de chocolat rescapés, j'ai considéré la tablée avec un brin de mélancolie. Il n'y avait ni gâteau, ni bougie, ni cadeau. Ni mon frère. Ni (et là, j'ai respiré un grand coup) papa, ni maman. Mais à moins de deux mètres, un mec magnifique et mystérieux qui m'attirait et dont j'interprétais désormais le moindre mot, le moindre sourire, la moindre attitude pour deviner si je lui plaisais aussi. Même si maintenant que je l'avais vu avec cette grande blonde (motarde en plus !), j'en doutais beaucoup. Était-ce cela, la vie ? Des pertes irréparables, l'absence et les larmes, le désespoir, puis dans le sombre dédale du cafard et du chagrin, une porte qui s'entrouvre… avant de se refermer aussi brusquement.

Plongée dans mes réflexions, je n'avais pas pris conscience que les conversations s'étaient taries. La fatigue, le tango des flammes dans la cheminée, amenaient chacun d'entre nous à un engourdissement bienheureux. Simon m'a serrée dans ses bras, m'a chuchoté un « bon anniversaire » quasi inaudible derrière l'oreille, puis a filé dans son duvet comme un gamin puni. Rototo et les quatre autres gars sont sortis, officiellement en quête de buissons pour « pisser un coup » (la classe de ces mecs !), en réalité pour fumer ou un truc dans le genre. Équipés de lampes pour éviter de se casser la figure, ils ressemblaient à des lucioles. De grosses lucioles pas gracieuses du tout. Gaëlle et Amélie ont bien tenté de résister, posé des tonnes de questions à Andrea sur la journée de demain, mais elles ont fini par craquer…

J'étais embrumée, moi aussi, mais je voulais tenir le coup jusqu'à minuit. Minuit pile, l'heure de ma naissance. « Ma petite diablesse, mon crime parfait », aimait à dire maman lorsque je me plaignais d'être si nulle, comparée à mon frère idéal. Oh non… voilà que j'allais encore pleurer ? Andrea a remis une bûche dans le feu, puis m'a souri.

J'ai soudain réalisé que nous étions seuls pour la première fois depuis le fameux petit déjeuner « macchiato caramel » que je me repassais en boucle. Oui, seuls. Malgré les autres qui dormaient au-dessus, malgré les abrutis qui n'allaient pas tarder à rentrer dans une odeur de clope… Andrea s'est levé, s'est dirigé vers l'escalier ; j'ai ressenti une immense déception, suivie d'une joie tout aussi intense lorsque je l'ai vu plonger la main dans son sac et en sortir un paquet-cadeau.

— Voilà pour toi…

— Oh !

J'étais émue, si émue. Que quelqu'un ait pensé à moi. Non. Que *lui* y ait pensé.

— Ouvre-le…

Les doigts tremblants, j'ai déchiré le papier, un papier japonais fin comme un souffle qui protégeait un livre. Une couverture blanche à filets verts… *Bonjour Tristesse* ! Ainsi je ne m'étais pas trompée ! Sa main sur la mienne, ce trouble qui m'avait envahie, ce n'était pas un fantasme de fille paumée…

— J'ai pensé que tu méritais mieux que l'exemplaire défraîchi de la bibliothèque

— Merci, c'est… je sais pas trop quoi dire…

J'avais ouvert le livre. Le papier en était légèrement jauni, les pages semblaient avoir été lues et relues…

— Il n'est pas tout neuf, tu vois. En fait, il fait partie du tiré-à-part de l'édition originale, les exemplaires que l'éditeur de Françoise Sagan lui avait réservés pour qu'elle en fasse cadeau à ses amis.

Sur la page de garde, des mots largement espacés, posés là comme des papillons, prêts à s'envoler…

— C'est… c'est son écriture ?

— Oui. Ce livre est dans ma famille depuis… sa sortie, en fait.

Il devait valoir une fortune ! Et comment pouvait-il me donner un souvenir de sa famille ?

— Je suis désolée, ai-je fait en lui tendant le livre. Je… je ne peux pas accepter, c'est trop personnel.

— Faustine…

Je crus qu'il allait saisir l'ouvrage. En fait, le bout de ses doigts s'est posé sur les miens.

— Je sais ce que je fais. Je tiens vraiment à ce que tu l'aies.

Alors, nous nous sommes embrassés. Ces lèvres que j'avais détaillées mille fois étaient sur les miennes, sa langue douce m'offrait sa saveur, je me perdais dans les effluves de lavande, de vanille et de cuir… Nous nous sommes séparés et fixés, stupéfaits. Pour cacher mon trouble, j'ai repris le livre, l'ai ouvert à nouveau à la page dédicacée. Il y était écrit : « Car tu sais toi aussi la tristesse des monstres… » C'était simplement signé : Françoise. Ces quelques mots, Andrea les a murmurés. Dans sa bouche, les mots sonnaient comme une caresse, une mélodie ou une comptine tragique. Je me suis souvenue des paroles de Selma : Sagan avait été surnommée « le charmant petit monstre ». Pour qui était cette dédicace ? J'allais lui poser la question. Mais d'abord, j'avais follement envie de sentir à nouveau sa peau, sa bouche contre la mienne…

Andrea m'a regardée, a approché la main de mon visage… Et puis nous avons entendu les exclamations de Rototo et consorts qui revenaient de leur balade.

D'un geste brusque, j'ai jeté les lambeaux de papier japonais dans le feu. Ils ont disparu en quelques secondes, emportant avec eux le secret de ce moment de grâce. Andrea m'a souri et a murmuré tendrement :

— Bon anniversaire, Faustine…

Les cris des autres débiles se faisaient plus vifs. Troublée, j'ai gagné comme j'ai pu la mezzanine pour cacher mon bonheur dans mon duvet. Quand le club des cinq a passé la porte, j'étais bien au chaud, à les maudire : j'étais sûre que s'ils nous avaient laissé quelques minutes de plus, Andrea m'aurait donné d'autres baisers. Ceux que j'attendais, en fait, depuis notre premier rendez-vous au petit déjeuner. J'en étais certaine désormais : Andrea était venu me rejoindre, ce matin-là.

Mais dans ce cas, qui était cette blonde sexy sur la moto ?

Lorsque je me suis présentée pour le petit déjeuner concocté par Andrea (décidément son sac était une vraie caverne d'Ali Baba !), les filles et Simon babillaient déjà autour de lui sans lui laisser le moindre répit. Pourtant, pendant une seconde, nos regards se sont fondus et il m'a souri... Pour éviter de rougir, je me suis tournée vers Simon.

— Ils sont où, Rototo et les autres ?

— Corvée de bois. Moi, je me tape le ménage du gîte car Andrea, a-t-il lâché en baissant le ton, estime que vous, les filles, vous en avez assez fait hier...

— Andrea nous a promis une surprise ! l'a interrompu Gaëlle.

— En effet. Et si vous êtes toutes prêtes, on y va, a lancé Andrea. Simon, tu jetteras un œil aux autres ? Je suis de retour dans un quart d'heure...

Quelques minutes plus tard, nous suivions Andrea dans un petit raidillon.

— Le mont Angèle n'est pas vraiment un sommet très difficile, ni très haut, mais il recèle des tas de surprises comme celle que je vais vous faire découvrir...

Nous sommes soudain parvenus devant un pan de roche balafré de grandes blessures verticales. L'une d'elles était un peu plus large et Andrea s'est engagé à l'intérieur.

— Suivez-moi. On n'y voit pas grand-chose, mais il n'y a aucun risque de se blesser et cela ne dure pas très longtemps

À la lueur de la lampe crayon qu'il avait allumée, j'arrivais à peine à distinguer, à quelques centimètres de mes épaules, les parois de la montagne, et pourtant j'étais juste derrière lui. Avec un pincement au ventre, j'ai pris conscience que nous progressions à l'intérieur du mont Angèle. J'étais en train d'imaginer des scénarios flippants lorsque j'ai senti la main d'Andrea se poser une seconde sur la mienne et ses doigts caresser ma paume avant de me lâcher. Puis nous avons débouché dans une grotte. Une douce chaleur y régnait.

— Mesdemoiselles, la source chaude du mont Angèle ! Température d'environ trente degrés, aucun voyeur, détente garantie. Si cela vous dit, je vous abandonne ici et vous nous rejoignez dans… disons… trois quarts d'heure ?

Au centre de la grotte, un petit étang d'une quinzaine de mètres de diamètre, à l'eau bizarrement opalescente dans l'étrange lumière que laissait filtrer la paroi, était des plus tentants. Et dire que j'avais craint de devoir me laver à l'eau glacée de la pompe !

— Ouah, a crié Gaëlle, c'est top !

— Yes, a fait Amélie. Ça me changera les idées.

— Dans ce cas… À tout à l'heure. Et n'ayez crainte, personne ici ne viendra vous ennuyer. Je vais surveiller les garçons. À plus tard !

Un quart de seconde, j'ai imaginé ce que cela aurait pu être de me retrouver ici, seule avec Andrea… mais il avait à peine disparu dans le couloir de roche que Gaëlle a fait valser ses fringues.

— Youhou ! Elle est super bonne ! Allez les filles, lâchez-vous !

L'eau était merveilleusement chaude et la lumière verdâtre me donnait l'impression de m'être glissée dans un cocon. C'était presque aussi bon que lorsqu'il m'avait embrassée, hier soir… Je me sentais partir quand la conversation m'a ramenée dans la réalité.

— T'as des super seins, soupirait Amélie en regardant Gaëlle. J'arrête pas de les mater quand on prend nos douches après le cours, la nature est dégueu. Tu fais au moins du 95 et ils sont géniaux…

— Ouah, j'ai eu peur, ai-je rigolé. J'ai cru un moment que tu parlais des miens…

— Alors toi, Faustine, te plains pas, a répondu Gaëlle. Des seins, tu peux encore les refaire, mais les jambes, niet. T'es une naine, t'es une naine, point. Il me manque facile dix centimètres pour être à peu près normale, et toi t'as une silhouette de top !

— Ouais. Pas de seins, pas de hanches, des cuisses de mouche. Je sais pas à quel type je pourrais plaire. On dirait mon frère…

— Ton frère, il est pfiou…

— Ah, ça… (Faire les relations publiques de Sasha. Territoire connu et qui m'éviterait de sortir une imprudence sur Andrea.) Tu parlais de la nature tout à l'heure ? Ben tu vois, c'est le tirage au sort, et on gagne pas toujours…

— J'espère que tu déconnes, a dit Amélie, soudain sérieuse. C'est sûr que tu fais pas beaucoup d'efforts et qu'on a toujours l'impression que tu t'habilles avec les vêtements de ton frangin, mais t'es super belle, Faustine !

C'était nouveau, ça. Inconnu au bataillon. Et dit par une fille, en plus !

— Ouais ? Ben tout le monde pense pas comme toi. Tiens, ma coturne, par exemple. La première fois qu'elle m'a vue, j'ai cru qu'elle allait vomir…

— Ah oui, c'est toi qui as hérité d'Elzbieta, cette année !

— Elle a l'air connue, dis donc !

— Tu parles ! Ses parents sont parmi les principaux donateurs de l'école et elle s'en sert à la moindre occasion pour nous rabaisser. Marine, ma coturne, l'a eue pendant un semestre. Elzbieta avait exigé d'être avec une de ses copines, mais il y a eu un bug à l'administration et ça ne s'est pas fait. Comme c'était plus possible de changer Marine de chambre, elle lui a fait une vie d'enfer. Elle a vidé de l'encre sur ses fringues et lui a mis de la crème dépilatoire sur les cheveux pendant qu'elle dormait…

— Nan !

— Si, je te jure. Elles étaient internes toutes les deux et quand le mec de Marine est venu la voir un week-end, elle lui a fait un gringue pas possible, limite strip-tease. L'autre savait plus où se fourrer…

— Dis donc, tu m'inquiètes. Cette tarée en a après mon frère…

— Ouais, on sait. Tout le bahut est au courant. L'année dernière, elle avait flashé sur Andrea…

Mon ventre s'est tordu d'un seul coup. Quoi ?

— Elle lui a couru après pendant toute la semaine de la rentrée. Et le lundi suivant plus rien. Nietpopoff. Elle avait même plus l'air de savoir de qui on parlait quand quelqu'un prononçait son prénom.

— Ah oui ?

Mon cœur battait toujours à cent à l'heure.

— Ouais. C'était même zarbe. Y en a qui disaient qu'elle était shootée…

— Ben moi, je veux bien me shooter pour Andrea, a fait Gaëlle. Je le surkiffe ! Mais je crois qu'on n'est pas son genre…

— Ben moi, c'est lui qui est pas mon genre. Trop parfait, je dirais…

— Ouais. Toi tu préfères les types avec des chevilles fragiles et une tignasse plus longue que la tienne.

— Ça se voyait tant que ça ? a fait Amélie, faussement gênée. Et lui, il s'en est aperçu, au moins ? J'ai été assez relou ?

— Nickel, ai-je répliqué en lui balançant un splash de flotte, ce qui a amené ma montre à hauteur d'yeux. Faut qu'on y aille…

— Oh, non !

— Désolée. On pourra remercier Andrea de nous avoir fait connaître ce coin. C'était trop génial…

— J'adorerais le remercier pour un tas d'autres trucs, a murmuré Gaëlle rêveusement en se séchant les seins avec son T-shirt. Mais je crois que je vais devoir me trouver un mec dans ma gamme de prix pour m'emmener au bal de Noël.

— T'as raison, c'est dans un mois et demi ! a fait remarquer Amélie. Tu crois qu'il faut combien de temps à une cheville et des ligaments pour se remettre ?

— J'en sais rien. Et toi Faustine, avec qui tu y vas ? Tu sais déjà ? Parce que sinon, je connais un certain Simon qui serait partant…

J'ai soudain revu Elzbieta tendant ses cadeaux à Sasha et lui demandant de l'inviter…

— Honnêtement, c'est pas trop mon truc. Je sais pas danser…

— Mais personne ne sait ! On n'y va pas pour danser, on y va pour mettre nos belles robes et emballer un max !

— Pour ça non plus, je suis pas trop douée. Allez, les gonzesses. On retourne à la civilisation !

Lorsque nous avons émergé de la paroi, un soleil timide essayait de faire croire que l'hiver était encore loin. J'avais dix-sept ans depuis quelques heures. Mon ego était au top grâce à mes copines, et mes émotions à vif par la grâce d'Andrea. Oui, le jour de votre anniversaire peut être parfait. Si seulement, venant troubler le souvenir d'un baiser, il n'y avait pas eu l'image d'une blonde sexy enlaçant celui dont j'étais en train de tomber amoureuse…

Les semaines qui ont suivi ont une nouvelle fois été difficiles. J'avais beau traîner plus que de raison dans le hall le soir, être à la cafèt' dès l'ouverture, je n'avais pas trouvé de nouvelles occasions d'être seule avec Andrea. Au moins, cela m'avait permis de me lier d'amitié avec la dame de service, une femme pas loin de la retraite, toujours pimpante, aux fausses allures de pin-up des années 50. Elle s'appelait Chantal et, dans une autre vie, avait été la femme d'un riche notaire de la vallée. Belle maison, beaux enfants, belles fringues. Réceptions et thés le dimanche. Et l'ennui grandissant au fil des années. Elle avait pris le prétexte (c'est son mot) d'une énième aventure de son mari pour planter là sa vie bourgeoise. Mon père aurait adoré faire un film sur elle…

— Tu comprends, mes enfants étaient grands. Ils savaient tous les deux que mon ex-mari me trompait et me méprisaient de ne rien faire. Le regard de ma fille sur moi ! Je te jure, à rentrer sous terre. Alors j'ai fichu le camp. La tête de mon ex quand il a vu mes valises dans l'entrée ! J'ai eu le plus beau fou rire de ma vie.

— Et après ?

— Après ? Les femmes que je croyais être des amies m'ont toutes fermé leurs portes alors qu'une semaine avant, elles me racontaient leur vie en détail. Je n'ai pas voulu de pension et pour avoir un peu d'argent, j'ai commencé par vendre les bijoux que mon ex m'avait offerts. Tu sais quoi ? La moitié, c'était du toc ! Alors j'ai cherché du boulot. Mais à quarante-cinq ans, quand tu n'as pas de diplôme et jamais travaillé de ta vie, ce n'est pas évident. J'ai fini par trouver ici. Parmi les élèves, il y a de ça quelques années, j'ai vu les enfants de mes anciennes copines. Je t'avoue que ça m'a fait bizarre. Oh et puis, maintenant, ça m'a passé…

— Et tes enfants ?

— Ah ça ! (C'était le mot magique pour la voir s'épanouir.) Ils m'ont soutenue tout le long. Ils m'ont offert un petit appartement, ils venaient me voir les week-ends… Ils ont de belles situations, eh bien, ça ne les empêche pas de me recevoir, et ma fille raconte mon histoire à qui veut l'entendre. Elle m'a dit qu'elle était fière de moi. Mon fils s'occupe bien de sa femme, il ne risque pas de se conduire comme son abruti de père…

Quand elle me voyait arriver à l'ouverture, Chantal me faisait un clin d'œil, m'apportait un macchiato caramel, le posait d'autorité sur ma table et faisait semblant de l'enregistrer sur la carte magnétique qui nous servait à la fois de clé pour notre chambre, de carte de bibliothèque et de crédit pour la cafèt'. Je me creusais la tête pour savoir comment la remercier quand un bouquin qui dépassait de sa blouse m'a soufflé la réponse : Chantal lisait le petit dernier d'Anna.

— Je sais qu'on n'a pas le droit de lire pendant le service, m'a-t-elle confié un matin en voyant mon regard sur sa poche. Mais c'est plus fort que moi ! J'adore les bouquins de cette femme, et le matin si tôt vous n'êtes pas nombreux. Alors je pioche deux ou trois pages…

Un week-end, j'ai raconté l'histoire de Chantal à Anna, qui a levé le pouce « au nom de l'internationale des femmes qui bossent et qui s'assument ». Un dimanche soir, elle m'avait tendu un paquet contenant une dizaine de bouquins au moins, tous dédicacés. Quand je les ai donnés à Chantal en lui faisant promettre de ne révéler à personne qu'Anna Sue (son pseudo) était ma tante, elle m'a serrée contre elle à m'étouffer, puis m'a pris la main.

— Sur la tête de mes petits-enfants, je te jure que personne n'en saura rien.

Je suis devenue de plus en plus proche d'Anna. Pas besoin d'être diplômée en psycho pour comprendre que j'essayais de retrouver en elle un peu de ma mère. J'attendais chaque vendredi soir avec impatience. Après le repas, elle trouvait toujours du temps pour traîner devant la cheminée, d'autant que Ben était souvent absent depuis que la saison des raids avait débuté : chaque week-end ou presque, il faisait des kilomètres avec la meute pour s'aligner dans les compétitions. Parfois, Sasha l'accompagnait. Rêveuse, Anna m'écoutait parler de l'école, des Proscrits, de mes notes qui avaient progressé de manière spectaculaire grâce aux séances avec Sumi, Elsa ou Cora. Pas d'Andrea. Pas encore…

Une nuit, réveillée par le tintement du microondes, je l'ai rejointe dans la cuisine où elle se faisait chauffer un mug de café. En me voyant, elle a préparé sans un mot un bol de chocolat chaud, puis m'a fait signe de la suivre dans son bureau.

L'antre de ma tante se situe sous les combles. C'est un vrai foutoir. Partout où le regard se pose, il y a des bouquins, mais aussi des fringues, des bibelots de tous les pays, des CD, des photos… Son ordinateur ronronnait sur le même tempo que Sauron, le vieux chat noir aux yeux farouches qui ne s'adoucit que pour sa maîtresse.

— Hypatia m'emmerde, a murmuré ma tante.

Hypatia est l'héroïne de ses romans. Pour Anna, mais j'imagine que c'est la même chose pour tous les écrivains, Hypatia existe vraiment. Elle vit, respire, souffre quelque part et vient sonner Anna de temps en temps pour le lui faire savoir.

— Pourquoi ?

— Je suis bloquée. Figure-toi que son père vient de mourir, et elle se demande si elle doit aller à son enterrement ou pas…

La question peut sembler bizarre, mais Hypatia a connu des débuts difficiles : née du viol de sa mère (une employée de maison noire) par son patron blanc, elle a des comptes à régler.

— T'en penses quoi ? m'a-t-elle demandé.

— Ben… elle le déteste encore ?

— Pourquoi tu me demandes ça ?

— Parce que si elle le hait vraiment, elle va aller à son enterrement pour être sûre qu'il est bien mort et mettre un peu le bazar dans la famille par la même occasion…

— Continue…

— Alors que si elle n'est pas sûre d'elle, elle s'isolera pour faire le point, ou elle attendra que la cérémonie soit passée pour lui dire adieu toute seule et régler ses comptes en tête-à-tête dans le cimetière.

— Super, Faustine ! (Anna avait l'air soulagée.) Tu sais que tu es douée ? Bon, je n'ai plus qu'à me poser la bonne question, et zou !

— Anna ?

— Mmh ?

— J'ai une dissert' à faire. Pour mon cours de français. Le sujet c'est « L'écriture envers et contre tout ». Tu peux m'aider ?

— Et comment ! Tu sais pourquoi j'ai créé Hypatia ?

— Oui. Enfin, j'ai lu des articles que maman…

— Parce que j'étais furieuse contre Emma.

Emma. Ma mère. Mon cœur s'est mis à battre avec violence.

— À la maison, il n'y en avait que pour elle. Depuis que nous étions toutes petites. Moi, j'ai toujours été la fille dont on a honte, celle qui ne compte pas. Tu ne connais pas tes grands-parents, mais je peux te dire que notre famille de soi-disant artistes et intellectuels n'avait rien à envier à celles de certains de tes camarades de classe question pognon et prétention ! Moi, je n'étais rien, Emma était la fierté de nos parents. Pourquoi ? Je n'en ai jamais rien su. Emma voulait faire des études de cinéma ? On lui a payé des études ! Qu'elle a brillamment réussies, évidemment, félicitations du jury et tout le toutim, pendant que je me vautrais dans des boîtes privées à la con. Je me rappellerai toujours ta grand-mère en train de me dire que certaines femmes avaient tout pour elles et que les autres devaient se taire et les admirer en silence. Le pire c'est qu'Emma m'adorait et passait son temps à essayer de me mettre en valeur. J'avais fini par la haïr comme si elle était responsable. Quand elle m'a annoncé la date de son mariage avec ton père, j'ai couru m'acheter un aller simple pour New York.

J'avais tout imaginé, sauf ça. Mais Anna continuait, impitoyable, tandis que des larmes coulaient, silencieuses, sur ses joues.

— Tu n'imagines pas les conneries que j'ai faites là-bas. Chaque matin glauque dans un appartement avec un type encore plus glauque que celui de la veille, je me disais que ma mère avait raison, qu'au fond je méritais ma vie pourrie – et je détestais encore plus Emma. J'ai appris ensuite qu'elle avait voulu repousser le mariage pour venir me chercher, mais nos parents l'ont persuadée que je finirais bien par revenir. En fait, avec le décalage horaire, je crois que j'ai rencontré Ben au moment précis où elle disait oui !

J'étais tellement sonnée que je n'arrivais même plus à savoir si je voulais qu'elle se taise ou non.

— C'est lui qui m'a fait comprendre à quel point j'étais injuste avec elle. Quand on est revenus en France, elle a voulu me voir, a essayé de me parler, de m'écrire… je l'ai toujours repoussée. Puis elle m'a annoncé qu'elle était enceinte. Pour la première fois, je n'étais plus du tout jalouse. J'étais juste heureuse pour elle, car elle avait une chose que je n'avais jamais désirée : des enfants. D'un seul coup, grâce à vous, j'ai réalisé que j'avais tout, moi aussi, et qu'elle ne m'avait jamais voulu de mal.

Alors j'ai sauté dans un train. Tu te souviens comment elle était quand elle était super heureuse ?

Oh oui, je m'en souvenais. Son sourire qui lui fendait le visage en deux, ses yeux qui pétillaient… Mes larmes se sont mises à couler.

— Quand elle m'a vue, elle m'a serrée contre elle. C'est tout. J'ai bredouillé trois pauvres excuses, mais je voyais dans son regard qu'elle n'avait pas besoin de me pardonner car elle ne m'en avait jamais voulu. Tu peux être fière de ma petite sœur, c'était vraiment une femme extra. Et c'est fou comme tu peux me faire penser à elle…

Sans réfléchir, je me suis levée et, la seconde d'après, j'avais la tête d'Anna au creux de mon épaule ; une « consolation de jumeaux » pour ma tante blessée, pour ses révélations douloureuses, pour l'amour de ma mère…

— Laisse-moi finir, a reniflé Anna, sinon je ne pourrai plus jamais. Quand elle est retournée à Paris, j'ai commencé à écrire. Je ne savais pas ce que je faisais, mais ça sortait malgré moi. Je n'arrivais plus à m'arrêter. Hypatia m'a permis d'explorer tout ça. Il y a eu une vraie Hypatia, tu sais ? C'était une penseuse, mathématicienne, astronome, qui a fini lapidée car accusée de sorcellerie. Mon Hypatia serait son double vengeur, une détective privée dans l'Amérique puritaine, à l'époque où être noir ou métis vous valait un tas d'ennuis… Elle me permettrait de revenir sur mes années d'errance, sur mon enfance, sur des trucs que j'avais cru oublier. Et voilà.

— Maman ne m'avait jamais rien dit…

— Quand elle a… enfin, quelques jours après son enterrement, j'ai reçu une lettre d'elle de la part du notaire. Elle me disait qu'elle me faisait confiance pour m'occuper de vous et qu'elle ne pouvait pas faire autrement. Qu'elle vous aimait, mais qu'elle n'arrivait plus à vivre sans Paul. J'aurais dû vous le dire plus tôt, mais j'ai toujours manqué de courage. Il n'y a qu'une chose pour laquelle je n'ai jamais hésité : Ben. Et ensuite vous, lorsque j'ai su qu'Emma voulait que vous viviez ici.

— Toi qui ne voulais pas d'enfants…

— Faustine, il faut que tu me croies : vous êtes chez vous ici. Il n'y a même pas à discuter…

J'étais bouleversée. En bon écrivain, Anna a dû sentir qu'il fallait alléger l'atmosphère.

— Allez, on va se faire réchauffer ces machins qui doivent être froids ! Et après, si tu ne veux pas te coucher tout de suite, on va bricoler une version acceptable de la création littéraire selon Anna Sue pour ta prof !

De journées de cours en soirées de révision, d'études obligatoires en passages en boucle de la soirée au refuge, la semaine précédant le bal de Noël est arrivée. Exceptionnellement, les cours se terminaient le mercredi soir, pour compenser les dix jours d'exams que nous venions de subir. J'avais décroché une super note en français grâce à mon interview exclusive d'Anna Sue sur la création littéraire, des résultats plus qu'acceptables dans des tas de matières révisées avec les Proscrits, et j'étais globalement contente de moi. Fatalement, Sasha avait brillé, et je me suis remémoré les paroles d'Anna : comment vivre sous le même toit qu'une sœur choyée quand vos propres parents vous traitent comme une moins que rien ? Grâce à Anna, je commençais à pardonner à maman de nous avoir quittés ; je n'étais pas encore prête à accepter son départ, mais au moins je n'étais plus en colère.

La seule inconnue était ma note dans la classe de Gilles. Apparemment, elle résulterait d'une alchimie compliquée entre les résultats obtenus en salle, l'ascension du mont Angèle et notre comportement général. De là dépendrait mon maintien ou non dans la sélection de l'école et la promesse de passer du temps à l'entraînement avec Andrea…

J'avais bien essayé de profiter de mon rapprochement avec lui pour en savoir plus. Enhardie par le souvenir de notre baiser au sommet du mont Angèle, j'avais multiplié pendant une bonne heure de cours les allusions, les sous-entendus un peu trop explicites… Finalement, il m'a retenue par le bras, sur la plate-forme, alors que j'achevais une ascension.

— Ne gâche pas tout, Faustine. Ceci… (Il eut un soupir.) Ceci me dépasse. NOUS dépasse. Considère qu'ici je suis le prof assistant et toi, juste une élève.

Il aurait pu me gifler avec le même résultat : l'humiliation, la détresse, la solitude soudaine… Heureusement que le cours, le dernier donné par Gilles avant les vacances de Noël, touchait à sa fin : j'ai pu pleurer sous la douche sans me faire remarquer et gagner au plus vite ma chambre, prétextant un mal de crâne pour zapper le repas du soir…

Que s'était-il passé ? Andrea avait pourtant été si tendre au refuge ; nous nous étions embrassés… Je ne pouvais me tromper à ce point ! Ou avais-je, délaissée par Sasha, fantasmé sur ce qui n'était au fond que le geste d'amitié d'un camarade de cordée, un peu plus attentif que les autres à mon sentiment d'abandon ? Me revenait sans cesse en mémoire le geste de la blonde enlaçant Andrea. Voilà, ça, c'était un couple… Moi, je n'étais qu'une ado qui rêvait d'un type inaccessible.

L'atmosphère n'incitait pourtant pas à la mélancolie. Dans les couloirs, les filles étaient en ébullition, chauffées à blanc par la promesse du bal de Noël. J'avais eu droit au déballage de la totalité des robes, dessous, chaussures et bijoux d'Elzbieta en compagnie de sa troupe de copines, dont une certaine Vanessa qui avait débarqué un soir. J'avais déjà vu des filles maigres, moi-même j'étais très mince, mais celle-là battait tous les records : on aurait dit un squelette gainé de latex tant sa peau était étirée sur ses os.

— Faustine ! Je sais qu'on est parties sur de mauvaises bases, a commencé Elzbieta. Mais bon, c'est le bal de Noël et j'y vais avec Sasha, donc je te propose une trêve.

Avec un serpent pareil, il y avait forcément un piège.

— Je sais que tu es nulle en mode, que tu ne lis pas les magazines, et donc, que tu ne risques pas d'être influencée par des stylistes qui n'y connaissent rien. Je vais te montrer quelques tenues et tu vas me dire celle que Sasha préférerait à ton avis. Après tout, tu es *encore* celle qui le connaît le mieux…

Non, pas de piège, mais quelques piques. Sans attendre de réponse, Elzbieta a fait un signe à Vanessa, qui attendait ses ordres.

— La rose oui, la grise oui, la noire non, trop banale, la rouge, pas en cette saison, la verte oublie, les volants non plus, les bretelles à sequins, à voir.

L'autre a sorti un paquet de robes et les a suspendues à la porte. Malgré moi, je regardais. Je n'avais jamais été attirée par les fringues, mais l'effervescence qui avait gagné toutes les filles était contagieuse. Et si, pour une fois, j'avais envie de plaire à quelqu'un ? Elzbieta s'est déshabillée devant nous sans aucune gêne, histoire de nous faire admirer ses dessous (« Victoria », m'a chuchoté Vanessa), et a enfilé une robe, puis une autre. Elle ne semblait jamais satisfaite jusqu'au moment où elle a tiré d'une de ses valises un carton plat. (« Chanel », m'a indiqué Vanessa, en ouvrant de grands yeux comme si elle prononçait un mot magique.)

— Karl a dessiné celle-ci exclusivement pour moi, a expliqué Elzbieta, l'air de rien. Je ne l'ai pas vue depuis le dernier essayage… Vous allez me dire ce que vous en pensez. Sinon je n'ai plus qu'à appeler maman pour qu'elle fasse un saut à Paris !

Du carton elle a sorti une robe absolument somptueuse. Le tissu en était soyeux, gris, mais traversé de reflets roses ou bleutés selon la lumière. Elle l'a enfilée : le bustier sobre laissait ses épaules nues, mais des broderies gaufrées filaient depuis la taille jusqu'au sol. Les plis que faisait la longue traîne sur ses formes étaient magnifiques de suggestion. Lorsqu'elle a enfilé les sandales qu'elles avaient sélectionnées (« Manolo », m'a soufflé Vanessa), j'ai dû reconnaître qu'elle était sublime.

— Alors ? a demandé Elzbieta en tournant sur elle-même.

— T'es trop belle, a piaillé Vanessa.

— Si j'ai besoin d'un avis inutile, je m'adresserai à toi, l'a coupée Elzbieta d'un ton sec. Toi, Faustine, tu en penses quoi ?

Que j'aurais donné beaucoup pour avoir sa silhouette, cette assurance que donne la beauté dans notre monde dominé par l'apparence. Que je la haïssais. Non ! Je n'allais pas lui faire ce plaisir… Je me suis allongée à nouveau sur mon lit.

— Le problème avec Sasha, c'est qu'il change souvent d'avis. Alors c'est difficile pour moi de te dire. Moi, je trouve ça sympa, mais c'est pas avec moi que tu vas danser, hein ?

Allez, ma vieille. Débrouille-toi avec ça.

— Je le savais, a dit Elzbieta en s'asseyant à son tour sur son lit, sans égard pour les magnifiques robes qu'elle avait jetées là en vrac. Je vais appeler ma mère. Karl nous adore, je n'aurai aucun mal à trouver quelque chose de mieux…

Mine de rien, cet épisode m'avait un peu mis la pression. Lorsque je laissais libre cours à mes fantasmes, j'imaginais Andrea venant me demander d'être sa cavalière pour le bal, s'excusant pour cette phrase maladroite qui nous condamnait tous les deux et m'expliquant que tout était fini avec la blonde. Et quand vraiment je me lâchais, j'étais magnifique dans une robe largement inspirée de celle d'Elzbieta. Aussi, quand le lendemain matin Simon m'a abordée dans le hall, l'air gêné, je me suis vue en un éclair en train de lui expliquer que, non, je ne souhaitais pas spécialement aller au bal de Noël avec lui. Ce qui explique mon soulagement lorsqu'il a bredouillé, tout rouge :

— Faustine. Bon. À ton avis, qu'est-ce que Gaëlle pense de moi ?

Tellement soulagée que j'ai failli éclater de rire.

— Alors ? Entre filles, vous devez vous parler, non ?

— Ben… je traîne pas trop avec Gaëlle, moi. On parle surtout d'entraînement, tu vois. En dehors de ça, je suis plutôt avec les Prosc… avec d'autres personnes.

— Mais bon, elle a bien dû te dire des trucs ?

Oh oui, mon pauvre. Qu'elle fantasmait sur Andrea mais qu'elle cherchait un mec « dans sa gamme de prix ». Ce qui ne voulait pas dire qu'elle allait prendre une troisième démarque… Bon j'étais un peu méchante, là. Ce n'est pas parce qu'il ne me plaisait pas qu'il était horrible, Simon. Super sympa, en plus !

— Écoute. Je sais pas ce que ça vaut, mais je sais qu'elle te trouve super bon grimpeur. Elle m'a dit qu'elle était sûre que tu serais retenu pour le Challenge !

Il a eu l'expression d'un gamin découvrant son gâteau d'anniversaire.

— Génial, Faustine, c'est génial. Bon, je vais respirer un bon coup et lui proposer mon ruban…

— Hein ?

— Elles t'ont pas montré ça, les autres filles ? Le garçon doit offrir un ruban de soie à sa cavalière. C'est un peu la version Mont Angèle de l'orchidée…

Il est parti, tout réjoui. Au réfectoire, à midi, j'ai questionné Cora sur cette histoire de ruban.

— Les mecs les trouvent où, ces rubans ?

— Ben, à la boutique de l'école, tu sais, là où ils vendent les T-shirts et les produits dérivés Mont Angèle, dans le hall. Toutes les filles qui sont invitées en reçoivent un et le portent…

— Ça veut dire que si t'es pas invitée par quelqu'un…

— … tu te pointes au bal parce que c'est obligatoire. Et tout le monde peut constater que personne n'a voulu t'accompagner.

— Super.

— C'est pas le pire, a continué Elsa. Le pire, c'est cette connerie d'élection de Roi et Reine de l'hiver. Chacun vote pour élire le plus beau mec et la plus belle fille. Devine qui est Reine de l'hiver depuis quatre ans ?

— Elzbieta ?

— Elzbieta ! Les mecs changent à peu près tous les ans, mais pour les filles c'est déjà joué.

— Ce qui est bien, a fait Richard avec son air funèbre habituel, c'est qu'on peut aller se coucher dès que l'élection est passée et que la directrice a annoncé la composition de l'équipe de l'école. Donc si tout se passe bien, à onze heures, on est au lit !

— Génial. Je sens qu'on va passer une super soirée…

Vendredi. Ben est venu nous chercher. Il venait de remporter un raid, les chiens s'étaient super bien comportés, il avait même un nouveau sponsor, et Anna était contente car son roman avançait bien. Bref : le bonheur. Sasha aussi rayonnait. Il m'avait demandé de l'accompagner à la boutique où les garçons pouvaient acheter le fameux ruban. Elzbieta m'avait fait passer un message par Vanessa : la référence exacte de la nuance que mademoiselle désirait pour que son ruban s'accorde parfaitement avec la nouvelle robe que « Karl » faisait faire en urgence à ses mesures. Le seul truc marrant dans cette histoire étant que le vendeur n'était autre que CDA, le concierge, dont les gros doigts boudinés réussissaient à produire de superbes petits paquets pour les rubans dans un papier aux couleurs de l'école.

— On fait ça depuis des années, m'avait-il doctement expliqué alors que je m'extasiais sur sa miraculeuse dextérité.

Malheureusement, aucun miracle n'avait eu lieu pour moi. J'allais rentrer à la maison, choisir la seule robe que je possédais (celle que je portais pour l'enterrement de maman) et tenter de faire bonne figure pendant ce foutu bal. Je me voyais déjà entre Cora et Richard, les yeux braqués sur sa montre, les boules Quiès bien en place... De merveilleux souvenirs en perspective !

— Au moins, je pourrai raconter ça à mes enfants si j'en ai un jour, ai-je commencé à larmoyer en regardant Anna.

— Mmh... quoi ?

— Pour ce bal. J'ai qu'une robe et j'aurais mieux fait de la coller à la poubelle. J'ai l'air d'un épouvantail là-dedans, et puis remettre la robe de l'enterrement, franchement...

— Je croyais que tu t'en fichais, de ce bal ?

— Oui, je m'en fiche. Mais quand même. Toutes les filles vont avoir des super tenues, et moi j'aurai l'air de Cendrillon après minuit, comme d'hab'...

— Dans ce cas, appelle-moi Bonne Marraine !

— Hein ?

— Suis-moi, Faustine, et promets-moi de ne pas crier, j'ai un mal de crâne épouvantable...

Je l'ai suivie dans le dressing attenant à leur chambre. Sasha était déjà là ; il s'est levé lorsque nous sommes entrées.

— Tadaaa !

Au bout de ses bras tendus, un paquet.

— Allez, allez, ouvre !

— Mais qu'est-ce...

— Ouvre, je te dis.

C'était une robe. LA robe. MA robe, parce que dès que je l'ai vue, j'en suis tombée raide...

— Wouah...

Une encolure légèrement drapée, de fines bretelles et un dos nu.

— Allez, on sort, et tu l'essayes, m'a dit Anna.

J'ai jeté mes vêtements un peu partout dans la pièce. Bien sûr, je n'avais pas de dessous Victoria machin, mais tant pis ! Une fermeture Éclair quasi invisible courait dans un pli de la robe. Elle avait une couleur géniale, ni dorée, ni rosée, plutôt…

— Champagne ! a crié Anna. Des fois que tu te demanderais, pour la couleur…

La robe a glissé sur moi, le tissu était si fluide qu'il s'est répandu jusqu'à mes chevilles comme du mercure.

— Pas de soutif, bien sûr, a encore crié Anna. À la Birkin !

— Ça y est ? a demandé Sasha.

— Oui. Enfin, je crois…

Quand j'ai émergé du dressing, Anna a plaqué ses mains sur sa bouche tandis que mon frère m'a fait son sourire de la mort qui tue, celui des grandes occasions.

— Tine, t'es vraiment géniale, comme ça.

J'ai senti mes joues devenir écarlates.

— Ma chérie, tu es su-per-be ! s'est exclamée Anna.

— C'est cette robe qui est top ! Et le dos, t'as vu le dos, ça donne quoi, Sasha ?

Si l'avant de la robe était sage, en revanche le dos était nu. Mais super nu. Jusqu'à la naissance des reins, en fait…

— Je vais passer la soirée à surveiller tes arrières, sœurette !

— Anna, c'est trop génial. Merci, merci !

— Tatata. Remercie Sasha et Ben qui ont fait les boutiques pour toi le week-end dernier. Heureusement que ton frère connaît tes mensurations par cœur !

— C'est pas difficile, a-t-il fait. On a les mêmes !

Je lui ai tiré la langue. Je me sentais tellement belle dans cette robe qu'il pouvait bien dire ce qu'il voulait, rien ne viendrait gâcher ça...

Quelques heures plus tard, j'étais au lit, incapable de dormir ; j'étais trop excitée. Je m'imaginais déjà entrant dans le Gymnasium transformé en salle de bal, les lumières, les ballons, les couples dansant... Tout le monde fait silence quand je passe la porte, Andrea s'avance et me prend la main... Ouais. Une sitcom de l'après-midi à la téloche. N'empêche que la robe, elle, était bien réelle ! Certes, ce n'était pas « Karl » qui l'avait faite, mais franchement, elle valait tous les défilés du monde.

Je suis bien vite redescendue de mon petit nuage lorsqu'en début d'après-midi, le lendemain, Sasha a dégringolé les marches, un sac contenant ses fringues pour le soir dans une main et le paquet du ruban d'Elzbieta dans l'autre.

— Tu vas où ?

— Écoute, Tina... J'y vais pas avec toi, en fait. J'arriverai avec Elzbieta. Elle a une voiture avec chauffeur et m'a demandé de faire le trajet avec elle...

— Mais c'est quoi, ce délire ? Elle est pas à l'école ?

— Non. Ses parents viennent chaque année lors du bal, ils font leur chèque à ce moment-là, si j'ai bien compris. Et ils descendent dans un hôtel de la vallée.

Elzbieta est déjà là-bas avec eux. Ben va me déposer et je viendrai avec…

— Mais merde, à la fin ! Alors mademoiselle claque des doigts et toi tu fais le beau ? Et moi j'arrive comme une gourde toute seule, c'est ça ?

— Tu y vas avec tes potes de l'escalade ou bien ta copine, là, Cora ! Je sais pas, moi !

C'était vraiment un sale coup qu'il me faisait, surtout après l'épisode de la robe. J'avais cru, pendant une seconde, qu'entre nous, tout était redevenu comme avant… Je me sentais terriblement triste et horriblement furieuse, tout à coup.

— Moi non plus, je sais pas ! Je croyais qu'on allait entrer ensemble dans cette foutue salle, je m'étais fait mon film, moi !

— Ben oui, comme d'hab', Faust ! Comme tu dis, tu t'es fait un film ! Tu te doutais bien que si j'invitais Elzbieta, j'allais pas entrer avec toi à mon bras, non ?

— Alors elle t'habille, elle te prête la voiture et toi tu fais le gigolo, c'est ça ? T'as pas honte ?

Mon frère m'a fixée du regard. Il avait l'air en colère et désolé.

— Si, il y a une chose qui me fait honte, Faust. C'est la façon dont tu réagis… On y va, a-t-il ajouté à l'adresse de Ben qui, depuis la cuisine, faisait comme si de rien n'était.

Que me restait-il à faire ? J'ai grimpé les marches en faisant un maximum de bruit, claqué la porte. Mais Sasha n'a rien entendu de ma fureur. La voiture avait déjà démarré.

J'avais une folle envie de crier, de faire le plus de boucan possible, mais Anna est descendue de son antre avec sa tête des mauvais jours, celle où la page blanche vient la narguer. Je n'avais aucune envie de me frotter à ma tante en colère, d'autant qu'elle m'a ordonné :

— Direction la baignoire, tu te récures à fond et tu te laves les cheveux. Quand tu seras calmée, je viendrai t'aider pour le brushing.

C'est ainsi que deux heures plus tard, j'étais fin prête. Anna avait fait des miracles avec mes cheveux, transformant ma tignasse informe habituelle en un chignon souple qui mettait en valeur ma nuque et mon dos nu. Puis ma tante a sorti de sa penderie une cape de soirée.

— À déposer au vestiaire en arrivant !

Si j'avais été jusque-là très à l'aise, je faisais moins la fière lorsque Ben a garé sa voiture sur le parking du Gymnasium, juste à côté de Charline. Charlie était justement à côté, en train de fumer ; il a ouvert des yeux ronds lorsqu'il nous a vus sortir du 4 × 4.

— Ben ça alors, s'est-il exclamé. C'est toi ?

— Bonsoir, l'a salué Ben. Comme tu vois, j'accompagne ma nièce. T'es d'astreinte, je vois. Pas de pêche ce week-end, hein ?

— Ben mince ! T'aurais dû me le dire, petite, que ce type-là était ton oncle !

Il était tout réjoui.

— Je suis réquisitionné à chaque bal. Je ramène ceux qui ont trop bu…

— Ah bon, a commenté Ben ironiquement. Parce qu'il y a de l'alcool dans ce bal de gamins ?

— Pas que de l'alcool, a chuchoté Charlie. Y en a qui fument aussi. Et pas que des élèves… Mais bon, a-t-il dit en se redressant. Ben dis donc, t'es toute belle ma petite. J'ai failli pas te reconnaître.

— Euh… Merci. C'est sympa comme compliment. Bon, je vais y aller, moi…

— C'est vrai que tu es belle, Faustine. Allez, passe une bonne soirée. Et n'en veux pas trop à ton frère…

En trébuchant un peu sur mes talons (le gravier n'arrangeait rien), je me suis approchée de l'entrée du Gymnasium. La première chose que j'ai vue, c'était Simon et Gaëlle, main dans la main. Rôrôô ! Il n'avait pas traîné, mon copain.

— Hé !

— Faustine !

Gaëlle avait une robe un poil trop décolletée à mon goût, mais Simon avait l'air de trouver ça super. Il avait du mal à détourner les yeux…

— Bande de petits cachottiers ! C'que vous êtes beaux, tous les deux !

Simon a émis un petit rire nerveux.

— Viens avec nous, a fait Gaëlle. Simon, prends-lui la main…

En tout cas, elle n'était pas jalouse. Quant à Simon, la proposition l'a boosté : il s'est redressé, nous a offert ses bras façon James Bond, et c'est comme ça que nous avons fait notre entrée. Très stars…

Au vestiaire, j'ai senti la panique monter en enlevant la cape. Quand elle a vu ma tenue dans la lumière, Gaëlle a hurlé :

— Waouh, cette robe ! Tourne, fais voir !

Un mot de travers et je restais dans ce vestiaire toute la soirée, je le jure !

— Faustine, crois-moi. Cette année, Elzbieta a du souci à se faire...

Cette fille était géniale. Elle avait prononcé les seuls mots qui allaient me permettre d'évacuer ma panique et d'assumer. Je me suis redressée, ai accroché ma cape à un cintre. Gaëlle m'a pris la main.

— On y va ?

— Je me sens comme devant un niveau sept mais... ouais ! ON Y VA !

Le Gymnasium ressemblait exactement à un de mes rêves idiots : des guirlandes partout, des lumières pour oublier qu'on allait danser sur un terrain de hand, un buffet d'un kilomètre avec des profs et des prépas tous les deux mètres pour surveiller... J'ai repéré Cora, rentrée au chausse-pied dans une robe rouge, Elsa qui mâchonnait du chewing-gum d'un air ironique en regardant autour d'elle, Rototo (il faudra un jour que je me décide à l'appeler Fred, comme tout le monde) qui rôdait autour du bol de punch... Tout le monde, en fait, sauf celui que j'attendais.

Soudain, comme dans mon fantasme débile, il y a eu un silence. J'ai suivi les regards ; dans l'encadrement de la porte, Elzbieta et mon frère venaient de faire leur entrée.

Elle portait un fourreau qui semblait cousu sur sa peau tant le tissu suivait chaque mouvement de son corps. Au contraire d'autres filles qui avaient choisi d'en exhiber un maximum, elle était presque entièrement couverte. Mais dans cette robe incroyable, elle semblait presque nue. Elle était terriblement attirante, et sa beauté était rehaussée par la présence de Sasha. Jamais mon frère n'avait été aussi splendide que dans cette chemise blanche qui épousait son torse mince et ce costume noir ; il avait l'allure d'un dandy rock, follement craquant. Lorsqu'ils se sont avancés, les autres ont semblé leur faire une haie d'honneur, leur dessiner un chemin qui menait directement… à moi.

Les yeux d'Elzbieta se sont posés sur moi. Elle inspectait chaque détail de ma tenue. Cette robe champagne qui m'avait paru superbe lorsque j'avais ouvert le paquet ressemblait à un chiffon sous son regard ; l'absence de bijoux me donnait plus que jamais l'air d'une servante égarée dans les salons d'une princesse. Et je pouvais compter sur elle pour me faire admirer sa tenue haute couture, ses sandales de top-modèle, jusqu'à son sautoir dont l'apparente simplicité devait dissimuler son prix, forcément scandaleux. Dans les mailles, elle avait élégamment passé un ruban argenté que je ne reconnaissais que trop bien. Derrière elle, Sasha, si sûr de lui d'habitude, semblait hésiter entre la fierté d'avoir une pareille créature comme cavalière et la hantise du clash qu'il savait inévitable entre Elzbieta et moi. Ses yeux m'imploraient de me tenir tranquille, et j'ai eu un coup au cœur. Cette sorcière semblait avoir réussi là où toutes les autres avaient échoué : elle allait me séparer de mon frère…

— Ravie de voir que tu t'es payé le dernier accessoire à la mode, lui ai-je lancé.

Sasha a blêmi sous l'insulte et, comme toujours, j'ai regretté… trop tard !

— Tu vas trop loin, Faust.

Déjà il entraînait Elzbieta en direction du buffet. J'ai senti les yeux me piquer ; qu'étais-je venue faire dans ce poulailler, au milieu de ces froufrous ? Pourquoi ne pouvais-je pas être une de ces filles si visiblement heureuses, dont la joie, ce soir, se résumait à une jolie robe, un maquillage soigné, la promesse d'un baiser ? J'ai tourné la tête du côté des Proscrits : un banc entier, non loin de la porte des toilettes, avec une place libre à une extrémité, qui semblait n'attendre que moi…

Je me dirigeais vers ce refuge lorsque j'ai senti une main se poser doucement sur ma taille. Sasha ? Mais ce n'était pas mon frère, je le savais. J'avais reconnu ce parfum unique de cuir et de lavande, et mon cœur s'est mis à battre à grands coups.

— Je crois qu'il te manque quelque chose…

Dans les doigts d'Andrea, un ruban de soie champagne imposait ses volutes crémeuses, d'une nuance si proche de ma robe qu'on aurait juré qu'il venait, par un tour de passe-passe, de les faire jaillir de celle-ci.

— Ton frère l'avait acheté pour toi… Il vient de l'abandonner sur le buffet, juste devant les jus de fruits que je suis censé surveiller ! Mais je crois qu'il faut que tu le portes. Il avait pensé à toi.

Andrea s'est approché et a glissé le ruban de soie autour de mon cou. Je tremblais alors que ses mains me frôlaient. Je voulais que cela ne s'arrête pas. J'ai deviné les cocardes retombant sur ma nuque, senti la douceur de la soie sur ma peau. Ce n'est que lorsque j'ai capté les regards ébahis des Proscrits que je me suis rappelée où et qui nous étions.

— Je croyais que tu étais assistant et moi juste une élève, lui ai-je dit.

Ma voix me paraissait à la fois brutale et fragile. Que m'arrivait-il ?

— Tu n'es pas juste une élève, Faustine. Tu le sais très bien.

Il a fait un pas en arrière, comme pour vérifier son ouvrage. Puis il s'est penché vers moi pour chuchoter :

— Il faut que je remercie ton frère de m'avoir permis de t'offrir ce ruban ce soir. Tu ne peux pas imaginer à quel point je te trouve magnifique…

Magnifique ? Ce n'était pas à moi que cela arrivait. J'aurais voulu courir vers la montagne, être au sommet du mont Angèle et hurler de joie. Mais déjà Andrea se dirigeait vers Selma pour l'inviter à danser, et je me suis dit que j'avais dû rêver. Pourtant, la caresse de la soie sur mon cou n'était pas un rêve, pas plus que le sourire que m'a lancé Andrea alors qu'il faisait tournoyer ma prof préférée…

— Tu sors avec l'assistant ?

La voix de crapaud de Richard m'a ramenée sur terre.

— Hein ? Mais non. J'avais fait tomber mon ruban, il me l'a rendu, c'est tout…

— Ah ? Qui te l'a donné alors ?

Passage délicat à négocier. De l'intelligence, du doigté, du tact. Ou pas ?

— Occupe-toi de tes fesses, y a du boulot.

Ou pas.

Deux heures plus tard, j'avais bu un nombre de verres absolument déraisonnable si l'on tient compte du fait que Fred agrémentait le bol de punch de giclées de rhum dès que les profs ne le surveillaient plus. Les rythmes électro me semblaient de plus en plus zarbis, mais tout était lié, évidemment. J'avais également réussi à ne pas croiser une seule fois le regard de Sasha ou d'Elzbieta et évité de penser à Andrea qui ne m'avait plus approchée depuis qu'il avait noué le ruban de soie champagne autour de mon cou. Le punch était encore ce que j'avais trouvé de plus facile pour éloigner la tristesse et le sentiment d'abandon qui me gagnait lorsque je le voyais du coin de l'œil danser un slow avec X ou Y, sans parler de la fureur que je sentais monter en moi quand je me disais qu'en fait, il avait manigancé tout ça avec Sasha, par pitié.

J'ai jeté un œil sur l'horloge du gymnase : bientôt 22 h 30. La directrice allait annoncer la sélection de l'équipe Mont Angèle pour le Challenge, la fête allait se terminer et nous pourrions aller dormir. Peut-être que demain, j'aurais oublié tout ça. J'avais vaguement mal au cœur. Et là, Elzbieta s'est matérialisée devant moi.

— Prête à m'applaudir, belle-sœur ?

Que me voulait cette tarée ? J'ai soudain pris conscience qu'évidemment, il y avait aussi cette niaiserie narcissique baptisée élection du Roi et de la Reine de l'hiver, que la plus belle fille de la soirée, c'était elle, forcément elle, et qu'il allait falloir supporter son triomphe, ses minauderies et son sourire sous la couronne en plastique. Et ce « belle-sœur » ? Elle brûlait les étapes, la princesse… Pour le coup, j'avais vraiment envie de vomir. Je suis sortie en vitesse pour me retrouver sur le parking. J'envisageais de grimper dans Charline et de rentrer à la maison. Elzbieta pourrait raccompagner Sasha (le toutou) à la niche avant de l'exhiber demain dans les couloirs, comme un de ses sacs à main…

— Ne pleure pas, Faustine.

Andrea était devant moi. En entendant sa voix, j'ai réalisé que mes joues étaient humides de larmes. Une vague de colère et de tristesse a déferlé sur moi.

— Tout ça, c'est ta faute et celle de Gilles ! Si je ne passais pas autant de temps à l'entraînement, Sasha ne se sentirait pas délaissé, sinon il ne se serait pas fait avoir par Elzbieta ! Et toi, tu te pointes avec ton ruban, avec ton livre, tu me dis des choses qui me font à la fois du bien et du mal, et puis tu me plantes là et je n'arrête pas d'y penser et…

Ses bras autour de moi. La chaleur de son corps, le parfum de sa peau, cuir et lavande ; ses lèvres sur les miennes, sa langue douce… Il m'embrassait à nouveau et je sentais l'univers s'étendre, se dilater, battre comme un cœur. Il m'embrassait et je le serrais à mon tour et je ne voulais plus qu'il me lâche, jamais, jamais… Sa voix était rauque lorsqu'il a murmuré :

— On va faire un tour… Attends-moi ici.

Quand nos corps se sont séparés, j'ai eu l'impression d'une déchirure violente. J'avais fermé les yeux, concentrée sur ces sensations nouvelles, si brutales. Le ronronnement d'un moteur me les a fait rouvrir. Andrea se glissait hors de sa voiture, un modèle que je n'avais jamais vu.

— Qu'elle est belle ! On dirait… un chat qui s'étire…

— Presque ! (Il souriait.) Un gros chat, je dirais. Jaguar. Vintage. La même que Françoise Sagan…

Il n'avait pas oublié. Sa voix était une caresse lorsqu'il m'a ouvert la portière.

— Viens…

Dans l'habitacle, l'odeur d'Andrea était puissante et suave. Il a démarré, et la voiture a glissé sur le chemin, griffes rentrées. Je sentais dans mon corps la violence du moteur qui ne demandait qu'à se déployer, et soudain j'ai eu envie de vitesse, d'arbres qui défilent, de défier la mort ; j'étais invulnérable, et pourtant j'osais à peine effleurer Andrea du regard, encore moins le toucher. C'est lui qui, un instant, a fait glisser sa main du volant pour la poser, légère, sur mon genou.

— Tu… me ramènes à la maison tout de suite ?

Il m'a souri.

— J'ai promis à ton frère de veiller sur toi, alors je tiens ma promesse, mais avant…

Au loin, la silhouette du mont Angèle venait de surgir dans la clarté de la lune. J'ai imaginé le refuge, à son sommet, et me suis revue avec Andrea, lorsque nous nous étions embrassés pour la toute première fois… Il a ralenti et engagé la voiture sur une aire de stationnement, avant d'arrêter le moteur et de fixer durant quelques secondes la forêt devant nous. Puis il s'est tourné vers moi.

J'ai tendu la main et caressé sa joue. Je sentais sur mon poignet le contour ferme de sa mâchoire, le bombé de ses pommettes au bout de mes doigts. Je voulais encore ses lèvres, le goût de sa salive, l'odeur de sa peau. Il a pris ma main, l'a retournée, a embrassé ma paume. Puis son regard s'est fait sérieux.

— Faustine…

Je crevais de trouille. Allait-il nous faire la morale ou me dire qu'il m'aimait ? Dans les deux cas, je me sentais prête à hurler…

Mais il a soudain remis le moteur en marche et engagé la voiture dans un chemin de sable presque invisible au milieu des arbres. L'obscurité était telle que seul le pinceau des phares permettait de le distinguer. Au bout de quelques minutes, nous avons débouché sur un plateau où un bâtiment de métal long et bas, ressemblant à une sculpture contemporaine, brillait sous l'éclat de la lune. J'ai vu un éclair verdâtre ; une partie de la paroi du bâtiment a semblé disparaître, dévoilant une ouverture. Andrea a réduit la vitesse. Derrière nous, la porte s'est fermée dans un chuintement de métal.

Une lumière bleutée éclairait faiblement un hangar pour voitures de luxe. Je n'y connaissais pas grand-chose, mais ces lignes fuselées, le noir profond des carrosseries, le brillant des chromes révélaient des modèles probablement hors de prix. À côté des voitures d'allure sportive, des modèles vintage imposaient leurs lignes arrondies, jusqu'à une limousine brillant d'une étrange lueur de luciole. Andrea s'est garé souplement sur l'emplacement vide situé juste à côté.

— Andrea ? On est où, là ?

Il s'est tourné vers moi, m'a souri.

— Dans le péché mignon de ma famille ! On dit que tous les Italiens aiment les femmes, l'art, les pâtes et les belles voitures… C'est vrai. Au moins pour les voitures…

Andrea a pris mon menton dans sa paume et a levé mon visage vers le sien. Son baiser était tendre, comme une caresse. Mais j'avais envie d'autre chose. Mes doigts se sont glissés à l'arrière de son crâne, empoignant ses cheveux ; mes lèvres se sont mêlées violemment aux siennes tandis que nos langues se joignaient. Lorsque je l'ai lâché, ses incroyables yeux violets, rendus encore plus étranges par la lumière bleutée, étaient fixes, presque extatiques, tandis qu'un sourire animal faisait briller ses dents.

— Viens…

Andrea a semblé bondir hors de la voiture, a ouvert la portière avant de m'entraîner dehors, m'enveloppant de ses bras dans la nuit fraîche. Nous avons suivi un minuscule sentier conduisant à un autre plateau, plus petit, au sol sablonneux.

— Regarde… m'a soufflé Andrea.

Surgissant du sous-bois, un cavalier s'est matérialisé à une dizaine de mètres devant nous. Silhouette athlétique entièrement vêtue de sombre, virgule noire tranchant sur la robe immaculée de sa monture aux crins démesurés. Une apparition… que j'ai soudain reconnue avec un coup au cœur : c'était la blonde à la moto ! Je ne discernais pas son visage, dissimulé à demi sous un chapeau, mais j'étais presque sûre qu'il s'agissait d'elle. J'étais au bord du malaise ; pourtant, j'ai trouvé la force de me dégager des bras d'Andrea.

— Faustine !

Avant que j'aie pu ouvrir la bouche, la blonde a lancé le cheval au galop. Elle s'est arrêtée à moins d'un mètre de nous, a incliné son visage et touché son chapeau du bout de ses doigts gantés pour nous saluer, puis a fait volter sa monture. Les mouvements du cheval étaient fluides, légers ; il semblait danser. La cavalière l'a fait progresser en diagonale, croiser et décroiser ses longs membres. Puis il a achevé sa démonstration en revenant vers nous, levant haut ses antérieurs, l'un après l'autre…

— Et pas espagnol, pour terminer, a murmuré Andrea.

Le cheval s'est arrêté une nouvelle fois très près de nous, presque à nous toucher. Il moussait de sueur autour de la courroie de cuir ajourée qui lui ceignait le poitrail. Les bottes de la cavalière ont quitté les étriers, puis elle a glissé à terre, avant d'ôter son chapeau et de secouer sa tête, faisant voler des cheveux mi-longs, d'un blond presque blanc sous la clarté de la lune…

Je suis brusquement sortie de l'état hypnotique où m'avait plongée la beauté du cheval. Je ne comprenais plus rien. Andrea m'avait emmenée sur ce plateau pour me présenter sa magnifique copine et elle m'avait fait un show pour que je me sente encore plus minable ? J'étais au bord des larmes, j'avais envie de m'enfuir, mais Andrea a pris la parole.

— Faustine, m'a-t-il chuchoté. Je souhaiterais te présenter Mehiel. Mon cousin.

Stupéfaite, j'ai fixé le visage du cavalier qui nous faisait face et qui m'a regardée sans sourire. J'étais à quelques centimètres de lui, mais j'aurais été incapable de jurer qu'il s'agissait bien d'un mec : ses traits étaient d'une pureté inquiétante, d'une finesse et d'une symétrie parfaites ; son corps, long et mince, moulé dans un polo et des jodhpurs, était celui d'un adolescent. Mais ses yeux, aux iris d'un bleu laiteux, étaient empreints de souffrance. C'était le regard de ma mère que je voyais, le regard de quelqu'un qui avait renoncé à vivre, le regard d'un être hanté par la mort…

— Bonsoir. Je suis Mehiel. Enchanté de faire ta connaissance, Faustine.

Sa voix était morne, atone, dépourvue de joie. Une voix faite pour ôter du monde toute trace de bonheur…

— Bonsoir. Je… Enchantée aussi. C'était beau de te voir, tout à l'heure…

Ses yeux ont paru s'éclairer un instant, comme si une lueur joyeuse avait cherché à se frayer un chemin.

— Hidalgo est vieux à présent, mais il est toujours d'une élégance parfaite. Un danseur étoile doublé d'un ascète…

Son vocabulaire était encore plus désuet que celui qu'affectionnait, parfois, Andrea. Même son élocution semblait d'un autre siècle. Mais à la lueur de la lune, sa peau dépourvue de la moindre ridule était celle d'un très jeune homme. Je n'y comprenais décidément rien… Devinant ma gêne, Andrea a pris ma main et l'a guidée vers la tête du cheval. Hidalgo s'est penché vers moi, a glissé son nez dans ma paume ; sa peau à cet endroit était d'une douceur exquise.

— Il veut quelque chose à manger ?

— Non. Caresse-le, c'est cela sa récompense…

De mon autre main, j'ai touché la joue du cheval, ses poils si fins qu'on aurait dit une soie tendue sur sa peau. À chaque mouvement de mes doigts, des houles couraient sous sa robe, mourant sur sa croupe. Ce cheval était probablement un monstre de puissance contenue et d'énergie…

— Tu as vu notre famille ? m'a demandé Mehiel.

— Pas encore, a répondu Andrea avant que j'aie pu ouvrir la bouche.

— Comment va le Guide ? a poursuivi Mehiel.

— Il a eu plusieurs crises…

— Et toi, que crois-tu ?

— Je crois que le moment approche…

— Lui as-tu dit ?

— C'est trop tôt !

Mehiel a regardé Andrea d'un air narquois avant de reprendre la parole.

— Que sait-elle ?

— Rien, pour l'instant.

Je mourais d'envie de les interroger, mais Mehiel m'intimidait. Je me suis promis de questionner Andrea plus tard, lorsque nous serions seuls. Mais déjà son cousin me fixait de ses yeux morts.

— Es-tu prête à tout pour Andrea, Faustine ?

Je me suis sentie devenir écarlate. De quoi se mêlait-il ?

— Ça… ça ne te regarde pas.

— Oh… Crois bien que je ne cherche pas à jouer les intrus. Mais si tu veux l'aimer, alors il te faut être préparée à tous les sacrifices. Je veux simplement te mettre en garde. Nous payons très cher ce que nous sommes. Et nous le faisons payer encore plus cher…

— Mehiel ! a grondé Andrea. Cesse de l'effrayer. Là n'est pas ton rôle, et tu le sais.

— Tu as raison, cousin.

D'un mouvement souple, Mehiel s'était remis en selle ; immédiatement, Hidalgo a repris sa stature hiératique.

— Mais si quelqu'un avait pris la peine de me mettre en garde, je n'en serais pas là !

D'un claquement de langue et d'un mouvement invisible de son bassin, il a mis le cheval au galop. Quelques secondes plus tard, il avait disparu dans le sous-bois… J'ai frissonné.

— Il… Il m'a fichu les jetons !

— Je vois. Désolé, cela n'était pas le but… mais il fallait qu'il puisse te reconnaître si un jour il devait t'amener à moi…

— Je n'y comprends rien !

— Viens, je te raccompagne. Je t'expliquerai ce que je peux en chemin…

C'est en silence que nous avons regagné la voiture, en silence encore que nous avons quitté le hangar qui m'évoquait maintenant un bunker, en silence que nous sommes parvenus jusqu'à l'aire de pique-nique, puis sur la nationale. C'est seulement alors qu'Andrea a pris la parole.

— Lorsque je t'ai dit tout à l'heure que tu n'étais pas une élève comme les autres…

Jamais, même quand je me sentais prête à dévisser, je n'avais eu aussi peur.

— Je voudrais te demander… Accepterais-tu de venir un jour à la maison ? Je voudrais te montrer, eh bien, ma famille, et te dire quelque chose de très important. De vital, en fait. Pour toi, pour moi… Mais pas ici, pas maintenant. Tu comprendras là-bas…

— D'accord !

— Je te demande de prendre le temps de réfléchir. Ce qui se passera chez moi peut changer ta vie à jamais et bouleverser l'existence de ceux que tu aimes. Je ne peux pas t'en dire plus, malheureusement, mais si seule la curiosité te conduit, alors renonce. Sonde ton cœur et ton âme, pose-toi les bonnes questions. J'ai déjà été beaucoup trop loin avec toi. Je sais que tu veux être rassurée sur ce que je ressens pour toi, mais je ne veux rien dire qui puisse influencer ta décision. C'est trop grave. Tu comprends ?

Je ne pigeais rien du tout, mais j'ai acquiescé.

Andrea s'est tu. Puis il s'est penché vers moi.

— Je vais t'embrasser… Parce que j'en ai très envie, et j'espère que tu en as autant envie que moi. Parce que tu es belle à trembler. Parce que dès demain, je veux que l'on s'éloigne l'un de l'autre pour que tu puisses réfléchir sereinement à ce que je viens de te dire…

Je n'ai pas répondu. Mais à cet instant, ma décision était déjà prise. Quoi qu'il advienne, je voulais être à lui.

Nous avons regagné le Gymnasium en silence. Andrea s'est garé au moment précis où son téléphone s'est mis à sonner. Ayant reconnu les glapissements de Gilles, j'en ai profité pour me glisser hors de la voiture et courir rejoindre ce qui me semblait maintenant un simulacre de réalité. Ma vraie vie, je venais d'en avoir un aperçu lors de ces quelques minutes où Andrea avait suggéré que nos destins pourraient être liés… Ces minutes où le bonheur le plus intense et une angoisse sourde s'étaient mêlés dans sa voix, où j'avais enfin acquis la certitude de ce que je voulais…

Dans le Gymnasium, l'ambiance était extrêmement tendue. Pas étonnant : dans un roulement de cymbales, la directrice et l'ensemble des profs étaient montés sur l'estrade où, sur une table, attendaient les couronnes en toc du couple le plus glamour de la soirée. Bouleversée par les paroles d'Andrea, par le souvenir encore vivace de ses baisers, j'en avais oublié que le bal de Noël était un événement majeur. Heureusement, Cora m'a ramenée sur terre.

— T'étais où ? On t'a cherchée partout !

— Où j'étais ? Dans le plus dingue de mes rêves…

— Un des varappeurs, un type avec de grandes dents, m'a dit de te tenir prête…

— Hein ? Prête pour quoi ?

— Mais t'as bu ou quoi ? La directrice annonce la composition des équipes pour le Challenge ! Après, on aura les élections du Roi et de la Reine de l'hiver…

— … et on file se coucher…

— Oui ! Et ce cauchemar sera enfin fini !

Qu'elle parle pour elle ! J'imaginais déjà ce que serait ma nuit, lorsque, incapable de dormir, je retournerais cent fois dans ma tête les mots d'Andrea…

— On t'a retrouvée ! s'est écriée Sumi qui venait de nous rejoindre, mignonne comme tout dans une robe tutu noire.

— Chut !

Devant nous, une grande rouquine nous intimait le silence. Sur l'estrade, la directrice s'approchait du micro.

— C'est avec fierté que je vous annonce les noms des élèves définitivement retenus pour représenter notre établissement lors du Challenge inter-écoles. Je suis consciente de la charge de travail supplémentaire que cela représentera pour eux, mais je suis également persuadée que cela n'est rien en comparaison de l'immense honneur qui leur échoit…

Et blablabla… J'ai cherché Andrea des yeux, mais il était introuvable. Pendant ce temps, la directrice entamait une litanie interminable dont je ne percevais que des bribes. J'ai néanmoins relevé le nez lorsque j'ai perçu que son timbre de voix, jusque-là ensoleillé, prenait des teintes orageuses.

— Notre sélection de littérature classique : Geoffrey Hands, Carlotta Tomaso, Minerva Toller, vous pouvez me rejoindre. Quant à vous, monsieur Gauthier... vous me décevez terriblement. Quand je pense à vos résultats à l'écrit, je suis d'autant plus meurtrie, je dis bien *meurtrie*, de ne pouvoir compter sur vous pour nous représenter lors du Challenge...

Quelle abrutie ! Comme si Richard n'était pas conscient de se transformer en parfait demeuré dès lors qu'il devait s'exprimer en public... Je me suis tournée vers le banc des Proscrits, et suis restée stupéfaite : alors que je l'imaginais en train de ruminer sa honte, il était en grande conversation avec une fille à lunettes et n'avait pas l'air plus « meurtri » que ça. Il était plus malin qu'il n'en avait l'air, mon Richard. Heureusement, la directrice, aveuglée par les spots, ne pouvait voir à quel point il avait l'air de s'en foutre complètement, de son Challenge avec une majuscule...

Le groupe des glorieux représentants de l'école était de plus en plus fourni au pied de l'estrade. Nous en étions maintenant aux épreuves artistiques et c'est dans un silence blasé que la directrice a annoncé la composition du quatuor avec flûte. Sasha et Elzbieta étaient toujours aussi magnifiques, mais ce soir, j'avais des choses plus importantes en tête que d'en vouloir à mon frangin. Sasha était amoureux, et alors ? Il ne me cherchait plus dans les couloirs, à la sortie des cours, comme à Paris... mais si j'étais tout à fait honnête, ce n'est pas non plus à lui que je dédiais toutes mes pensées, désormais... Quelque chose avait changé...

— Tu veux savoir la dernière de Simon ? m'a fait Gaëlle, interrompant mes pensées.

— Vas-y !

— Tout à l'heure, Fred a jeté un glaçon dans mon bustier et a essayé de le récupérer…

— Beurk ! T'as fait quoi ?

— Moi, rien. Mais Simon est intervenu…

— Simon ?

— Oui, je te jure ! Il fallait le voir à côté de Fred, c'était trop mignon…

— Il fait la moitié de son poids, je dirais…

— En effet, je surveille ma ligne, a confirmé Simon en surgissant dans notre dos. Mais je suis super souple.

— T'as raison, a souri Gaëlle en lui prenant la main. T'as super bien esquivé le premier coup de boule.

Mais pas le suivant, visiblement : son nez était en vrac, et du papier toilette dépassait de ses narines, la version « sauve-qui-peut » de la compresse d'urgence…

— Mon héros ! a minaudé Gaëlle en se serrant contre lui.

Elle n'avait même pas l'air ironique. Soudain Simon, pourtant fort occupé à lorgner les seins de Gaëlle, s'est redressé et m'a filé un coup de coude.

— Faustine ! C'est à nous !

Patrick Gilles venait en effet de s'avancer vers la directrice. Mon cœur s'est mis à battre à grands coups sourds. C'était à nous… Mais pas comme Simon l'entendait. Nous, désormais, c'était Andrea et moi. Il FALLAIT que je sois dans cette équipe, que je sois digne de lui. La directrice a cédé la parole à notre prof.

Il a commencé par appeler des élèves que nous croisions parfois dans les vestiaires au moment de nous changer. Un, deux, trois noms…

— Il prend que des terminales et des prépas.

Quatre noms. Il ne nous restait que trois chances d'être dans la sélection.

— Qu'il se dépêche ! Je crois que je vais tomber dans les vapes !

Sur l'estrade, Patrick Gilles a marqué une pause et s'est appuyé, une seconde, sur l'épaule de la directrice, qui lui a lancé un regard affolé…

— Il a l'air de souffrir, a fait Gaëlle.

Le visage exsangue, Gilles s'est pourtant redressé et a repris sa lecture. Sacré bonhomme, quand même !

— Sacré bonhomme, a murmuré Simon comme en écho.

— Monsieur Simon David !

Le sourire aux lèvres, je me suis tournée vers Simon. Sous le choc, il a regardé Gaëlle, a hésité à se jeter à son cou. C'est elle qui l'a poussé vers l'estrade.

— Allez, vas-y ! C'est génial !

Simon s'est avancé vers le groupe des sélectionnés en essayant de cacher son nez comme il le pouvait, tandis que Gilles appelait…

— Gaëlle Lacroix !

Elle s'est tournée vers moi, l'air incrédule, m'a prise dans ses bras.

— J'y crois pas !

En bas de l'estrade, Simon rayonnait littéralement.

— Il ne reste plus au professeur Gilles qu'à annoncer le dernier nom de sa liste, a repris la directrice. La personne qui viendra nous rejoindre a été désignée comme capitaine de la sélection de l'École. Ce qui mérite, je crois, quelques explications.

Gilles a souri et nous a survolés du regard lorsqu'elle lui a tendu le micro. Il ne restait plus rien de son malaise. Ce type était peut-être un vrai con, mais il avait un mental d'acier.

— Merci, madame la directrice, a-t-il dit d'une voix suave. Lorsque mes collègues et vous-même m'avez fait l'honneur de me permettre de désigner le capitaine de l'école parmi mes disciples (Disciples ! Il se prenait pour Jésus ?), j'ai immédiatement pensé à l'élève dont je vais donner le nom dans un instant. Les qualités d'un capitaine sont, je crois, autant l'acharnement au travail pour aboutir à l'excellence technique que la faculté de donner aux autres l'envie de se surpasser. Pour cela, il faut non seulement un esprit d'équipe exemplaire, mais aussi parvenir à incarner une forme de dépassement de soi qui confine parfois à l'obsession. L'élève qui va nous rejoindre possède tout cela sans en avoir vraiment conscience, en même temps qu'un caractère bien trempé, qui me fait fort immodestement penser à moi-même à mes débuts. J'appelle donc le nouveau capitaine de la sélection de l'école Mont Angèle.

La tension était insoutenable. Une nouvelle fois, j'ai cherché Andrea du regard. S'il y avait quelqu'un qui correspondait à ce portrait flatteur, c'était bien lui…

— Mademoiselle Faustine Sullivan !

Les secondes suivantes, cc sont les embrassades de Cora et Elsa qui me forcent à monter les marches pour rejoindre la directrice, mes talons qui manquent déraper, l'accolade de Gilles qui me remet solennellement le brassard aux couleurs de l'école, mes remerciements embrouillés… Le regard furieux d'Elzbieta tandis que Sasha bouscule tout le monde pour venir me serrer dans ses bras et refuse de me lâcher lorsque le photographe vient immortaliser le nouveau capitaine, le regard des profs sur nos visages semblables, la directrice qui soupire et veut céder à mon frère, et soudain Gilles qui prend Sasha par le bras.

— Ce soir, c'est son tour. Laissez-la, ordonne-t-il.

Mon frère m'implore du regard. Pourquoi est-ce si difficile ? Soudain, j'entends la voix d'Elsa : « Il a l'habitude d'être le premier partout, non ? Il veut peut-être entrer dans l'équipe de l'école parce que tu y es ? » Et si elle disait vrai ? Si Sasha était jaloux ? Je ne sais plus où j'en suis ni que faire lorsqu'une odeur de cuir et de lavande me fait sursauter. Andrea est là ! Sans m'en rendre compte, je me penche à l'oreille de Sasha :

— S'il te plaît…

S'il te plaît quoi ? Qu'il me lâche, qu'il accepte, pour une fois, que je sois dans la lumière ? Ça ne durera pas, Sasha, je te promets ! Dans une minute, chacun verra qui de nous deux est le meilleur, mais juste une minute, je veux être celle-là. Pourtant, ce n'est pas cela que je lui murmure. Ce que je dis à mon frère, les larmes aux yeux, c'est :

— S'il te plaît, Sasha… Laisse-moi partir…

Mon frère est choqué, je le vois. Ses bras retombent, comme privés de toute force. Le photographe en profite pour me pousser contre la directrice et nous ordonne de sourire.

Et j'ai souri ; la photo placardée quelques jours plus tard dans le hall en atteste. Mais, malgré ce sourire, tout mon visage crie sa détresse d'avoir perdu son âme sœur…

C'EST LE LUNDI SUIVANT que j'ai pris conscience de l'ampleur de la tâche qui m'attendait. Pour l'ultime jour de cours avant les vacances, les profs ont présenté mollement le calendrier du deuxième trimestre devant des classes de zombies. Lorsque je suis retournée au réfectoire, ce n'était que supputations sur les retrouvailles avec la famille. La hauteur du sapin. La maison de campagne pour le réveillon. Les cadeaux… C'était évidemment à cette période que papa nous manquait le plus et, d'habitude, Sasha et moi redoublions d'attentions l'un pour l'autre. J'imaginais, malgré Elzbieta, que nous ferions la trêve pour ce premier Noël sans maman… Sauf qu'il était invité par la famille de Mademoiselle à skier dans une vallée super chic à deux heures de la maison. Tante Anna me l'avait annoncé la veille au soir, alors qu'il était avec Ben auprès des chiens ; j'avais fondu en larmes.

— Il le sait depuis une semaine déjà et il ne m'a rien dit ! D'habitude on se dit tout ! C'est à cause d'Elzbieta qu'il est comme ça…

Je hurlais. Autant de rage contre mon frère que de colère contre moi car je sentais bien que c'était aussi ma faute si nous nous éloignions de plus en plus… Anna avait d'abord testé le silence, puis tenté une caresse dans mes cheveux – aussitôt repoussée. Finalement, elle avait pris le parti de crier plus fort que moi.

— FAUSTINE, TAIS-TOI !

Elle était si douce d'habitude que cela avait coupé net mes cris. Mais Anna était loin d'avoir vidé son sac.

— Il ne t'a rien dit parce qu'il se doutait bien de ta réaction ! Il sait que tu détestes sa copine, mais si tu étais un peu maligne, ce dont je ne doute pas, ma chérie, tu lui ficherais la paix, et à moi aussi par la même occasion, parce que parfois, et Dieu sait que je vous aime, mais parfois, j'en ai vraiment ras-le-bol de supporter vos crises !

Elle m'a scotchée. Alors qu'elle reprenait son souffle, je lui ai jeté un regard qu'elle qualifierait plus tard « d'ahuri ». Cela devait être tordant, parce qu'elle a commencé à glousser, doucement d'abord, puis voyant que je restais la bouche ouverte, elle s'est mise à rire franchement, et elle a un rire, Anna, irrésistible, alors je m'y suis mise aussi, et dix minutes plus tard, lorsque Sasha a passé la porte, on se tenait les côtes en poussant des hurlements hystériques. Il a fallu l'entrée de Ben, visiblement vanné, et une légère odeur de fromage cramé pour nous faire revenir sur terre.

— On a de la chance, m'a lancé Anna après avoir bondi pour éteindre le four, c'est un gratin. Dans gratin, il y a « gratiné », non ? On n'a qu'à dire que c'est super gratiné.

À table, j'ai bien vu que Sasha me lançait des regards en biais, alors j'ai eu pitié de lui et je me suis lancée.

— Oh, frangin, je sais que t'es pas là à Noël… Je penserai à toi quand je déballerai tes cadeaux…

Ça n'était pas encore le Pérou, mais son sourire furtif m'a fait chaud au cœur. La soirée était sauvée. Il me fallait bien ça pour supporter une nuit de plus…

Si j'avais fantasmé sur l'idée de passer les vacances avec Andrea, même en cachette, j'ai dû déchanter très vite. Il animait un stage intensif de grimpe à trois heures d'avion, avec des semi-pros. Sans cesse, chacune de ses paroles venait me torturer. Je les trouvais lumineuses, et l'heure suivante, sibyllines et vaguement menaçantes. Je lui en voulais de ne pas m'avoir dit s'il m'aimait. Je me demandais s'il parlait d'aller au-delà des simples baisers et n'osait pas être plus direct parce qu'il me trouvait trop jeune, ou si mes fantasmes ne me menaient pas trop loin. J'aurais voulu qu'il soit là et m'embrasse, parce que, alors, je me sentais forte – loin des incertitudes qui m'assaillaient. Je ne pouvais parler à personne.

Alors je m'entraînais comme une folle. J'avais réussi à convaincre Anna et Ben que le Challenge était désormais le but ultime de ma vie, et ils me laissaient partir des heures entières pour le Gymnasium où j'enchaînais les parcours avec deux prépas sélectionnés. En fin de journée, j'étais vannée. L'idée était d'arriver à la maison, prendre une douche, grignoter, s'effondrer dans mon lit, dormir, dormir, dormir. Ne pas penser à lui…

Un soir, après la douche, je me suis aperçue dans le miroir et j'ai sursauté : mes bras musclés, mon ventre plat, mes cuisses affinées par l'effort… Je me suis retrouvée enfant, lorsque Sasha et moi nous amusions à nous faire passer pour deux frères. J'ai fermé les yeux et nous ai revus, portant les mêmes vêtements à huit, dix, douze ans, silhouettes androgynes, cheveux mi-longs, hanches étroites, poitrine creuse… Je me suis remémoré le regard d'Andrea lorsqu'il avait noué le ruban champagne contre mon cou, lorsqu'il m'avait dit que j'étais « magnifique ». J'ai su alors que je voulais être une femme. Dans son regard et dans ses bras.

La veille de Noël, je me suis rendu compte que, préoccupée par ma petite personne, j'avais complètement oublié les cadeaux. Pour Ben, c'était facile : j'avais prévu le coup depuis longtemps, il suffisait de passer à l'école pour le récupérer. Mais Anna ? En franchissant la porte du hall, en ce début d'après-midi, j'étais en pleine réflexion et c'est sans doute pour cela que je suis entrée en collision involontaire avec la bedaine de CDA.

— On vous cherchait, justement ! Quelqu'un vous a demandée, a-t-il claironné.

— Pardon ? Euh… ah ? La directrice veut me voir ?

Depuis que j'étais devenue capitaine de la sélection, il ne se passait pas un jour sans qu'elle me convoque. Elle était totalement hystérique et avait été ravie d'apprendre que je serais souvent à l'école pour mon entraînement, pour m'avoir « sous la main, au cas où ».

— Non. On n'a pas dit la direction, a fait le concierge.

Comme Charlie, CDA a sa propre interprétation du langage et constitue un sujet inépuisable de parodies au réfectoire.

— On a dit quelqu'un. Un monsieur.

Andrea ! Il avait écourté son stage pour venir me voir !

— Faustine !

Non ! Cette voix c'était…

— Tom !

— Ma belle !

— Oh, Tom, c'est vous !

Oui, c'était lui, plus que jamais lui. L'avocat tombé dans la misère, le champion des plaidoieries en plein air, le héros du seul film de mes parents. Classe mais défraîchi, comme un costume resté trop longtemps dans un placard et ressorti quand la mode est passée. Évolution notable : il ne traînait pas sa sempiternelle odeur de clope et de whisky.

— Sobre, a-t-il confirmé. Depuis… eh bien, depuis la mort d'Emma, en fait. C'est dur. Très dur, mais je tiens…

— C'est super, Tom !

— Je… Sasha n'est pas avec toi ?

— Sasha ? Eh bien… (J'ai respiré un grand coup.) Il passe les vacances avec sa nouvelle copine dans un hôtel très classe. Il fait du ski, il joue au billard et il subjugue tout le monde…

— Ah ? (Il avait l'air déçu.) Écoute, tant pis pour lui. J'ai là quelque chose que… enfin, c'est arrivé à votre appartement, enfin, tu sais, à Paris. Je l'ai piqué dans votre boîte. Ça te dit quelque chose ?

Il me tendait une grande enveloppe rembourrée. Dans le coin supérieur, le nom d'un photographe qui faisait fureur chez les branchés… En un éclair, j'ai revu cet après-midi où des copains nous avaient entraînés dans un café lounge du Marais. Nous étions tombés sur ce type, laid à faire peur, et qui n'arrêtait pas de nous fixer, Sasha et moi. Au bout d'un quart d'heure, il était parti, mais une femme d'une quarantaine d'années, très élégante, était venue à notre table avec une carte. Elle nous avait dit être l'agent du type, qui était « artiste plasticien » et voulait nous photographier pour une expo. Le lendemain, même si je n'étais pas très chaude, Sasha m'avait entraînée au studio.

En fait, ça s'était super bien passé. L'expo s'appelait *Je est un autre*, encore un de ces intitulés très chic et incompréhensibles. Il y avait des installations à base de miroirs, une dame habillée comme son chien, de la musique électronique alternant avec des chants d'église sortant d'immenses enceintes pour iPod, un buffet avec du Coca light, du champagne et des bonbons. L'agent nous a emmenés dans le bureau de « l'artiste ».

Le visage du type s'est littéralement illuminé lorsqu'il nous a aperçus dans l'encadrement de la porte. Peu après, j'étais assise devant un miroir, des maquilleuses s'affairaient sur mon visage, une coiffeuse lissait mes cheveux.

— On fait pareil pour ton frère dans la loge à côté, m'avait-elle expliqué.

Je me souviens aussi du trouble qui nous a saisis, Sasha et moi, lorsque nous nous sommes revus : tous les deux en costard mais lui, très maquillé, ressemblait à ce que je pourrais être si je me décidais à être une fille... Quant à moi, j'étais devenue un mec. « L'artiste » a à moitié fondu en larmes quand nous sommes apparus, puis s'est mis au travail. Nous n'étions jamais allés voir l'expo : maman était morte quelques jours avant le vernissage.

J'ai déchiré l'enveloppe. J'en ai d'abord sorti une carte où le photographe expliquait qu'il venait seulement d'apprendre pour maman et nous présentait ses condoléances. Et espérait que cette photo nous rappellerait des jours heureux…

— Voilà un homme bien, a déclaré Tom alors que je lui passais la carte.

Du papier bulle enveloppait la photo. Avec précaution, je l'ai enlevé.

— Oh !

C'était bien nous, ce jour-là… Les paupières ombrées de Sasha, ses longs cils alourdis de mascara, son sourire redessiné. Mes cheveux, tirés en arrière, tellement gominés qu'ils en paraissaient faux, et la petite moustache de dandy au-dessus de mes lèvres.

Étrangement, nos accoutrements ne faisaient que souligner davantage notre identité réelle, la subtile affirmation de la virilité de Sasha, la douceur de mon propre visage. C'était troublant, vaguement excitant. Magnifique, en tout cas…

— Un homme bien et un grand artiste, a confirmé Tom. C'est un beau cadeau qu'il vous a fait là…

Je me suis tournée vers Tom.

— Et ça tombe vraiment au bon moment.

— Oui. Je fais un drôle de Père Noël, hein ?

— Non. Je ne peux pas vous dire à quel point c'est… parfait. Vraiment. Vous… venez à la maison ?

Tom a eu un sourire gêné.

— J'ai commandé un taxi. Une ancienne cliente qui grâce à moi ne dort pas en prison vient me chercher.

Elle devrait être là dans quelques minutes. Je voulais être sûr que tu aies cette photo en mains propres. Je retourne à Paris dès ce soir…

— Mais… c'est Noël, demain !

— Eh bien justement ! C'est les vacances, et il y a une super expo à Beaubourg. Évidemment, tu ne peux pas savoir ça, a-t-il déclaré en reniflant d'un air vaguement dégoûté, depuis que tu vis dans ce trou ! Ce qui signifie beaucoup de monde et, donc, la nécessité de me surpasser pour ma plaidoirie dite de la Nativité. Crois-moi : c'est beaucoup plus difficile d'improviser depuis que je ne picole plus…

NOUS AVIONS ORDRE DE VIDER TOTALEMENT NOTRE CHAMBRE pour midi afin qu'un service de nettoyage puisse faire son travail avant la semaine de fermeture de l'école, entre le jour de Noël et la rentrée, début janvier. Ce qui signifiait que j'étais coincée à la maison, sans possibilité de venir m'entraîner et sans Sasha.

Ma coturne avait, en donnant des ordres à trois de ses copines-esclaves tout en se limant les ongles, réussi à faire entrer son fourbi haute couture dans ses multiples bagages de luxe. Débarrassée de son parfum, de ses bijoux et de ses fringues – de sa présence, en fait –, la pièce était agréable. Le plancher était chaud sous mes pieds ; le pastel des murs dessinait un univers de douceur… J'ai tiré ma valise de sous mon lit et je l'ai ouverte : les trophées étaient là. Pour la première fois, ils ne m'étaient d'aucun réconfort. J'avais peur de les regarder, de découvrir, dans les entrelacs du métal froissé, des traces de sang. J'ai réalisé à quel point les garder était morbide, voire destructeur ; quel genre de tarée fétichiste conservait comme souvenir de sa mère les derniers objets qu'elle avait tenus avant de se donner la mort ? Sasha avait raison d'être agacé lorsqu'il me voyait les trimballer partout… Avec un frisson, je les ai recouverts de l'amas de mes vêtements sales, avant de refermer la valise d'un coup sec. Lorsque j'ai soulevé mon oreiller pour en enlever la taie, la couverture de *Bonjour Tristesse* s'est imposée à mon regard.

Depuis la soirée au refuge, j'avais plusieurs fois (chaque soir en fait) plongé mon nez dans les pages ivoire pour déceler la trace d'Andrea. D'abord intense, la fragrance de cuir, de lavande et de vanille s'était peu à peu estompée tandis que le papier s'imprégnait de l'odeur de lessive et de shampooing pour bébé qui était ma marque de fabrique. Le parfum, je m'en rendais compte, de quelqu'un qui ne veut pas laisser de traces. Celui d'une ombre, d'un fantôme. J'ai ouvert le livre à la page de la dédicace.

« Car tu sais toi aussi la tristesse des monstres… »

J'aimais cette phrase comme on aime une chanson : son rythme, le sifflement des S, la scansion des T, « ce beau mot de tristesse » comme l'écrivait Sagan. Que voulait-elle exprimer, à travers ces mots ? S'était-elle simplement laissé prendre par l'ivresse de leur accord ou y avait-il autre chose ? Le cœur battant, j'ai pris conscience que, obsédée par mon désir de savoir si Andrea m'aimait, j'avais zappé quelque chose qui était peut-être important. « Quelque chose qui me dépasse. Qui NOUS dépasse », avait dit Andrea alors que je l'accablais d'allusions pendant ce cours où il m'avait remise à ma place. « Quelque chose de vital qui peut bouleverser ceux que tu aimes… Sonde ton âme, pose-toi les bonnes questions… » Qu'avait-il voulu dire ? J'ai fixé l'écriture de Sagan, ce message qu'elle avait laissé. À qui s'adressait-elle ? Qui était ce monstre accablé de tristesse dont elle parlait ? Et pourquoi Andrea avait-il semblé si affecté par ces quelques mots ?

Anna était venue me chercher à l'école, pestant tout le long du trajet contre la neige qui ne cessait de tomber et sur les congères car, à la maison, Ben avait envahi la cuisine pour nous concocter le repas du réveillon. Surprise ! Charlie, notre chauffeur, était avec lui, sirotant une bière. Sur la table, un poisson énorme imposait son ventre bleuté sur un lit d'herbes.

— Charlie nous a apporté un saumon sauvage, a fait Ben.

— Ah ? C'est pas rose et en tranches au rayon frais, un saumon ?

— Non, grosse maligne. Ça vit en mer, et quand vient pour eux l'heure de se reproduire, ils reviennent dans la rivière qui les a vus naître. C'est étonnant d'en trouver un si gros, d'ailleurs. D'habitude, leur gras fond lors de la migration…

— Je dois être le seul à connaître le coin, s'est vanté Charlie en engouffrant son reste de canette. Moi et les ours.

— Il y a encore des ours dans la forêt ?

— Non, je suis le dernier représentant de l'espèce, a souri le chauffeur. Bon, a-t-il commenté en quittant la cuisine. On dit 8 heures 8 h 30, alors ? Je viendrai avec ma dame…

— C'est ça. À tout à l'heure.

— Pour le réveillon ? ai-je demandé à Ben. Je croyais qu'on ne serait que tous les trois…

— Ça ne t'embête pas, j'espère ? Ça fait deux ans qu'on l'invite. Anne l'aime bien, elle dit qu'il lui donne de l'inspiration. Mais je ne savais pas qu'il avait une copine…

— Nan, ça m'embête pas. J'ai déjà discuté avec lui dans le bus, il est euh… spécial, mais rigolo. Je savais pas que vous le connaissiez si bien !

— Ça fait… trois ans ? Je passais près du lac avec les chiens quand ils se sont mis à hurler, et je vois ce type à plat ventre, la tête sous l'eau… Je l'ai sorti de là vite fait, je lui ai fait cracher la flotte qu'il avait commencé d'ingurgiter…

— Oui, il n'avait jamais bu autant d'eau de sa vie, a enchaîné Anna, qui venait d'entrer. Ouah, c'est quoi, ça ? Un requin ?

— Non, lui ai-je répondu. Un saumon sauvage, il paraît. Il était bourré, alors ?

— Comme une cantine. Si Ben ne l'avait pas sorti de l'eau, il aurait servi de repas aux poissons. Ce qui ne serait que justice ! Bon, Faustine, téléphone pour toi. Sasha. J'ai décroché dans mon bureau, tu peux prendre l'appel là-haut…

En montant les marches deux par deux, je souriais. Même embobinée par sa princesse, il ne m'avait pas oubliée, mon frérot…

— Allô ?

— Tine ! C'est moi !

— Sasha ? Mais…

— Tu sais pas comme tu me manques ! C'est n'importe quoi, ici !

— Comment ça ?

— La famille d'Elzbieta… Ils sont dingues. Son père, ça va encore, si on aime les types qui font des affaires louches, mais sa mère essaie sans arrêt de me tripoter dans les coins…

— Sa… mère ?

— Ouais. Elle est complètement barge. Elle se gave de pilules à longueur de temps et elle commence à siroter à 10 heures du matin.

— Et… Elzbieta ?

— Elle pleure dès qu'elle pense que personne ne la voit. Heureusement qu'on est sur les skis avec sa tripotée de cousins une bonne partie de la journée, sinon elle deviendrait aussi dingo que sa mère. Je pensais rentrer pour le réveillon de fin d'année, mais elle m'a supplié de rester.

— Et ?

— Je veux savoir ce que tu en penses. Non. En fait, je veux que tu me donnes ta bénédiction.

— Tu pousses peut-être un peu, là.

— Écoute… Je sais que tu l'aimes pas, et bon, je reconnais qu'elle est un peu limite parfois. Mais je te jure qu'elle vaut mieux que sa réputation…

— Dis donc, elle se la fabrique elle-même sa « réputation », comme tu dis !

— Tu sais, elle est pas à la fête ici. Quand elle est à peu près sobre, sa mère passe son temps à faire une liste des meilleurs partis pour sa fille. Ça va des neveux Kennedy aux cousins de la famille royale d'Angleterre…

— Elle dit ça devant toi ?

— Nan. Elle fait pire. Elle me demande mon avis. Tu le crois ?

— J'en reviens pas… Et Elzbieta, elle fait quoi ?

— Rien. Elle s'écrase. Un jour, elle a rembarré sa mère, qui a ressorti l'affaire au moment du dîner. Hystérique. À la fin, pour qu'elle se taise, le père d'Elzbieta s'est levé et il lui a flanqué une gifle…

— À Elzbieta ?

— Nan. À sa mère. Un truc à lui arracher la tête…

— Il a frappé sa femme devant tout le monde ?

— C'est des dingues, je te dis… Merde, quelqu'un vient… En plus, on est rarement seuls, y a des employés dans tous les coins du chalet. Même au jacuzzi, t'es pas tranquille. Bon, alors ?

— Quoi ?

— Ta bénédiction, Tina ?

J'ai soupiré, histoire de, avant de lâcher, magnanime :

— OK. Tu l'as. Mais viens pas te plaindre si tu te sens trop seul à minuit…

Mine de rien, cette conversation m'avait ébranlée. Elzbieta était censée être une pétasse 100 % pur jus, pas une pauvre petite fille riche perdue entre deux parents violents ou dépressifs. Je n'avais aucune envie de la plaindre, surtout quand je me rappelais ses attitudes ou ses remarques à mon égard. Sans parler de ses attaques systématiques à l'encontre de Cora !

Je me suis effondrée dans le fauteuil défoncé qu'Anna traînait avec elle depuis des années – un vestige de New York, trouvé sur un trottoir. Sur le bureau, Sauron, son chat, a craché, montrant ainsi sa désapprobation de me voir envahir le refuge sacré de sa maîtresse. Puis ses yeux se sont soudain faits velours : il avait beau être vieux, il avait une meilleure ouïe que la mienne ; Anna approchait, même si je n'avais pas encore entendu ses pas sur les tapis qui recouvrent à peu près la totalité des planchers de la maison, escalier compris. Je n'étais donc pas étonnée lorsqu'elle a ouvert la porte.

— Faustine ! Ton frère va bien ? Il m'avait l'air un peu speed, tout à l'heure…

— En fait, je crois que la famille de sa copine est… spéciale. Il ne sera pas là pour le réveillon de fin d'année. Je crois qu'il veut la protéger. Son père est violent et sa mère boit.

— C'est très bien de vouloir jouer au prince charmant, mais lui, il se sent comment, là-bas ?

— Ben… pas trop bien, en fait. Mais je lui ai dit de rester, il m'a demandé, tu vois…

Anna s'est approchée de son bureau et a caressé le pelage de Sauron. Il a fermé les yeux et reposé sa tête dans le gant de base-ball qui était son endroit préféré pour dormir quand il était chaton. Il pèse pas loin de six kilos aujourd'hui, mais ne semble pas en avoir conscience. Anna et ce gant constituent son univers…

— Et donc, tu lui as donné ta bénédiction ?

— C'est marrant que tu dises ça, c'est exactement ce qu'il a demandé…

— Tu penses quoi ?

— Ça me saoule qu'il ne soit pas là. Mais je comprends qu'il veuille rester avec sa copine…

— Ouh là ! Ça ne te ressemble pas. Je croyais que tu la détestais, cette fille ?

— Oh, je m'en fous d'elle. C'est pour Sasha. Il a l'air vraiment accro… Mais je le connais. Si je laisse faire, il va se lasser et il va revenir…

— Faustine… (Anna a respiré un bon coup.) Écoute, je n'y connais pas grand-chose, mais ça me semble un peu… euh… « malsain » que tu surveilles ton frère comme ça, que tu fasses des plans pour qu'il retourne dans tes jupes, comme si tu étais à la fois sa mère et une ex-copine…

J'aimais beaucoup Anna, mais là, elle pénétrait en territoire interdit. J'avais envie de la remettre à sa place, de lui rappeler qu'elle avait eu une sœur, elle aussi, et qu'elle l'avait condamnée d'avance.

— Tu as raison, tu n'y connais pas grand-chose. Moi, j'ai un frère et je l'aime. C'est comme ça.

J'ai bien vu que je l'avais blessée. Trop tard pour regretter. Elle m'a souri avec tristesse.

— Va te préparer. J'étais montée pour te dire que Charlie et son amie arrivent dans moins d'une heure.

Dans la salle de bains, il m'a fallu un peu de temps pour me regarder, littéralement, dans le miroir : je n'étais pas très fière d'avoir utilisé les confidences d'Anna contre elle. C'était vraiment minable, en fait. Une fois de plus, j'allais devoir trouver le bon moment pour m'excuser. J'essayais de me mettre à la place des autres : je veux dire par là tous ceux qui n'étaient pas Sasha et moi… Était-ce si bizarre, si « malsain », comme Anna avait l'air de le penser, que nous soyons aussi proches ? C'est vrai que pendant longtemps, j'avais compté sur Sasha pour me montrer la voie, me contentant le plus souvent de l'admirer sans oser marcher sur ses traces.

À la mort de maman, nous nous étions encore plus couvés l'un l'autre… Mais, depuis l'entrée à l'école, je sentais bien que je m'éloignais de lui. C'était douloureux, et en même temps, je le sentais confusément, nécessaire ; collée à mon frère, jamais je n'aurais osé lever les yeux sur Andrea. Les commentaires sur notre relation m'avaient toujours agacée, aujourd'hui ils me mettaient en rage : je savais bien, moi, que la petite Faustine, végétant dans l'ombre de son frère rayonnant, venait de monter dans sa propre barque et la laissait dériver, s'éloigner doucement. Cela me remplissait de tristesse, mais aussi, bizarrement, de fierté : je ne pensais pas être si solide ; je découvrais mes forces neuves avec le même bonheur qu'en progressant le long de la paroi. Mon amour pour lui était intact ; mais désormais, je découvrais la vie avec mes propres yeux...

Alors pourquoi, une heure plus tard, j'étais vêtue d'un des pulls de Sasha, trouvé dans son armoire ? Était-ce seulement pour donner raison à ma tante et lui offrir des excuses par un chemin détourné, voire un peu tordu ? Ou parce que, malgré tout, Sasha me manquait ? Ou alors, enveloppée de la chaleur, de l'odeur de mon frère, pour oublier celui dont j'aurais voulu à cet instant sentir les bras autour de moi ?

En bas, Anna m'a serrée contre elle, chuchotant un « excuse-moi » dans mes cheveux qui m'a remplie de honte. Mais je me suis contentée de l'étreindre à mon tour.

Dans la cuisine, une odeur indéfinissable flottait ; du chocolat, c'était sûr, un parfum d'herbes fraîchement cisaillées, le fameux saumon aussi, peut-être… et quelqu'un que je connaissais bien.

— Chantal ! Vous êtes là !

— Eh oui, ma caille… Ce type-là (elle désignait Charlie, qui souriait avec l'air du ravi de la crèche) m'invite chez des amis, je lui demande qui, il ne me dit rien, juste que c'est des gens très bien, on sonne à la porte, et c'est Anna Sue qui nous ouvre ! J'ai cru tourner de l'œil..

— Bon. Heureusement, vous vous êtes remise ! a fait Anna.

— Oui. Mais bon, il faut me comprendre… Vous êtes connue, quand même !

— Ne vous en faites pas. Dans quelques heures, je serai pompette et je ne saurai même plus comment je m'appelle… En plus, Anna Sue, c'est un pseudo, alors… Allez ! On trinque !

Par magie, des verres sont apparus, emplis jusqu'au bord d'une boisson laiteuse et rosée ; une invention de Charlie, qui n'a jamais voulu dire ce qu'il y avait dedans. En tout cas, c'était terrible…

Assise dans le canapé, Chantal regardait autour d'elle en souriant. Je me suis installée à côté.

— Charlie ? l'ai-je taquinée malicieusement.

Elle m'a souri.

— Eh oui ! Il m'a dit qu'il m'avait repérée le premier jour, mais qu'il lui a fallu tout ce temps pour oser m'adresser la parole. Il dit que c'est grâce à ton oncle et ta tante. Que si eux ne le trouvaient pas trop tartignolle, c'est qu'il devait valoir quelque chose…

— Vous êtes ensemble depuis longtemps ?

— Depuis le bal de Noël ! Tu imagines, des gens de notre âge qui se bécotent… Il me fait rire, tu n'as pas idée ! Et toi, a-t-elle ajouté en me souriant tendrement, tu as quelqu'un dans ta vie ?

Je me suis sentie devenir rouge, et le cocktail n'y était pour presque rien.

— Euh… non.

— Et ce garçon si beau avec qui tu as pris un café, un matin ?

— Chut… (J'ai regardé autour de moi d'un air affolé.) C'est juste un copain d'escalade, il n'y a rien d'autre…

— Ah bon ? Eh bien, c'est dommage…

Si Anna n'a pas l'autorisation de s'approcher de la cuisinière lorsque Ben officie, en revanche elle a toute latitude pour en mettre plein la vue avec sa décoration de table. C'est en général assez baroque et bariolé ; un peu comme si plusieurs artistes de cirque mettaient en commun la vaisselle de leurs caravanes. Sa nappe favorite est constituée de plusieurs saris qu'elle superpose et les assiettes sont à l'unisson : rose bébé, bleu turquoise, jaune poussin, égayées de touches d'or. Ses verres viennent de l'atelier d'un artiste de Venise et imposent dans leur verre épais des spirales de pigments. Quant aux couverts, ils sont dépareillés, mais parviennent, on ne sait comment, à faire croire qu'ils sortent de la même fonderie. Le tout forme un tableau coloré et foisonnant, comme une œuvre de Basquiat, son peintre chouchou dont Ben est le sosie, et arrache à chaque fois aux convives la même exclamation ravie.

— Oh Anna ! C'est magnifique ! On croirait un goûter d'anniversaire, une sortie à la fête foraine !

— Chantal, vous avez mis dans le mille ! Ce soir, on croit tous au Père Noël, j'avais envie que chacun retombe en enfance… Allez, on s'assoit et on trinque !

Charlie a fait circuler une deuxième tournée. Nous commencions à être vraiment détendus, et pas seulement à cause de l'alcool. On se sentait bien, et cette sensation devait tout à l'amour, palpable, qui existait entre Ben et Anna. Une attraction qui connaissait tout des défauts de l'autre et s'attachait, précisément, à ces reliefs pour s'élever. Comme un bon grimpeur sait utiliser la moindre prise, la moindre faille, pour atteindre le sommet… Voilà que je devenais lyrique, moi. J'ai tendu mon verre à Charlie, histoire de noyer l'émotion qui commençait à m'étreindre, mais Ben m'a prise de vitesse :

— Mmh… Coca à partir de cette minute, jeune fille. Ou tu ne vas pas être en forme pour savourer mon cadeau…

Deux heures plus tard, nous avions fait sa fête au repas, ri des anecdotes sur les profs de l'école colportées par un Charlie en grande forme, et des imitations des dames de la bonne société par Chantal. Ben a failli s'embarquer dans des histoires de chiens, mais Anna a fait diversion en nous révélant, en exclusivité mondiale, le début du roman qu'elle était en train d'écrire.

Moi, je me contentais d'être là et de savourer l'instant. Sasha me manquait terriblement. Mais pas que lui… Chaque fois que Ben et Anna, sous prétexte de débarrasser la table, se bécotaient dans la cuisine (assise pile-poil dans l'axe de la porte, j'étais aux premières loges), chaque fois que Charlie et Chantal, croyant que je ne les voyais pas, s'effleuraient la main sur les saris, j'avais un coup au cœur. Andrea aurait été heureux avec nous, j'en étais sûre. Submergée par sa beauté, Anna en aurait fait un personnage de roman. Et moi aussi, j'aurais eu droit à quelques câlins…

J'étais à deux doigts de m'apitoyer sur mon sort et tentée de me consoler en douce avec une bonne rasade de n'importe quoi de corsé quand Ben est revenu de la cuisine avec un bonnet ridicule de Père Noël ; il nous a fait signe de le rejoindre sous le sapin. C'était l'heure des cadeaux.

Anna a offert à Chantal le manuscrit dédicacé d'un de ses bouquins : une nouvelle fois, cette dernière a failli s'évanouir. Charlie a tendu à Ben un paquet énorme, entortillé dans des kilomètres de papier aux couleurs de l'école (« recyclage », m'a-t-il confié avec un clin d'œil) : mon oncle en a extrait une chapka taillée dans une peau de je ne sais quelle bestiole aux longs poils immaculés. Le contraste avec la peau noire de Ben était vraiment superbe, même si la fourrure n'était pas exactement mon truc. Puis Anna m'a tendu une valise en cuir rouge, que j'imaginais déjà faire la nique aux bagages de luxe d'Elzbieta. À l'intérieur, c'était un rêve de fille : des tops en soie, des jeans piqués de minuscules strass et un écrin Tiffany's protégeant un bracelet exquis, un simple jonc d'or parsemé de quelques éclats de diamants. Une merveille…

— Ça manquait à ta robe, a décrété Anna lorsque j'ai hurlé l'inévitable : « C'est trop beau, je ne le mérite pas ! »

C'était mon tour. Anna, avec mille précautions (j'avais collé des étiquettes « fragile » un peu partout), a déballé son cadeau : la photo de Sasha et moi. Au moment où je l'avais découvert, j'avais su que ce portrait bizarre serait le cadeau idéal.

— Faustine ! C'est incroyable !

Elle s'était mise à verser des larmes en silence.

— Joyeux Noël ! Eh, ce n'est pas le moment de pleurer…

— Tu as vu comme… comme…

— Quoi ?

— Comme tu ressembles à ta mère, sur cette photo ?

— Hé ! Maman n'avait pas de moustache !

Je n'avais rien trouvé de mieux pour cacher mon trouble. Je savais maintenant pourquoi la photo m'avait tant émue…

— Tu es bête… C'est cet air résolu que tu as. On dirait Emma…

Là, d'un coup, c'est moi qui ai failli pleurer. Je me suis souvenue d'une photo de maman prise pendant une soirée, qui a longtemps été scotchée sur la porte du frigo dans notre appartement à Paris. Elle portait un smoking d'homme, repris à sa taille par une copine couturière de plateau, mais s'était juchée sur treize centimètres de talon. Elle était follement sexy comme ça… Après la mort de papa, alors qu'elle ressassait ses souvenirs, elle m'avait confié que c'était de nous voir pareillement fagotés en permanence, Sasha et moi, qui lui avait donné l'idée…

— Cette photo va dans mon bureau, a déclaré Anna d'un air farouche. Regardez-la maintenant parce que, ensuite, ce sera mon secret…

Un ange est passé. Pour dissiper la gêne et éviter de pleurer pour de bon, je me suis tournée vers Ben.

— Pour toi, un tour de magie !

— J'adore ! Tu vas faire apparaître un lapin ?

— Non ! Bien mieux que ça. Attention, mesdames et messieurs, ça va être fulgurant…

De derrière mon dos, j'ai sorti un monticule compliqué de papier japonais : un prodige que Sumi avait réalisé à ma demande. Je l'ai saisi par une crête avant de le lancer vers le plafond… L'air s'est engouffré à l'intérieur du mince papier et en a déplié toutes les facettes. Lorsqu'il s'est posé au sol, un chien-loup de la taille d'un renardeau s'était matérialisé.

— Tadaaa !

— Wouah !

— Faustine, c'est… je ne trouve pas mes mots… a murmuré ma tante.

— J'ai réussi à rendre muette le grand écrivain multi-primé Anna Sue ! Gloire à moi !

… Et à ma copine japonaise Sumi, mais ça personne n'était obligé de le savoir.

— Je suis soufflé, a déclaré Ben. Magnifique ! Pareil qu'Anna : j'espère que vous avez bien profité du spectacle, car cette merveille va bientôt être suspendue dans mon repaire à moi…

— Pas dans la nurserie des chiots, j'espère ? s'est empressée de demander Anna.

— Parfaitement, madame. Ils seront inspirés par tant de grâce et de magie, mes petits champions…

De la grâce et de la magie, oui, mon oncle avait raison. Dès qu'il a prononcé ces mots, j'ai eu la certitude que ce que nous venions de partager, nous le garderions jusqu'à la fin de notre existence, comme un talisman. Nouveau pincement au cœur : Sasha avait manqué ce bout de bonheur arraché à la vie… et j'aurais tout donné pour qu'Andrea entre dans notre ronde à cette minute-là.

— Bon, c'est mon tour, a fait Ben, brisant le silence ému qui s'était fait autour du petit miracle de papier. Habillez-vous chaudement, ça se passe dehors !

Nous nous sommes suréquipés, sous la direction d'Anna qui semblait savoir à quelle sauce nous allions être mangés.

Lorsqu'elle a ouvert la porte, un courant d'air glacial s'est engouffré dans le hall, mais nous ne l'avons senti qu'à peine, hypnotisés par le spectacle : l'encre de cette nuit de Noël avait transformé la cour du chalet et la prairie qui s'étendait derrière en monde inconnu et légèrement angoissant ; mais, trouant cette épaisseur obscure, les flambeaux que Ben avait accrochés aux deux traîneaux qui nous attendaient ouvraient un passage fantastique…

À la lueur des torches, nous devinions les silhouettes des chiens, tendus vers nous : dès que nous nous sommes avancés dans la cour, ils se sont mis à gémir, impatients de courir.

— Chantal et Charlie, avec moi, a commandé Ben en désignant le plus grand des deux traîneaux.

En souriant comme des gosses, ils se sont glissés sous les épaisses couvertures que Ben avait prévues pour ses passagers.

— Faustine, tu n'as pas peur, j'espère ? Tu montes avec Anna !

Il s'est penché vers moi.

— Tu verras à quel point elle peut être zinzin, ta tante… C'est là que je la préfère !

Je n'étais pas vraiment rassurée en prenant place à mon tour dans le traîneau. Les chiens que Ben avaient harnachés étaient ceux avec lesquels il venait, deux week-ends de suite, de remporter une course : des monstres de puissance, d'endurance et d'agressivité, mais qui redevenaient de gentils nounours dès qu'ils étaient libérés de leurs harnais… Je me suis lovée sous les multiples épaisseurs de laine, tirées jusqu'aux yeux. Malgré l'appréhension qui commençait à monter, je n'allais rien louper du spectacle !

Anna a posé un pied sur les patins, Ben a fait de même. Ils se sont regardés, puis soudain il a hurlé :

— Allez, les chiens !

Ils se sont arrachés d'un bond à la neige de la cour, et nous avons commencé à glisser le long de l'allée qui mène à la prairie. Il était clair qu'une course était engagée entre les deux équipages et que ma tante n'avait pas la moindre intention de céder un pouce de terrain… Nos trois chiens, des samoyèdes immaculés, avaient l'avantage du poids réduit ; mais les groenlandais de Ben étaient sous les ordres de leur maître, et voulaient lui prouver qu'il pouvait être fier… La prairie, pourtant longue de plusieurs centaines de mètres, a dévalé sous les patins à une allure incroyable, et les sapins de la forêt se sont rapprochés à vitesse grand V. J'imaginais déjà que nous allions heurter l'un d'eux de plein fouet quand Anna a pris une légère avance et s'est engouffrée la première sous les arbres. Derrière nous, les groenlandais ont produit un effort pour se porter à notre niveau. Soudain, les torches ont éclairé l'extrémité du chemin qui se divisait en langue de serpent…

— Gee ! a hurlé Ben.

— Haw ! a répondu Anna.

Nos chiens se sont déportés sur la gauche tandis que Ben prenait l'autre chemin. Notre traîneau a frôlé un sapin énorme, une branche basse a giflé violemment mes couvertures…

— Je t'attends au lac ! a crié ma tante. Traîne pas trop quand même !

Après la course effrénée, les chiens ont ralenti. J'ai compris qu'Anna allait les laisser trouver leur rythme pour tenir le coup le long de l'interminable allée forestière qui menait au lac.

— Alors, m'a demandé Anna par-dessus le crissement velouté de patins sur la neige, tu aimes le cadeau de Ben ?

— Cette course est géniale ! Je ne savais pas que tu menais aussi...

— Ma chérie, j'étais prête à tout pour séduire ton oncle ! Mais si je ne suis pas trop fan du nettoyage des box et de l'entraînement, j'avoue que la course, j'y ai pris goût. Surtout quand on fait ça à l'arrache, dans les bois !

Soudain, nos chiens se sont mis à aboyer.

— Ils sentent les copains ! m'a avertie Anna. On y va ! Pas question d'arriver après Ben ! Mush, mush !

Les chiens, encouragés par Anna, se sont élancés. J'ai senti dans mon dos une intense poussée tandis que les arbres défilaient à une allure légèrement angoissante... Puis, sur notre droite, entre les troncs, nous avons vu briller les torches. Les chiens ont à nouveau aboyé ; Anna s'est penchée vers eux.

— Mush, mush !

Nous sommes sorties en trombe du couvert des arbres. À une centaine de mètres, le lac imposait sa surface irisée par une lune miraculeuse, surgie en même temps que nous de la forêt. À dix mètres devant nous, Ben a jailli. Anna a hurlé :

— Mush, mush !

Nos samoyèdes ont produit un effort magnifique pour revenir au niveau de l'autre équipage. Bientôt, nous étions côte à côte ; Charlie et Chantal, serrés l'un contre l'autre, étaient hilares, de la poudreuse plein le visage. Les chiens, bien qu'en plein élan, claquaient les mâchoires dès qu'ils en avaient l'occasion en direction de leurs copains de meute, devenus pour quelques instants des concurrents à battre. Puis Ben s'est simplement penché en avant, faisant au passage un petit signe à Anna.

— Je t'aime, ma chérie ! Ne l'oublie pas !

… et son traîneau a volé devant nous. Malgré leurs efforts, nos samoyèdes se sont laissé grignoter un mètre, puis deux, puis dix… Cent mètres plus loin, à la hauteur du ponton installé sur le lac pour les pêcheurs (et les nageurs pas trop frileux en plein été), Ben a arrêté ses chiens dans un geyser de neige ; nous sommes arrivées quelques secondes plus tard.

— On a gagné ! a hurlé Charlie. J'aurais pas cru, pourtant…

— Je vous ai laissés passer, lui a répondu Anna avec un sourire. Je n'aurais pour rien au monde raté ça…

« Ça », c'était la danse de joie de Ben. Il venait de détacher son chien de tête : tous deux roulaient de bonheur dans la neige, le chien léchant la moindre parcelle de peau découverte de son maître. Nos propres chiens avaient la tête baissée, comme des footballeurs humiliés. Mais bientôt, Ben est venu caresser tout le monde. Pour la meute, l'harmonie était revenue sur la terre : leur dieu vivant les aimait, tout allait bien. De son traîneau, Ben a extrait des morceaux de poisson séché qu'il a distribués à chaque chien, en respectant la hiérarchie : les dominants d'abord, les suiveurs derrière.

— Ah, c'était ça, l'odeur, a fait Charlie. Je me demandais si je n'avais pas fait dans mon froc. On n'était pas très fiers, tout à l'heure, dans la forêt !

— Vous êtes un sacré conducteur, a murmuré Chantal à Ben.

— C'est parce que je vis avec un génie, a répondu mon oncle en enlaçant Anna. Je travaille dur pour rester à la hauteur !

— Flatteur, en plus, l'a taquiné Anna en faisant mine de se détacher de ses bras, avant de l'embrasser.

Charlie, enhardi par cette intimité soudaine, s'est rapproché de Chantal et lui a glissé un bisou dans le cou. Je me sentais un peu seule au milieu de cette parade amoureuse, alors j'ai opté pour l'humour et empoigné une torche fixée au traîneau le plus proche...

— Euh... tu fais quoi, là ? m'a demandé Anna.

— Ben, tu vois... Je tiens la chandelle.

— Je vois, a fait Ben. Je dirais qu'il est temps de rentrer...

Il était presque trois heures du matin lorsque Charlie et Chantal ont fini par gagner la chambre. Anna était déjà montée dans son grenier, en attendant Ben qui avait un peu de travail pour dételer les chiens et les installer dans leurs box. Durant notre course, Sasha avait laissé un message sur le répondeur. Il me disait que leur réveillon avait ressemblé à un inventaire de boutiques de luxe, mais que le bonheur était absent. Il me disait aussi qu'il m'aimait et que je lui manquais.

Certes, Sasha m'avait manqué aussi. Mais c'est des bras et de la chaleur d'un autre dont je rêvais. J'avoue, j'étais un peu déçue ; j'attendais... Je ne sais quoi, au juste. Qu'Andrea surgisse comme par miracle dans la cour, ou pourquoi pas, de la penderie de ma chambre.

Qu'il m'offre, en cette nuit de Noël, de nouveaux mots d'amour. Et des caresses que je ne connaissais pas…

C'est bien plus tard que j'ai compris qu'il m'avait fait un cadeau inespéré en restant invisible : celui de l'innocence. Des rêves fous, des espoirs et des désirs qui ne seraient pas brisés par une impitoyable réalité.

Le reste des vacances s'est écoulé dans une douce torpeur, celle des grasses matinées, des footings sur les routes après le passage des chasse-neige, des épais chocolats chauds additionnés de cannelle, des soirées auprès du feu à lire tandis que, dehors, les guirlandes de stalactites au bord du toit transformaient le chalet en palais de la Reine des glaces. Sasha avait fait un rapide aller-retour, accompagné d'Elzbieta. Ce jour-là, je me suis débrouillée pour être invitée chez Chantal. Le soir, les yeux au ciel d'Anna lorsque j'ai voulu savoir ce qu'elle avait pensé de son hôte du jour valaient tous les discours.

— Oh ! À ce point-là ?

— Pire… Ils ont passé leur temps collés l'un à l'autre, à se chuchoter des trucs en polonais ou je ne sais quoi. Même quand elle était aux toilettes, Sasha était derrière la porte…

— Tu exagères, a fait Ben.

— Oh, toi ! Elle t'a complètement entortillé. Et que vous êtes tellement doué, et que vous pourriez poser pour des campagnes de mode outdoor, et patati et patata… Et toi, tu as tout gobé !

— J'ai rien gobé du tout…

— C'était pathétique, oui ! Quelle petite merdeuse ! Et tu sais ce qu'elle a osé me dire ?

— Non ?

Oh ! Comme je jubilais !

— Qu'elle aimait lire, mais qu'un écrivain de policiers « était avant tout un virtuose du divertissement, sans préoccupation de style ni de la construction d'une œuvre ». Texto !

— C'est vrai que c'était très scolaire, a commencé Ben, et un peu maladroit…

— Un peu maladroit ? Tu parles, elle savait exactement ce qu'elle faisait ! Cette pétasse a cité mot pour mot la chronique du critique littéraire du *Monde*, qui s'étonnait qu'on ait pu me remettre autant de prix pour mes minables petits polars sans prétention !

— Je t'avais dit que c'était une garce.

— Eh bien, merci d'être de mon côté, Faustine ! Les femmes se trompent rarement sur ce genre de pouffes…

J'essayais de rester impassible, mais à l'intérieur de mon ventre s'épanouissait le large sourire du chat du Cheshire, celui d'*Alice au pays des merveilles*. De son côté, Ben avait compris qu'il valait mieux battre en retraite, et justement, il avait des bananes à faire flamber pour le dessert.

— Je ne comprends pas ton frère, s'est étonnée Anna dès que Ben n'a plus été à portée de voix.

— Bon, tu l'as vue ? C'est une bombe. Il est peut-être fier de faire le paon avec elle…

— Quand je pense que je l'ai accueillie tout sourire, puisque tu dis que ça ne se passait pas trop bien chez elle…

— C'est peut-être ça, justement...

— Quoi ?

— Ben, le côté famille heureuse, ça l'a peut-être énervée. Nan, oublie. C'est une conne, point barre...

— Et voilà les bananes ! a claironné Ben. Tachez de ne pas me gâcher le goût de ces merveilles avec le fiel que vous avez dans la bouche...

Anna m'a adressé un clin d'œil, a englouti ses bananes à la vitesse de l'éclair et a repris un verre.

— À la santé des princesses de mes fesses ! Que l'année qui s'annonce les transforme en crapauds !

Et puis, sans crier gare, le réveillon du nouvel an est arrivé. Comme il ne pourrait rivaliser avec celui de Noël, nous avons opté pour une version low cost. J'ai confectionné une montagne de croque-monsieur (du classique jambon-emmental au Nutella/bananes), Anna a fait des piscines (champagne et glaçons dans des verres *king size*) et nous nous sommes affalées sur le canapé du salon pour attendre minuit. Ben était absent : il passait une semaine entière au Canada, où il avait une revanche à prendre avec ses chiens.

Anna avait le blues et était donc une victime désignée pour les films pourris que j'avais téléchargés, en toute illégalité, un peu plus tôt dans l'après-midi. C'était un hommage à ma mère ; les nuits blanches devant ses films préférés étaient un grand classique depuis la mort de papa. Sauf qu'elle n'aurait jamais perdu son temps à regarder des navets, elle... Mais franchement, regarder des grands classiques lacrymaux était au-dessus de mes forces.

Le problème des daubes conjuguées avec des filles, c'est qu'elles conduisent immanquablement à des confidences pas forcément prévues. Après trois heures à mater des love story cousues de fil blanc épais comme des câbles, Anna m'avait refait le film de sa rencontre avec Ben avant d'attaquer LE sujet par la face nord.

— Bon, Faustine…

— Mmh ?

Notre élocution, je m'en rendais compte, était un peu lente, voire pâteuse. Ma tante avait tendance à lever le coude dans les occasions festives, particulièrement nombreuses en fin d'année, et sans Ben comme garde-fou, je l'avais suivie sur cette pente glissante.

— Sasha a donc trouvé sa moitié à Mont Angèle. Ce n'est pas que j'approuve son choix, loin de là, mais cette fille m'a l'air d'avoir planté ses crocs assez profondément… Et toi, alors ?

J'avais beau savoir que mes défenses étaient largement amoindries par l'alcool et le manque de maman, j'avais envie de parler, enfin, d'Andrea à quelqu'un. Anna, ce n'était pas ma mère ; mais, au moins, elle ne vendrait pas la mèche à l'école.

— Eh bien… Il y a peut-être quelqu'un…

— Ah ! Un problème en vue ?

— Il n'y a rien eu encore, enfin… un ou deux baisers.

— Bon début ! Et comment ils s'appellent, ces baisers ?

— Euh… Andrea. Andrea Salvaggi. Il est d'origine italienne.

— Salvaggi ? Tiens c'est drôle, j'avais trouvé des trucs sur des Salvaggi en faisant des recherches pour un de mes bouquins, celui qui se passe à Florence... Une très ancienne famille noble, de farouches ennemis des Médicis. Bon, je n'ai pas bien vu ce que j'aurais pu en faire pour mon livre, et j'ai fini par laisser tomber...

— Il est peut-être riche, j'en sais rien. Il est dans mon cours d'escalade, c'est l'assistant du prof en fait. On parle surtout de ça...

... Et de moi, « magnifique » dans ma robe de bal, de cette voiture qui révélait peut-être une fortune quelque part, de « quelque chose de vital » entre nous. Mais j'étais trop paumée moi-même pour aborder le sujet avec Anna. Heureusement, un lointain bruit de pétards m'a permis d'esquiver.

— Oh, tu entends ? a fait ma tante. C'est fou comme le son porte loin, dans les montagnes...

— Euh... c'est quoi ?

— C'est quoi ? Mais le feu d'artifice, ma grande ! Des gens qui fêtent le nouvel an dans le bled d'à côté !

— Alors ça veut dire...

— Qu'une nouvelle année commence, ma belle ! Et qu'on va s'en jeter un petit avant que ton frère n'appelle...

Elle avait à peine fermé la bouche que le téléphone a sonné. Nous nous sommes regardées avant d'éclater de rire.

— Allez, va répondre ! Et souhaite-lui de ma part d'avoir meilleur goût en matière de fille à l'avenir...

— Compte sur moi ! Et, Anna...

On s'est fixées, à nouveau.

— Bonne année !

— Bonne année à toi aussi, Faustine. Qu'elle te réserve plein de belles surprises… et ne monopolise pas le téléphone, Ben va appeler aussi et je ne sais même pas quelle heure il est là-bas !

La veille de la rentrée, vers onze heures du matin, un 4 × 4 luxueux a déposé Sasha devant la porte sans même couper le moteur, avant de repartir aussi sec en laissant de profondes meurtrissures dans la neige fraîche de la cour. Mon frère a fait un bras d'honneur à la voiture avant de ramasser son sac et de frapper ses semelles sur le perron. J'avais tout vu depuis la fenêtre de ma chambre ; j'ai aussitôt dégringolé l'escalier pour accueillir mon frangin. Il avait très mauvaise mine…

— Qu'est-ce qu'il y a ?

Il s'est avancé, m'a prise dans ses bras. Il avait besoin d'une « consolation de jumeaux », mon petit frère…

— Sasha ? Qu'est-ce qui s'est passé ?

— J'ai fait une connerie… a-t-il commencé.

Anna, qui avait dû tout voir elle aussi, mais depuis l'étage supérieur, nous a rejoints.

— Ouh là, mon grand ! C'est quoi le blème ?

Il a respiré un grand coup.

— J'ai frappé le père d'Elzbieta.

— Hein ?

— Il… a surpris sa femme en train d'essayer de me peloter. Ça fait dix jours que j'arrive à l'esquiver, et en général elle attendait au moins qu'il soit loin. Mais là, en plein petit déj, elle a commencé à me caresser la joue et à faire des allusions. Déjà bourrée à 10 heures du mat', vous vous rendez compte !

— Merde ! Alors ?

— Alors, son gros con de mari s'est levé et lui a mis une beigne du revers de la main. Il avait une espèce de bague de plouc, tu sais…

— Une chevalière ? a suggéré Anna.

— C'est ça ! Ça lui a fait une grosse estafilade en travers de la joue. Elle pissait le sang sur la nappe, et il a refusé qu'elle se lève pour aller se nettoyer. Alors je sais pas ce qui m'a pris, je le lui ai dit.

— Quoi ? Tu lui as dit quoi ?

— Qu'il était un gros con

— Et il a fait quoi ?

— Il m'a envoyé son poing dans la figure.

— Quoi ?

— Et j'ai fait pareil.

— Hein ? !

Nous nous sommes regardées, stupéfaites, Anna et moi. Puis ma tante a commencé à pousser les petits cris qui annoncent en général son gros fou rire… Ça n'a pas raté.

— Oh oh…

Elle essayait de parler, mais on ne comprenait pas tout…

— Je le vois bien, en train de se prendre… ouah… le gnon qui tue devant toute sa famille…

— Et les larbins, a complété Sasha.

Mais il était fier, ma parole !

— Oui ! Et les larbins ! Ça a dû être folklo ! Waouh… Sasha, c'est…

C'était quoi, on ne le saurait jamais. Car j'ai choisi ce moment pour poser la question fatale.

— Et Elzbieta ?

Mon frère, tout sourire une seconde auparavant, s'est soudain rembruni.

— C'est là le problème… Elle reste encore jusqu'à demain matin avec ses barjots de parents… Bien sûr, elle n'a plus le droit de me fréquenter, mais ça, on s'en fout, ils peuvent pas contrôler ce qu'on va faire à l'école. Ce qui me fout la trouille, c'est ce qu'elle va subir ce soir… Pendant que je faisais mes bagages, sa mère était en train de l'engueuler pour m'avoir invité !

— Ben… Et son père ?

— Il m'a dit que j'étais une raclure de gigolo qui se tapait sa femme et sa fille sous son toit. Tu parles, y avait un malabar qui dormait devant la porte de la chambre d'Elzbieta, même si j'avais voulu faire un câlin, fallait pas y songer. Nan, ce type est une ordure qui trouve n'importe quel prétexte pour flanquer des volées à sa femme.

— Et le type dans la voiture, c'était lui ?

— Nan, c'est le malabar. Quand j'ai ouvert la portière il m'a menacé, genre : « Maintenant on sait où t'habites… » Quel connard !

— Je suis fière de toi, a fait Anna en enlaçant mon frère. T'es un vrai gentleman. Et demain, a-t-elle ajouté en touchant son visage, t'auras même un joli cocard pour le prouver !

En effet. Remuée par le récit de Sasha, je n'avais même pas pris le temps de le regarder. Son œil gauche était cerné de mauve, ce qui annonçait effectivement un tableau dans les aubergine pour fêter la rentrée… Mais ce n'était qu'un détail à côté de ce qui nous attendait.

L'ÉCOLE PARAISSAIT EN DEUIL lorsque nous avons pénétré dans le hall, ce soir-là, veille de la rentrée officielle : il était désert, ou presque. Nous nous sommes regardés, Sasha et moi, avec étonnement, avant de nous diriger vers les couloirs qui menaient à nos chambres respectives. Assise sur son lit, Elzbieta ressemblait à la petite conne arrogante qu'elle avait toujours été : un magazine de potins à la main, elle donnait des ordres à Vanessa – toujours aussi squelettique et en adoration devant elle – et lui avait visiblement confié pour mission de vider ses valises et de suspendre ses fringues. Ladite Vanessa s'exécutait en n'oubliant pas de commenter les tenues qu'Elzbieta avait reçues pour Noël…

— Wouah ! J'adore ce top pailleté de Donatella !

— Bonjour, ai-je murmuré.

Et en prenant sur moi :

— Ça va, Elzbieta ?

Elle a tourné la tête vers moi et m'a lancé un regard assassin. Mais pas assez pour que je ne puisse pas deviner sa supplication muette : surtout, pas un mot de pitié, aucune allusion à ce que je savais désormais sur sa vie. Elle a reniflé avant de se replonger dans sa revue.

— Jusqu'à cette minute, oui, c'était super...

— OK. Message reçu.

J'ai déposé ma valise sur le lit. C'est en l'ouvrant que je me suis rendu compte que, pour la première fois depuis longtemps, je n'avais pas emporté les trophées avec moi...

Mes fringues rapidement rangées dans mon armoire (et sans l'aide de personne !), je suis descendue dans le hall à la recherche des Proscrits. Sans surprise, j'ai fini par les trouver à la bibliothèque. Visiblement, ils n'attendaient que moi.

— On t'attendait ! a crié Cora, confirmant ma supposition.

J'avais failli ne pas la reconnaître : habituellement couvert de plaques rouges, son visage était légèrement bronzé, comme si elle avait passé des heures sous le soleil d'hiver.

— Alors ? Qu'est-ce que tu dis de la nouvelle ? a piaillé Elsa sans même me laisser le temps d'articuler un bonjour.

— Euh... quelle nouvelle ?

— Ben, tu viens d'atterrir ou quoi ? Patrick Gilles ! Ton prof d'escalade ! Le Challenge !

— Quoi ?

— Tu veux dire que tu ne sais rien ?

— Mais, merde, non ! Quoi ?

Cora a respiré un grand coup.

— Patrick Gilles est à l'hôpital depuis hier.

— Quoi ?

— La directrice veut que tu la rejoignes dans son bureau. Elle a immédiatement téléphoné chez toi, mais tu étais déjà en route…

Devant la cheminée soigneusement nettoyée de son bureau, la directrice m'attendait, avec d'autres personnes inconnues au bataillon : deux hommes dans la cinquantaine et une petite mamie toute maigre. Andrea n'était pas là.

— Voici mademoiselle Sullivan, notre capitaine, a-t-elle commencé. C'est Patrick lui-même qui l'avait… qui l'a désignée.

Elle a respiré un bon coup. Visiblement, elle tâchait de ravaler ses larmes.

— Faustine, voici mes collègues des écoles que nous affronterons lors du Challenge. Asseyez-vous. Nous avons à vous parler.

Je me suis assise tout au bord d'un fauteuil capitonné.

— Ainsi que vous le savez sans doute, a commencé la directrice, votre professeur Patrick Gilles est hospitalisé. Je vous demanderai de garder pour vous ce que vous entendrez dans ce bureau. Je veux être la seule à gérer la communication sur le drame qui nous frappe.

Une nouvelle fois, elle a serré les dents.

— Il est au plus mal. Son assistant est près de lui. Nous attendons de ses nouvelles.

Ses yeux ont glissé une seconde sur la table basse, où un téléphone portable était posé.

— Une chose est certaine : il ne pourra pas être présent durant les prochaines semaines. Ce qui met notre école en net désavantage par rapport aux autres établissements, nous en sommes tous convenus.

Sur les autres canapés, les dirigeants des autres écoles ont baissé la tête en signe d'approbation, sans prononcer une parole.

— C'est pourquoi nous vous avons fait venir. Pensez-vous pouvoir assumer votre rôle de capitaine malgré son absence et faire face à la fois à vos obligations scolaires, à vos entraînements et à l'encadrement des équipes sans son aide ?

Je ne voyais pas ce qu'elle voulait dire par là. Gilles ou pas, je m'entraînais dur et il ne me tenait pas la main quand j'avais un devoir à rendre ! Quant à l'encadrement des équipes, pour l'instant, je ne m'en étais pas vraiment préoccupée… J'ouvrais la bouche pour en savoir plus lorsque le téléphone a sonné, nous faisant tous sursauter.

Une sonnerie. Deux. Trois. Paralysée, la directrice ne parvenait pas à saisir le téléphone. Quatre. Nous la regardions tous. Cinq. Je me suis penchée, ai pris le portable, le lui ai tendu. Mais elle n'a pas fait un geste. Six. J'ai décroché.

— Oui ?

— C'est Andrea, madame !

— Euh… Andrea ? C'est Faustine… Je… On attendait ton… euh… votre appel et…

— Faustine ? La directrice est là ?

— Oui. Je mets le haut-parleur ?

— Attends ! Il va très mal. On se voit plus tard. Seuls. Le haut-parleur, maintenant…

J'ai appuyé sur la touche.

— Madame ? J'ai pu parler au médecin. Je n'ai pas de bonnes nouvelles…

À côté de moi, j'ai vu la directrice se raidir et porter les poings à sa bouche.

— Il souffrait tellement que l'équipe a décidé de le plonger dans un coma artificiel. Son corps pourra lutter plus efficacement contre l'infection…

Un des deux hommes s'est levé et a posé le bras sur l'épaule de notre directrice. Son visage était devenu blanc comme de la craie.

— Son état est stable.

Les lèvres tremblantes, la directrice a pris la parole.

— Andrea ? Il… Il va s'en sortir ?

— Il se bat, madame.

— Peut… Peut-on le voir ?

— Pas maintenant, madame. Les proches seront autorisés à venir lorsque les médecins seront certains que l'infection est enrayée. Pour l'instant, il est dans une chambre stérile. Je…

La communication s'est brouillée un instant.

— Je dois vous laisser. Je n'étais pas autorisé à téléphoner dans ce secteur de l'hôpital. Je rentre à l'école. Si vous le souhaitez, je serai à votre disposition…

— Oui. Venez dès votre arrivée. À tout à l'heure. Et… merci, Andrea.

J'ai lentement reposé le téléphone sur la table. J'avais conscience que le moindre bruit importun pourrait déclencher une crise. Mais la directrice s'est reprise. Avec un sursaut, j'ai reconnu le regard plein d'assurance et de défi qu'elle nous a lancé : c'était celui de Gilles ! Elle s'est tournée vers moi.

— Eh bien, Faustine. Vous ne m'avez pas répondu. Serez-vous à la hauteur du combat de votre professeur ?

J'ai senti qu'un piège venait de claquer autour de ma cheville. Plus de place pour les hésitations ou les doutes ! Je me sentais aussi un peu ridicule dans cette solennité imposée par les circonstances. Il ne manquait plus que les cuivres et la grosse caisse, et on était en plein film de guerre…

— Évidemment, madame. Comptez sur moi.

Oui. J'avais vraiment l'impression d'être le brave soldat harangué par son chef avant d'aller se faire trouer la peau. Jusque-là, on ne m'avait pas trop mis la pression ; à présent, j'avais presque la trouille.

La directrice s'est tournée vers ses collègues.

— Je pense que nous tiendrons nos engagements. Je vous raccompagne. Quant à vous, Faustine, vous pouvez sortir ; je ne doute pas que vous serez une digne représentante de Patrick.

Bon. Ça s'appelait se faire mettre poliment mais fermement, dehors… Dans l'escalier qui menait au hall (les directeurs avaient préféré l'ascenseur), j'ai pensé à Gilles endormi dans sa chambre bulle. Lui qui passait son temps à nous engueuler, à pointer nos erreurs et à trouver insuffisants nos succès, qui, malgré sa douleur, n'hésitait jamais à nous assurer, à nous montrer parfois le bon geste (nous éblouissant au passage par sa virtuosité), j'avais du mal à l'imaginer les yeux clos, avec des tuyaux partout. C'était bien qu'il soit endormi. Il aurait été humilié de se voir nourri par des sondes et lavé par des infirmières. J'en étais là de mes réflexions quand j'ai pensé à ce que m'avait promis Andrea, qu'il m'en dirait davantage, plus tard, discrètement… L'imaginer en face de moi m'a fait chaud au ventre. J'étais tellement distraite que j'ai heurté de plein fouet Simon et Gaëlle, main dans la main dans le hall.

— Faustine !

— Coucou, vous deux !

— Bonne année, ma belle, m'a saluée Gaëlle en me faisant la bise.

— Ouais, bonne…

— T'es au courant pour Gilles ? a coupé Simon.

— Oui. En fait, je…

D'un seul coup, j'ai repensé à l'avertissement de la directrice : « pas un mot de ce que vous entendrez »… Alors, j'ai gardé le silence.

Simon s'apprêtait à me faire son récit des événements lorsque nous avons entendu un bruit caractéristique : celui de l'hélico de l'école qui approchait. Au lieu de se poser près du hangar, il a piqué droit vers la cour, et tous les élèves présents se sont rués vers les baies vitrées. En général, seuls les people dont les enfants sont scolarisés à Mont Angèle avaient le droit de zapper le trajet depuis le hangar et de poser leurs précieux pieds directement dans la cour, s'épargnant ainsi l'horrible corvée de devoir marcher pendant cinq cents mètres comme le commun des mortels. Et mater les VIP restait un sport largement répandu à l'école… L'hélico ne s'est pas posé, mais a fait du surplace à quelques centimètres du sol. La porte a glissé et une silhouette athlétique est apparue. Andrea ! Une nouvelle fois, un nœud s'est formé dans mon ventre, et je me suis détournée pour que Simon et Gaëlle ne voient pas mon trouble. Andrea était habillé d'un jean et d'un long manteau noir, très classe, et son visage était merveilleusement bronzé. À cinq mètres, on ne voyait que ses yeux violets.

— Wouah, s'est extasiée Gaëlle.

— Quoi ? a fait Simon, faussement agacé. Tu vas pas me dire qu'une fille intelligente comme toi craque pour les beaux gosses ?

— Euh… C'est quoi, cette théorie ?

— Ben… Andrea, il est canon, pas besoin de sous-titres. Mais moi, je suis plein de charme quand on se donne la peine de chercher…

— Et ? l'a-t-elle encouragé.

— Et seules les filles les plus malignes savent ça ! Donc tu es non seulement belle, mais aussi intelligente, et il te fallait un mec comme moi pour que tu t'en rendes compte…

— Je suis pas sûre que ce soit un compliment, ton truc…

— Mais si. C'est comme Gainsbourg avec BB. Tout le monde la prenait pour une belle idiote, mais lui il a…

— Parce que tout le monde me prend pour une conne, tu veux dire ?

— Mais non, merde ! Tu comprends rien, ou quoi ?

— Ben non. Je dois être très conne, en fait…

— Merde, mais t'es fâchée, là ? Nan, parce que…

Andrea a poussé la porte et je me suis avancée vers lui, loin de leur fausse querelle. Ce n'était pas le moment, mais j'ai encore une fois admiré son allure incroyable.

— Faustine !

— Moi aussi, je… je…

… je bredouille, je dis n'importe quoi, je voudrais t'avouer combien tu m'as manqué, et puis soudain je me souviens.

— Gilles ?

Son beau visage a semblé se faner.

— Je vais voir la directrice. On se retrouve plus tard. Il faudra qu'on mette au point les entraînements…

Déjà, il était parti. J'étais vidée, d'un seul coup. Il n'avait pas pensé à moi, à nous, une seule seconde. Tout ce qui comptait, c'était le Challenge… J'avais envie de pleurer.

— Ça va ? m'ont demandé Gaëlle et Simon en me rejoignant.

— Euh. Oui. Andrea a vu Gilles à l'hôpital…

Je sais. C'est dégueulasse, mais je vais mettre mon chagrin sur le dos de mon prof dans le coma, histoire que personne ne voie mon humiliation…

— Ah ! et alors ?

— Ben, il m'a rien dit. Mais il avait un drôle d'air. Il va chez la directrice, là…

— Ah, merde ! Ça doit être grave, alors…

— Tu crois qu'il va se passer quoi, pour le cours ?

— Ouais, et le Challenge ?

La paix, avec ce fichu Challenge !

— J'en sais rien. J'en sais pas plus que vous. C'est pas parce que je suis capitaine que j'ai des infos et en plus, j'avais rien demandé, moi !

— Oh, mais ça va, t'énerve pas !

— Je m'énerve pas ! Mais j'ai à peine passé la porte que tout le monde vient me prendre la tête avec Gilles…

— Euh, Faustine ? T'as raison, t'es pas énervée. Mais on va quand même te laisser, hein ? On reviendra te parler plus tard, quand ça ira mieux...

Ils se sont éloignés avant de s'embrasser cinq pas plus loin. C'est ça, venez donc me parler plus tard, vous aussi. Mais c'est quand plus tard ? C'est où ? Et pour parler de quoi ?

J'avais le choix : aller dans ma chambre, me faire oublier ; rejoindre les Proscrits, déjà le nez dans leurs cahiers ; trouver Sasha et parler un peu de nos premières vacances séparés... Bon, il valait mieux oublier cette dernière option : il traversait justement le hall avec Elzbieta en remorque ; faire semblant de copiner avec elle était au-dessus de mes forces. Il me restait une autre solution : trouver un peu de réconfort auprès de mes potes de réveillon, Chantal ou Charlie. J'avais soif, en plus, alors... direction la cafèt' !

Bon, le bilan n'était pas terrible... Sasha et Elzbieta ne se décollaient plus ; la directrice était presque hors service et me flanquait un stress pas possible ; les nouvelles de Gilles étaient sombres. Quant à Andrea... j'avais une fois de plus pris mes désirs pour des réalités.

C'est l'odeur du caramel, mêlée à celle de *Pour un Homme* qui m'a sortie de ma torpeur : Andrea venait de se matérialiser, un mug à la main. Il l'a posé sous mon nez avant de se glisser sur la chaise en face de moi. Sous la table, ses longues jambes ont emprisonné les miennes et, d'un coup, mes peurs se sont évanouies.

— Faustine...

Il s'est tu ; mais, dans ses incroyables iris, j'ai lu sa peine et je me suis ressaisie. Pour l'instant, l'important, c'était Gilles...

— Alors ? Comment il va ?

Andrea a soupiré, s'est reculé sur sa chaise. Ses jambes ont quitté les miennes et, d'un seul coup, toute chaleur a déserté mon corps.

— Mal. Très mal.

— À ce point-là ? Mais tout à l'heure, à la directrice...

— Je sais. J'ai dit ce qu'il fallait pour qu'elle tienne le coup provisoirement. Mais les médecins ne sont pas optimistes. Le coma artificiel est une option de la dernière chance...

— Je ne sais même pas ce qui lui est arrivé...

— Tu sais qu'il a une maladie évolutive ? Elle sape son immunité. Le moindre rhume prend des proportions énormes..

— Mais pourquoi il vit ici ? ai-je demandé bêtement. Les hivers sont si rudes !

— Retire-lui sa montagne, et c'est comme si tu lui tirais une balle dans la tête. Il a consacré sa vie aux sommets. C'est comme la mer pour un marin, ou la terre d'un paysan : c'est sacré ! Enseigner ici, découvrir et former de nouveaux grimpeurs, c'est sans doute la dernière joie qui lui reste. Même s'il souffre terriblement de ne plus pouvoir être avec nous dans les cordées.

— Andrea...

— Mmh ?

— Tu es très proche de lui, hein ?

Le regard d'Andrea s'est fait vague.

— Il est plus que mon professeur. C'est mon maître. Mon guide… C'est tout.

Il avait prononcé ces derniers mots d'un air solennel. Et soudain, je me suis souvenue des paroles de Mehiel… Le Guide dont il parlait, c'était Gilles ! Puis une autre question m'est venue.

— Et la directrice ? Elle est dans tous ses états ! Ils sont plus que collègues, tous les dcux ?

— Bien sûr ! Tu ne savais pas ? Patrick est son grand frère…

Son frère ! Ainsi je ne m'étais pas trompée, tout à l'heure, quand j'avais cru reconnaître dans son regard de défi celui de Gilles.

— Je suis… J'ai cru qu'ils étaient ensemble. Enfin… Tu vois ?

— Ils sont très proches. Surtout depuis qu'elle a perdu son mari. C'était un grimpeur incroyable, lui aussi. Il a été emporté par une avalanche déclenchée par l'imprudence d'un de ses clients, à… quoi… une heure d'ici en avion, du côté italien. Gilles l'a cherché pendant des jours, avec des sauveteurs. Ils ont tous fini par renoncer, mais pas lui. Il avait juré à sa sœur qu'il lui ramènerait son mari. Et puis un soir, il a simplement envoyé au poste de secours des coordonnées GPS et a demandé un hélico. On ne sait pas comment il a fait, mais il avait fini par le localiser au fond d'une crevasse et l'avait remonté. Il a risqué vingt fois sa peau, cette fois-là. Mais la montagne l'a épargné. Elle avait déjà pris une vie.

— J'ai… tu vois, il n'est pas tendre avec nous, parfois il est même carrément odieux, mais ça, je ne doute pas une seconde qu'il ait pu le faire…

— C'est un grand bonhomme, n'en doute jamais, Faustine. Même si c'est vrai qu'il a fini par se montrer aussi impitoyable que la montagne… Aucun homme n'aurait pu résister si longtemps, avec tant de courage, à la maladie. Personne. Et s'il meurt maintenant…

Andrea s'est tu. Puis, malgré les élèves qui commençaient à envahir le réfectoire et qui ne pouvaient pas nous louper, il m'a pris la main. Je me suis sentie rougir…

— S'il lâche prise maintenant, ce n'est pas par hasard. C'est… c'est en rapport avec moi. Mon histoire. Tout ce que tu ignores encore sur moi…

Sa voix devenait étrange, sourde, presque prophétique. Un timbre qui me donnait des frissons.

— Mon histoire, oui. Et peut-être aussi la tienne.

— Moi ! Mais… Je n'avais jamais entendu son nom avant d'arriver ici et… je ne te connaissais pas !

J'étais tellement choquée par ses paroles que j'ai violemment retiré ma main de la sienne. Je l'ai cachée sous la table, entre mes cuisses.

— Je… je ne comprends rien à ce que tu dis !

— Faustine…

— Tu m'accuses d'être responsable de ce qui arrive à Gilles ?

— Faustine ! Tu te souviens de ce que je t'ai demandé, le soir du bal ?

Oh oui, je m'en souvenais… Les jours heureux, je ressassais ses paroles, ses doigts sur ma nuque lorsqu'il avait noué le ruban champagne autour de mon cou, les baisers que nous avions échangés. Les soirs de cafard, c'était le ton vaguement menaçant et cette phrase mystérieuse : « Quelque chose de vital… »

— Faustine ?

— Oui, je m'en souviens.

— Alors il faut que tu saches que je te demanderai peut-être très bientôt de me faire connaître ta décision. Si tu viens avec moi, si tu rencontres ma famille, tout va se mettre en place…

Je n'en pouvais plus. Prendre une décision, d'accord. Mais encore fallait-il que je sache à propos de quoi !

— Essaie d'être un peu plus clair ! Tu commences à me flanquer les jetons avec tes mystères… et puis ça veut dire quoi, « très bientôt » ?

— Cela veut dire…

Il a pris une longue inspiration.

— Si Patrick Gilles meurt, alors le moment sera venu. Pour toi comme pour moi. J'espère qu'il nous reste du temps…

Les élèves avaient envahi les tables. Mais pas question d'aller remplir nos assiettes. Il commençait à me faire vraiment peur… Qu'il le veuille ou non, il fallait qu'il s'explique une bonne fois ! J'étais prête à exiger des réponses, mais son téléphone a sonné.

— C'est la directrice, m'a-t-il informée en regardant son écran. Je dois prendre l'appel. Faustine… Je suis désolé de ne pouvoir t'en dire plus. Mais je t'en prie, aie confiance en moi. Et fais-toi confiance…

Il s'est levé, a quitté le réfectoire. Il me laissait seule, encore une fois, avec dans la tête un bourdonnement de questions auxquelles personne ne pouvait apporter de réponses. Et la vague sensation d'une menace m'encerclant peu à peu…

Heureusement, il y avait au moins une personne qui savait exactement ce qu'elle voulait : la directrice. Aiguillonnée par la menace de la disparition de son frère, elle voulait à tout prix gagner le Challenge, comme si ramener le trophée à sa place légitime, dans la vitrine blindée du hall, était désormais sa raison de vivre.

Le lendemain matin, à 7 heures, un coup timide frappé à la porte de ma chambre par la responsable d'étage m'a tirée du lit. Je ne dormais pas, de toute façon ; trop de questions en suspens… Elzbieta n'avait pas dormi là, partie je ne sais où encore une fois, et personne n'avait rien trouvé à redire au fait que je relise pour la énième fois *Bonjour Tristesse* à la lueur de ma lampe de chevet.

— Euh… Faustine Sullivan ?

— Oui ?

— Désolée. Tu es appelée dans le bureau de la directrice.

— Déjà ? Mais qu'est-ce qui se passe ?

En un éclair, j'ai pensé à Gilles. Est-ce que…

— Il est arrivé quelque chose au prof d'escalade ?

— Patrick Gilles ? Oh, non, rassure-toi ! Mais tu es capitaine, et elle ne va pas te lâcher jusqu'au matin du Challenge. Autant t'habituer…

— Oh ! D'accord, je… Je fonce sous la douche et j'y vais.

— N'en fais pas trop quand même, conseil d'amie. Sinon, elle va abuser…

J'ai souri à cette fille, un peu ronde, qui me faisait beaucoup penser à Cora en version prépa, et je me suis étirée sous une douche volontairement fraîche ; après ma nuit blanche, j'avais la tête dans le plâtre…

J'ai pris le désormais bien connu escalier menant aux bureaux des profs. Dans leurs cadres, sous la lumière crue des ampoules, les mécènes et les fondateurs de l'école semblaient à peu près aussi réveillés que moi. La porte du petit salon était ouverte, et un doux murmure de conversation se faisait entendre. J'ai reconnu la voix de la directrice et le timbre chaud d'Andrea.

— Madame ?

— Entrez, Faustine, entrez…

Entre eux, sur la table basse, un petit déjeuner digne d'un grand hôtel et un grand macchiato caramel fumant qui semblait n'attendre que moi.

— J'ai souhaité vous voir car il nous faut mettre au point le calendrier de vos entraînements, les réunions avec les professeurs qui encadrent les autres équipes présentées au Challenge et votre propre emploi du temps ; il est exclu que votre scolarité souffre de votre statut de capitaine. Il faut que vous sachiez que c'est la première fois que… Patrick désigne une élève aussi novice pour devenir capitaine. Mais je suis sûre qu'il sait ce qu'il fait.

J'avais bien noté le présent. Son frère était malade, mais certainement pas condamné ! En tout cas, pas pour elle…

— Andrea et moi-même vous avons préparé un emploi du temps qui évoluera chaque semaine. En l'absence de votre professeur titulaire, c'est lui qui aura la charge de l'équipe qui nous représente. Les élèves non concernés par le Challenge seront encadrés par un autre élève expérimenté…

Elle m'a mis sous les yeux une série de tableaux, coloriés comme des dessins d'enfants de maternelle. Du matin au soir, je n'avais quasiment plus une heure de libre : mes temps d'étude, autrefois consacrés à réviser avec les Proscrits, s'étaient mués en réunions avec les professeurs des autres disciplines sportives et artistiques, en « états des lieux » avec les responsables des élèves présentant les épreuves académiques ou du « coaching » pour apprendre à « gérer et motiver » notre équipe. Je me suis permis trois secondes de détente en imaginant la tête d'Elzbieta, obligée de subir en silence mes conseils sous les yeux de Sasha – pour ce qui était de la « gérer » après un tel supplice, il allait ramer, le frangin ! Mais mon sourire s'est tari quand j'ai réalisé que même les week-ends comportaient des heures de soutien au cas où je décrocherais dans une matière. Sans compter, bien sûr, des heures d'entraînements avec l'équipe d'escalade à la moindre occasion… Si elle voulait me mettre la pression, c'était réussi : cet emploi du temps de cinglé allait me rendre malade.

— Comme vous le voyez, achevait-elle, vous êtes dispensée de cours la semaine prochaine ; celle-ci sera entièrement consacrée à votre préparation psychologique. Jusqu'à mercredi, vous travaillerez en compagnie d'un coach qui vous apprendra les bases de la communication de groupe. Quant à jeudi et vendredi… Andrea ?

— Nous travaillerons ensemble à l'extérieur, a-t-il enchaîné.

— Avec le groupe, comme la dernière fois ? ai-je demandé, encore sous le choc du programme des semaines à venir.

— Non ! a clamé la directrice. Vous partirez seule, sous la conduite d'Andrea. Le but est que vous soyez parfaitement en symbiose avec votre professeur d'escalade. Si Patrick était là, il aurait assuré cette sortie, ainsi qu'il l'a toujours fait par le passé avec ses capitaines. Il faut que vous compreniez, a-t-elle poursuivi d'un air passionné, que notre équipe d'escalade est le fleuron de cette école. Nous avons formé, et formerons encore ici, des champions dans cette discipline exigeante. Plus que des champions, devrais-je dire. Des légendes !

Sa voix vibrait d'exaltation. Elle était en train de perdre la boule, ou quoi ? Puis je me suis souvenue de ce que m'avait raconté Andrea : son mari avait été un de ces grimpeurs d'exception. Il était mort, et maintenant son propre frère était à l'agonie. Il y avait de quoi devenir zinzin, en effet. Je ne savais que trop ce que la perte des êtres chers pouvait engendrer de désespoir et de gestes irrémédiables… Alors, j'ai réalisé ce que cette « sortie » dont elle parlait comme d'un fait allant de soi signifiait : j'allais passer deux jours et une nuit en tête-à-tête avec Andrea. Loin de l'école, loin des autres élèves… loin de Sasha. J'ai senti mes joues devenir écarlates. Andrea avait dû remarquer mon trouble, car il m'a tendu mon macchiato, dans lequel j'ai caché mon visage tandis qu'il expliquait :

— L'épreuve d'escalade est la dernière du Challenge. Elle aura lieu au Gymnasium, puisque c'est l'école championne en titre qui organise les épreuves. En général, les écoles se tiennent à peu près en nombre de points et ce sont précisément les grimpeurs qui font la différence : disons que l'équipe d'escalade décide souvent du vainqueur.

— Vous comprenez l'aspect décisif de cette épreuve ! a claironné la directrice.

— Euh… Oui.

Ma voix faiblarde me donnait l'air d'une gamine apeurée. Tu parles d'un capitaine !

— Patrick a mis au point un système qui vous permet de communiquer de manière extrêmement rapide et d'asseoir notre domination psychologique dès le début de l'épreuve, a-t-elle poursuivi. C'est cela que vous apprendrez avec Andrea. Il faut que vous ne fassiez plus qu'un avec lui, puisque nous ne savons pas quand Patrick reviendra !

Une nouvelle fois, j'ai dû rougir. Ne faire qu'un avec Andrea ? C'était ce que je souhaitais et redoutais le plus. Des visions de son visage s'approchant du mien, le souvenir de l'extrémité de ses doigts sur mes clavicules, de ses lèvres sur les miennes me coupaient les jambes. J'étais priée de me fondre dans Andrea, avec la bénédiction de l'école. Le comique bizarre de la situation me mettait vaguement mal à l'aise. La directrice était-elle au courant du lien qui se nouait entre lui et moi, et avait-elle dans l'idée de s'en servir pour optimiser nos chances lors du Challenge ? Puis je me suis souvenue que s'il n'avait pas été à l'hôpital, c'est avec Gilles lui-même que j'aurais passé quarante-huit heures en tête-à-tête. Beurk ! Cette pensée m'a dégagée dans l'instant de mes doutes. Je me suis redressée et l'ai regardée en face.

— Vous pouvez compter sur moi, madame.

— J'en suis certaine, a-t-elle conclu. Patrick vous a choisie. Pouvez-vous me laisser, à présent ? J'ai beaucoup de travail. Andrea, voyez avec Faustine les modalités de votre sortie. Et vous, a-t-elle ajouté en me fourrant les emplois du temps dans la main, n'oubliez pas le plus important.

Nous étions restés à peine un quart d'heure dans le petit salon. Dans le couloir menant au hall, j'ai pris brutalement conscience de la présence charnelle d'Andrea. Son odeur, bien sûr. Mais aussi sa démarche, son allure à la fois élégante et sensuelle, la chaleur dégagée par son corps, si près du mien… Tout cela m'avait tant manqué, pendant les vacances – je m'en rendais compte à présent ! Sans réfléchir, j'ai pris sa main pour la serrer. Il s'est arrêté brusquement et, si vite que je n'ai rien anticipé, m'a serrée contre lui. Cela n'a duré qu'une seconde, mais j'avais compris. Son désir était à la hauteur du mien.

— Ce soir, a-t-il chuchoté dans mes cheveux. Attends-moi dans le hall. Je… J'ai quelque chose pour toi.

Puis il m'a lâchée. Mon corps m'a semblé inerte, privé de vie tout à coup. Doucement, Andrea m'a poussée vers le hall, vers les autres élèves. Vers une vie trop paisible, trop effacée, dont je ne voulais plus.

Reste que c'était aussi ma vie… Devant le distributeur de Coca, j'ai retrouvé Cora qui, fidèle à son régime, faisait sortir des entrailles de la machine des canettes et autres sachets de chips.

— Ouh là ! Ça sent la soirée révision, ai-je dit.

— Tu viens à quelle heure ?

— Je dois voir un type de mon cours d'escalade, ai-je répondu négligemment alors que mon cœur était aux cent coups. Pour le Challenge. Ça me saoule, ai-je ajouté, histoire de la convaincre.

— Oui, ma pauvre. La directrice n'a pas fini de t'emmerder jusqu'au jour J. Je comprends que Richard fasse le gogol chaque année pour être sûr d'échapper à ça…

— Elle m'a donné mes emplois du temps pour les semaines à venir, ai-je ajouté en les lui mettant sous le nez. Tu vois un peu ? C'est un truc de malade !

Cora a pris le temps d'examiner les feuilles. Puis elle a extirpé un sachet de nounours à la guimauve de son tas de saletés sucrées.

— Prends ça, m'a-t-elle fait. Tu vas en avoir besoin…

Tant de gentillesse désintéressée m'a mis les larmes aux yeux. Cora n'a pas dû comprendre pourquoi je l'ai enlacée, écrasant contre sa poitrine ses chips saveur barbecue. Trop de pression…

— T'es… vraiment une fille super, Cora. Laisse personne te dire le contraire.

C'était son tour d'avoir les yeux humides. Nous nous sommes fixées avant d'éclater de rire.

— Bon allez, trêve de mièvreries, a déclaré Cora. T'as peut-être un emploi du temps de championne, mais il commence que la semaine prochaine. Et là, on est déjà en retard pour le cours d'anglais !

Bizarrement, les heures ont filé comme des comètes. À dire vrai, j'écoutais d'une oreille plus que distraite les cours de la matinée, pourtant débités sur un ton survolté par les profs d'anglais, puis de philo, qui semblaient avoir fait une cure de vitamines pendant les vacances.

À midi, j'ai retrouvé mes chers Proscrits pour le déjeuner. J'étais en train de raconter à Sumi l'effet produit par son chien en origami le soir de Noël quand Elzbieta a fait son apparition, flanquée de son esclave Vanessa. Sasha n'était pas là, ce qui signifiait sans doute que quelqu'un allait faire les frais de la méchanceté que l'on devinait dans son regard plein de morgue et son menton haut levé. Ses yeux se sont posés sur Cora qui patientait devant le comptoir des viandes en sauce (elle nous avait vanté entre chaque cours le bœuf bourguignon et la purée que le chef concoctait invariablement pour la rentrée de janvier) et elle a attaqué en se tournant vers son sac d'os de copine.

— Vois-tu, Vanessa… Janvier est le mois des bonnes résolutions. Eh bien, j'en connais qui ont fait le vœu de devenir encore plus grosses et laides cette année, si c'est possible.

Le zombie flottant dans un 34 a ricané tandis qu'autour d'elles tout le monde se taisait peu à peu, attendant la suite. Cora n'a pas tourné la tête, mais j'ai vu son visage, sa peau que j'avais trouvée si fraîche encore ce matin, se marbrer de plaques rouges. Elzbieta était en train de la détruire ! Bravement, dans un silence assourdissant de lâcheté, un silence de mise à mort, elle a demandé une portion de bœuf bourguignon. Mais au lieu de purée, dont un panonceau précisait qu'elle était faite maison et additionnée d'œufs, de lait et de crème, elle a commandé des brocolis vapeur. Saloperie d'Elzbieta !

— Oh, comme c'est dommage, a-t-elle poursuivi d'un air suave. Tu ne manges pas cette purée pleine de matières grasses ? Ça te fait trop penser à un de tes parents ?

J'ai vu distinctement les mâchoires de Cora se serrer. Oh, comme je connaissais cela, ce truc de la dernière chance pour s'empêcher de pleurer, d'être trahie par son corps… Du coin de l'œil, j'ai soudain vu Sasha faire son entrée dans le réfectoire, se diriger vers nous. Oh, non ! À cause d'Elzbieta, j'allais à nouveau le faire souffrir, entamer le lien fragile que nous avions réussi à renouer à la fin des vacances. Intérieurement, je l'ai supplié de me pardonner les mots que j'allais prononcer. Mais je ne pouvais pas me taire : Elzbieta était allée trop loin, elle devait payer.

— En tout cas, on ne risque pas de les trouver ici, tes parents. C'est une cafèt' sans alcool.

Jamais je n'oublierai son visage : on aurait cru que je venais de lui flanquer une gifle. Il exprimait tant d'humiliation et de détresse qu'immédiatement j'ai regretté d'avoir dévoilé son secret, un secret dont Sasha m'avait fait jurer de ne parler à personne. Déjà, autour de nous, les élèves commençaient à chuchoter. Elzbieta était devenue si pâle que j'ai cru un instant qu'elle allait tomber dans les vapes. Lorsqu'elle a aperçu Sasha, son regard a semblé retrouver un semblant de vie…

J'ai vu Sasha l'enlacer, la soutenir, la porter, presque, vers la sortie. Son regard était glacé, son silence terrifiant. Mais après quelques pas, il s'est tourné vers moi.

— T'as tout gâché, Faust.

J'ai baissé la tête. J'avais voulu jouer les chevaliers blancs et j'avais perdu mon frère. Brutalement, mon ventre s'est tordu, j'ai senti mes jambes devenir molles… et j'ai entendu Cora hurler mon prénom tandis que je m'effondrais sur le carrelage du réfectoire.

J'ÉTAIS DANS UNE CHAMBRE INCONNUE, qui ressemblait à une suite d'hôtel de luxe. Une musique tzigane, passée en sourdine, imposait sa mélancolie turbulente, ses violons écorchés ; l'air était saturé d'une odeur de vanille et de santal. Les lourds rideaux tirés permettaient à peine le passage de la lumière. Devant moi, une silhouette s'est matérialisée.

— Mon amour…

Elzbieta ! Elle s'approchait, seulement vêtue d'un soutien-gorge et d'un string. Sa voix était basse, émue ; j'ai vu ses mains trembler un peu alors qu'elles se glissaient dans son dos pour dégrafer son soutien-gorge puis le faire lentement glisser le long de ses épaules, découvrant ses seins parfaits…

— Je suis à toi…

Elle approchait encore, tendait les mains vers moi, les glissait sous mon T-shirt. J'étais horrifiée, mais je n'arrivais pas à articuler un seul mot. Tandis qu'elle collait ses lèvres sur les miennes, j'ai senti soudain une chaleur, une excitation inconnue m'envahir. Je l'ai repoussée de toutes mes forces, mon regard a rencontré notre reflet dans les innombrables miroirs qui tapissaient la chambre, et je me suis mise à hurler : ce torse plat, ce sexe tendu... Mon esprit, mon âme étaient miens ; mais ils s'étaient glissés dans le corps de Sasha...

Il devait être tard lorsque je me suis éveillée dans des draps inconnus. Par la fenêtre, je distinguais à peine le parking. Assise à côté du canapé où je reposais, j'ai reconnu la silhouette, puis le visage de Selma, notre professeur de français. Ainsi, tout cela n'avait été qu'un affreux cauchemar...

J'ai tenté de me redresser, mais un début de nausée m'a retenue de faire des mouvements trop brusques.

— Eh bien, Faustine, te revoilà parmi nous...

— Je... je suis où ?

— Chez moi. Dans le pavillon des professeurs. L'infirmerie ne pouvait pas t'accueillir, il y a deux élèves atteints de varicelle, et ton dossier n'indiquait pas si tu l'avais déjà eue ; j'ai proposé de te prendre chez moi le temps que tu te remettes pour ne prendre aucun risque...

— Mais... Qu'est-ce qui s'est passé ? J'ai dormi longtemps ?

— Eh bien...

Selma a regardé quelque chose sur le mur (une horloge ?) puis m'a souri.

— C'est l'heure du thé. Tu as dormi presque cinq heures...

— Je... je ne comprends pas. Il y a eu un... euh... incident à la cafèt', et puis je suis tombée, je crois...

Dans un tourbillon, j'ai revu Cora avec son plateau, Elzbieta, Vanessa... et le regard de Sasha, glacé, posé sur moi.

— J'ai dit un truc que j'aurais pas dû…

— J'ai eu droit au récit de ton exploit, m'a doucement coupée Selma. Tu as voulu aider une amie, et disons que ta… riposte a largement dépassé l'attaque ! Le problème est que cela met en cause des personnes auxquelles l'administration est très attachée, ne serait-ce que pour des raisons financières. Je ne t'apprends rien…

— Merde…

— Comme tu dis ! Mais je sais aussi que tu défendais ton amie.

Sans prévenir, mes larmes sont venues.

— Cette garce est la petite amie de mon jumeau. Elle en profite pour débiter des saloperies sur les gens que j'aime ; elle sait très bien que je ne vais rien dire à cause de Sasha. Mais là, elle a été trop loin. Il doit m'en vouloir, mais… Est-ce qu'il est venu me voir ? Pourquoi j'ai dormi autant ?

— Ton malaise n'a pas duré très longtemps, mais tu étais étrange lorsque tu es revenue à toi. Nous avons eu très peur, tu t'es cognée assez durement le crâne en tombant… Ne touche pas, a-t-elle ajouté en me voyant tâter le haut de mon front où mes doigts venaient de découvrir un pansement. Tu disais des choses vraiment incompréhensibles, Faustine… L'infirmière a préféré te donner un sédatif. Je suis censée prévenir l'administration à présent que tu es réveillée : la directrice veut te parler.

Le Challenge ! Ce matin encore, elle avait insisté pour que je me montre digne de la confiance que son frère avait placée en moi. À peine dix minutes plus tard, je prouvais que je n'avais ni subtilité, ni sang-froid. Et si les parents d'Elzbieta menaçaient de suspendre leurs dons à l'école ?

— Elle va me virer ?

Selma s'est mise à rire tout en composant un numéro sur son portable.

— T'exclure ? Non. Mais reconnais que même si tu as jugé qu'Elzbieta le méritait cela manquait un peu d'élégance… Madame ? Elle est réveillée… Non, elle est calme. Oui, nous vous attendons.

Ses paroles m'avaient un peu réconfortée. La tête bourdonnante, j'ai sorti mes jambes de l'amas de couvertures et je me suis assise au bord du canapé. J'étais en petite culotte, avec mes chaussettes spéciales « ce matin il fait froid » qui montaient jusqu'à mes genoux.

— Une version moderne de Lolita, a commenté Selma. Tu ferais mieux de t'habiller, a-t-elle ajouté en me tendant mon jean, qui sentait encore la lessive. Je l'ai lavé, il était plein de brocolis. Apparemment, ta copine a voulu te soutenir avant que tu ne tombes, mais elle avait oublié qu'elle portait un plateau…

Je me suis levée, mon ventre a émis un gargouillis bien reconnaissable…

— Tu as faim, a approuvé Selma. Ça tombe bien : ma sœur habite à Londres, elle m'a envoyé des muffins merveilleux. Ce sera parfait avec le thé et cela amadouera notre directrice : elle ne résiste pas à une tasse de Lapsang Souchong !

Je ne sais pas si c'est le thé (noir, fumé) ou les muffins (effectivement délicieux) servis avec une confiture de cerises et d'amandes, mais la directrice, après son sermon initial débité d'une voix de stentor, s'est brusquement calmée. J'écopais d'un avertissement, d'une présentation obligatoire d'excuses à Elzbieta en sa présence, et de la nouvelle qu'une lettre circonstanciée avait été envoyée en recommandé à Anna et Ben.

— Faustine, a commencé la directrice alors que Selma lui servait une (deuxième ? troisième ?) tasse de thé, officiellement, je ne peux pas approuver ce que vous avez dit. Officieusement…

Elle m'a lancé un regard de défi, qui m'a fait une nouvelle fois penser à Gilles dans ses meilleurs moments. Comment avais-je pu ne pas me rendre compte plus tôt qu'ils étaient frère et sœur ?

— Je vous envie d'avoir pu exprimer ce que vous aviez sur le cœur. Je n'ignore pas le comportement odieux d'Elzbieta, mais je dois composer avec le fait que ses parents figurent parmi les plus généreux mécènes de l'école. Cependant… vous savez dans quel enfer familial elle a grandi. Chacun se défend comme il peut.

— Avec tout le respect que je vous dois… ai-je commencé.

— Ne m'interrompez pas, je vous prie. Je sais quelle tragédie vous a frappée, votre frère et vous. Mais vous avez reçu une chose qu'Elzbieta n'a jamais eue et n'aura probablement jamais : l'amour de vos parents. Même disparus, ils sont avec vous et vous donnent une force que vous ne soupçonnez pas. Je sais, moi, que les absents qui nous ont aimés et que nous continuons d'aimer ne nous abandonnent jamais…

Sa voix s'était raffermie. À cet instant, j'ai admiré cette femme inébranlable, altière et fière.

— Je devine aussi les raisons pour lesquelles vous vous êtes évanouie. La douleur ne trouve parfois pas d'autre expression, n'est-ce pas ? Je sais, oh oui, je sais quelle est la force du lien qui vous lie à votre frère… J'imagine que vous serez heureuse d'apprendre qu'il a fait le pied de grue devant mon bureau dès qu'il a appris votre malaise et m'a harcelée pendant des heures pour savoir où vous vous reposiez puisque vous n'étiez pas à l'infirmerie. J'imagine également qu'il jouera les blasés lorsque vous le reverrez, mais ne soyez pas dupes, ni l'un ni l'autre : vous êtes frère et sœur, personne ne brisera ce lien, et c'est pourquoi…

Une nouvelle fois, son regard s'est fait incisif.

— N'oubliez pas que vous êtes aussi notre capitaine et que nous comptons tous sur vous. Si vous avez des problèmes, parlez-en. Venez me voir, poussez la porte de notre psychologue scolaire, confiez-vous à vos amis, à votre famille ou à votre frère. Mais ne nous refaites plus jamais cela, compris ?

— Je…

— Et bien entendu, a-t-elle ajouté en tendant à nouveau sa tasse à Selma qui n'avait pas pipé mot, je nierai absolument avoir prononcé un seul mot de ce que vous venez d'entendre. J'espère là aussi avoir été claire.

Elle avait à peine terminé sa phrase quand l'horloge murale (une horreur !) a fait entendre une série de tintements.

— Westminster, a commenté Selma. Un cadeau kitsch de ma sœur. J'y tiens beaucoup…

— Bel esprit d'à-propos en tout cas ! a répondu la directrice. Je retourne dans mon bureau. Quand à vous, mademoiselle Sullivan, vous n'êtes pas dispensée d'étude. Vous avez un après-midi de cours à rattraper.

— Je t'accompagne, m'a proposé Selma. Tu n'auras pas besoin de mot pour le surveillant si je viens avec toi. Attends-toi à un déluge de questions, mais si tu veux un bon conseil, dis-en le moins possible, et l'incident sera vite oublié.

Ce que je n'étais pas prête à oublier en revanche, c'est l'humiliation que j'ai ressentie le soir même lorsque j'ai dû présenter mes excuses à Elzbieta. J'ai bredouillé mon petit laïus en lui lançant un regard si chargé de haine que même un abruti complet aurait compris que je n'en pensais pas un mot. Mais Elzbieta a su s'en contenter, car la directrice lui avait fait subtilement comprendre que transformer l'incident en scandale ne serait bénéfique pour personne. Elle avait même proposé de changer l'une de nous de chambre, mais ma chère coturne m'a devancée.

— Je pense que cela ne sera pas nécessaire, madame. Ainsi que vous l'avez dit, l'incident est clos, et je suis sûre que Faustine sera plus sympa avec moi à l'avenir.

Quelle… ! Elle avait bien compris que faire semblant de copiner avec moi était le meilleur moyen de passer pour une victime tout en conservant Sasha. J'allais répliquer, mais le regard glacial de la directrice m'en a dissuadée. Elzbieta a quitté la pièce triomphante et je l'ai suivie à pas lents dans le couloir, prête à rejoindre le réfectoire – où, je n'en doutais pas, j'allais être accablée de questions auxquelles je devrais répondre de manière aussi évasive que possible. Mais au moins, je serais avec des amis… Cora me devait bien un peu de réconfort. D'ailleurs, si je voulais être tout à fait de mauvaise foi, elle était responsable de toute cette embrouille ; elle n'avait qu'à se défendre ! Mais quand j'ai vu son sourire de chien battu sur son visage à présent recouvert de plaques rouges, j'ai compris qu'elle n'avait pas les armes pour ça. J'ai repensé aux paroles de la directrice : « chacun se défend comme il peut ».

— Ça va ? a-t-elle commencé en me regardant par en dessous.

— T'as encore des nounours ? J'ai dû présenter des excuses à Elzbieta, j'ai un sale goût dans la bouche…

— Je suis désolée, Faustine. C'est ma faute. Je sais jamais quoi lui répondre, ou alors ça me vient des heures après… Pourtant, depuis quatre ans que je la côtoie, je devrais être plus forte…

Quatre ans de brimades, de paroles blessantes, de vexations… et pour faire face, seulement la certitude qu'un jour tout cela finirait en même temps que le diplôme, et une bande d'intellos sociopathes. Elle était plus forte qu'elle ne le croyait, Cora…

— Dis pas ça. Je continue de penser que t'es une fille super. Et Elzbieta est une vraie garce, c'est tout !

— Tu lui as rivé son caquet ! a piaillé Elsa. C'est vrai que ses parents sont des alcoolos ? C'est bien la peine de nous en mettre plein la vue avec son prétendu titre de noblesse ! En tout cas, c'est bon à savoir. On le lui ressortira, à l'occasion…

Oh, comme les victimes sont heureuses, parfois, et deviennent pires que leurs bourreaux… À cause d'Elsa, j'allais devoir défendre Elzbieta. Un comble !

— Nan. J'ai dit ça comme ça. Elle a été surprise, c'est tout. C'est même pas vrai, en fait…

— Ah ? (Elsa avait l'air déçue.) En tout cas, toi, tu nous as fait peur. Déjà ton malaise, puis après quand t'es revenue à toi, tu as commencé à dire des trucs vraiment bizarres…

Elle commençait sérieusement à me gonfler. Son petit air de concierge en quête de ragots ne me plaisait pas du tout. Heureusement, Cora a bien senti la crise qui montait, car elle m'a simplement attirée à elle, puis s'est tournée vers Elsa.

— Bon, on passe à autre chose. J'imagine que Faustine n'a plus envie d'en parler…

— … et s'ils en resservent ce soir, crois-moi que je vais m'en empiffrer de ce bourguignon et de cette purée, ai-je tenté de plaisanter. C'est quand même à cause d'eux, tout ce merdier !

Une demi-heure plus tard, j'avais rempli mon assiette façon Cora : barrage de purée (effectivement bien gonflée en calories) pour retenir et lac de sauce de bourguignon. J'avais renoncé à la viande ; en fait, je voulais un repas de bébé, sans rien à mastiquer. S'il y avait eu de la compote sur le comptoir des desserts, je me serais ruée dessus.

— Contrecoup psychologique, a analysé Richard. Tu veux régresser pour retourner au stade de la petite fille qui ne peut être tenue pour responsable de rien.

Oh non… Ils n'allaient pas tous me saouler ce soir, si ? Encore une fois, Cora a pris les choses en mains.

— T'as reçu un abonnement à Psycho Mag pour Noël ? Lâche-la un peu, Richard !

Vexé, il a sorti la boîte en émail de sa poche poitrine et a enfoncé ses boules Quiès dans ses oreilles. En soupirant, Cora a contemplé mélancoliquement l'assortiment de légumes vapeur qu'elle avait choisis. Quelque chose était en train de changer, à la table des Proscrits… Heureusement, la petite fée Sumi est arrivée pour remettre de l'ambiance. Avec ses couettes et ses vêtements multicolores, elle ressemblait plus que jamais à un personnage de manga, un doudou que l'on garde avec soi pour se réconforter. J'en ai profité pour passer à un sujet moins casse-gueule.

— Cora ? Je vais être honnête avec toi. Cette purée est pas mal, mais la sauce manque terriblement de goût. Si tu viens un jour à la maison, je demanderai à mon oncle de te faire son bourguignon et là, tu verras la différence !

Là-dessus, la cloche a sonné pour annoncer la fin du service. Finalement, elle ne se terminait pas trop mal, cette journée… Mais c'est en voyant les élèves se lever et poser leurs plateaux sur les chariots de service que j'ai soudain réalisé qu'elle était loin d'être finie : j'avais dû me faire sérieusement dinguer le crâne sur le carrelage pour oublier mon rendez-vous avec Andrea ! J'ai jeté un œil sur l'horloge murale et je me suis rendu compte qu'il me restait au maximum un quart d'heure pour sauter sous la douche et enfiler des fringues qui me permettraient de ressembler à autre chose qu'à une échappée de l'asile, avec mes cheveux collés par le mercurochrome, mon pansement et mon air ahuri, résultat des calmants qu'on m'avait administrés. Je n'avais plus qu'un souhait : qu'Elzbieta ne soit pas dans la chambre lorsque j'y entrerais. La revoir ce soir était largement au-dessus de mes capacités.

Or non seulement elle était là, mais elle n'était pas seule. Bravant l'interdiction numéro un de l'établissement (mixité interdite dans les chambres), Sasha était avec elle. Assis sur mon bureau, il semblait attendre quelqu'un. Moi, en fait. Lorsque je suis entrée, il s'est précipité vers moi et m'a serrée un peu trop longtemps en effleurant mon pansement du doigt. Agacée, je me suis dégagée.

— Oh, ça va…

— Non, ça va pas ! Tu te souviens la dernière fois que tu as fait ça ?

J'ai jeté un œil à Elzbieta. Oui, je me souvenais très bien. Ce dimanche où la mère d'une copine chez qui nous passions le week-end nous avait annoncé que maman avait eu « un accident » ; le salon où nous avions trouvé des pompiers, des policiers, et un type des services sociaux qui nous attendaient – Anna et Ben étaient en route, nous avait-on appris, mais ils en avaient pour plusieurs heures, et comme nous étions mineurs, il fallait bien que quelqu'un veille officiellement sur nous. C'est lorsqu'ils avaient prononcé leurs noms que j'avais réalisé qu'Anna et Ben étaient désormais notre seule famille… Je m'étais sentie partir, et lorsque j'avais rouvert les yeux, plusieurs heures plus tard, j'étais à l'hôpital, ma tante en pleurs à mes côtés… Mais il était hors de question que j'évoque ce souvenir devant Elzbieta !

— C'est rien, je te dis. C'est passé… Qu'est-ce que tu fiches là ? Si quelqu'un te surprend, on va encore avoir des problèmes…

— Je m'en fous. Je veux qu'Elzbieta et toi, vous régliez vos comptes une fois pour toutes. J'en ai marre de faire l'équilibriste entre ma copine et ma sœur…

Oui, Sasha. Et moi, j'en ai marre de te voir transformé en pantin à cause de cette fille, de te voir prendre des coups par son taré de père et de t'accrocher à elle. Mais ce soir, j'ai autre chose à faire que de vider mon sac et de fouiller dans le sien.

— Tu sais que je serai toujours là pour toi, Tine ! Tu le sais ! Elzbieta le sait aussi et elle n'en fait pas un drame…

T'as raison. Pantin et aveugle en plus. Mais je n'avais vraiment pas le temps de polémiquer.

— T'inquiète pas, je te dis. C'est passé et je me tiendrai loin de ta copine. C'est tout ce que tu peux me demander pour l'instant…

— C'est pas ce que j'espérais, a commencé Sasha.

— Je sais. Mais tu es là, et franchement, moi, j'en espérais pas tant. Et maintenant, je vais me laver. J'ai des trucs à faire, ce soir. Mais ça va. Je t'assure. Ça va…

Dans mon armoire, j'ai attrapé les premiers habits qui me tombaient sous la main, empoigné mon nécessaire de toilette et pris le chemin des douches. Avec un peu de chance, un jet d'eau froide et un jean neuf me suffiraient pour assurer…

Andrea n'était pas dans le hall lorsque j'y ai mis les pieds, dix minutes plus tard. J'ai ouvert les portes monumentales de l'école, profité de la brise fraîche qui réveillait des picotements sur ma peau abîmée. J'avais frotté comme une folle pour ôter toute trace de mercurochrome, mon pansement s'était décollé sous le jet de la douche et, revenue devant le miroir, j'avais pu admirer une belle égratignure sur le haut de mon front. Pas profonde, mais cuisante. Puisque ça ne saignait plus, j'avais préféré rester comme ça, essayant de cacher ce que je pouvais sous mes cheveux. Je me voyais mal sortir avec Andrea avec ce truc sur ma tête ! Andrea… L'odeur familière, la douce pression de ses mains sur mes épaules… Il était là.

Son visage était empreint d'une tristesse immense.

— Viens. Je voudrais t'emmener quelque part.

Ouf ! Retenu à l'hôpital auprès de Gilles, il ne savait rien de ce qui m'était arrivé. J'avais échappé au récit de mes aventures… et puis j'ai pris conscience de ce qu'il venait de me dire. M'emmener quelque part ? Où ?

Il m'a pris la main, et nous nous sommes dirigés vers le pavillon des profs où, quelques heures auparavant, j'avais dormi, inconsciente de l'émoi que j'avais provoqué. À côté du 4 × 4 de Gilles, la Jaguar attendait, comme un fauve alangui.

Andrea est passé du côté passager et m'a ouvert la portière. J'avais déjà remarqué son extrême courtoisie, qui me semblait parfois appartenir à une autre époque… Avec un soupir de satisfaction, je me suis glissée sur le siège qui a semblé se lover autour de moi. L'odeur d'Andrea m'enveloppait : cuir, lavande et vanille. Lorsqu'il s'est assis, j'ai levé mon visage vers lui pour un baiser… et son regard s'est figé.

— Faustine ! Mais qu'est-ce que…

Sa voix était rauque. Il a posé le bout des doigts sur ma tempe, a soulevé la mèche qui me barrait le front, découvrant la blessure.

— Tu es blessée ! Quand ? Que s'est-il passé ?

J'ai soupiré. Pas vraiment une entrée en matière sexy pour notre rendez-vous…

— Je suis tombée. Mais ce n'est rien. Rien du tout. Ça me fait un peu mal, mais ça va… Oh, et puis qu'est-ce que ça peut faire, tout le monde s'en fiche de toute façon…

Andrea m'a attirée contre lui, a posé doucement les lèvres à la racine de mes cheveux. J'ai fermé les yeux, déroutée par une foule de sensations entre plaisir intense, désir et douleur…

— Ce que je ne comprends pas, a repris Andrea, son souffle contre ma peau, c'est pourquoi tu ne vois pas autour de toi les gens qui t'aiment et qui pourraient t'aider à porter tout ça…

— Des gens qui m'aiment, hein ? Mes parents morts ? Mon frère qui oublie que j'existe pour plaire à une pétasse ?

— Oui. Ton frère, oui…

— Toi ?

Mon cœur battait à grands coups. S'il m'aimait, c'est maintenant qu'il devait me le dire.

Andrea a relevé la tête et m'a fixée.

— Oui. Moi. Avant tous les autres…

Andrea a mis le contact, et la voiture a démarré dans un doux feulement tandis que nous quittions le parking. Il n'y avait rien d'autre à dire. La vérité, *notre* vérité était en marche…

En passant devant le portail ouvragé qui signalait l'entrée du parc de l'école, je me suis aperçue que je n'avais même pas eu la curiosité de demander à Andrea où nous allions. Mais peu m'importait. Auprès de lui, je me sentais libre. Délestée de mes doutes, de mes peurs. Plus forte que jamais. La voiture abordait la route nationale qui menait à la vallée, une longue ligne droite après les sinuosités du col grimpant jusqu'à Mont Angèle. La Jaguar a pris de la vitesse, faisant fourmiller mes jambes, des picotements délicieux remontant jusque dans mon ventre… et lorsque Andrea a glissé une main derrière ma nuque, promenant lentement ses doigts sur ma peau, je crois bien avoir compris la plénitude du chat d'Anna quand elle le caresse.

— Si je pouvais, je ronronnerais, ai-je murmuré.

— Que dis-tu ?

— Rien. Une connerie. Mais une connerie parfaite…

Bercée par cette sensation étrange, excitation née autant de la vitesse que des mains d'Andrea sur moi, j'ai vu défiler les kilomètres. Soudain, j'ai reconnu l'aire où nous avions tourné pour nous rendre à la clairière, là où j'avais vu Mehiel, si beau sur le cheval… Mais Andrea n'a même pas fait mine de ralentir. Quelques kilomètres plus loin, il a tourné brutalement pour emprunter une voie privée (c'était écrit en énorme et en trois langues sur un panneau que j'ai à peine eu le temps de remarquer) ; la Jaguar, à nouveau, a paru bondir. Nous grimpions, je le sentais aux feulements du moteur, et nous avons finalement débouché sur un plateau qui s'affaissait pour laisser place au ciel étoilé. Je n'ai pas eu le temps d'avoir peur : Andrea a négocié un dérapage contrôlé qui a amené la voiture à deux mètres du bord de ce qui s'est révélé être un surplomb dominant un lac. À cette heure-là, la lumière était faible, mais je voyais distinctement les eaux noires et immobiles. Il a désigné un point sur la rive, où j'ai discerné un halo lumineux. Puis il a tourné le volant, et nous sommes repartis. Quelques secondes plus tard, il a stoppé net. Ce que j'ai découvert alors m'a laissée sans voix.

C'ÉTAIT UNE VILLA COMME CELLE OÙ PADMÉ ET ANAKIN SE MARIENT dans un des *Star Wars*, avec des balcons, des loggias, des terrasses, donnant l'impression que plusieurs maisons se sont rapprochées pour n'en former qu'une seule, magnifique et spectaculaire. Andrea a ralenti la Jaguar jusqu'à la stopper à quelques mètres du perron. Il est sorti de la voiture, m'a ouvert la porte. J'étais suffoquée, autant par l'étrange beauté de la maison que par ce que je découvrais. À demi camouflées par des buissons, mais bien éclairées, des sculptures s'imposaient à mon regard, certaines d'inspiration antique avec des drapés et des poses d'athlètes, d'autres très contemporaines. Dans la cour, des arbres dans des caisses d'orangers servaient d'écrin à une immense sculpture filiforme : un homme marchant, empli d'une énergie si dense qu'il donnait véritablement l'impression qu'il allait s'arracher de son socle et s'enfuir dans la forêt…

— Oui. Giacometti, m'a chuchoté Andrea avant même que j'ouvre la bouche. Tu as certainement dû voir une autre version de *L'Homme qui marche* dans des musées. Tu… tu as deviné, bien sûr. C'est ici que vit ma famille…

Sa voix ne reflétait qu'une tristesse résignée. Moi, j'étais à la fois stupéfaite et un peu en colère : ainsi, il m'emmenait chez lui ? Il aurait pu au moins me prévenir !

— Je vais rencontrer tes parents ?

— Non, pas ce soir. Je dois d'abord te montrer quelque chose pour que tu comprennes qui je suis.

Andrea s'est approché de l'immense porte qui trouait la façade principale de la maison. Une fois encore, ce que j'ai vu m'a coupé le souffle.

La pièce où nous sommes entrés était immense, ovale, pavée d'un damier de carreaux de marbre blanc et noir qui dessinaient des spirales sur le sol. En levant le nez, j'ai découvert que le toit était en fait une verrière en forme de dôme, d'où je pouvais contempler le ciel d'encre percé d'étoiles. Au centre des spirales, un bassin surmonté de ce que je supposais être une statue, bizarrement dissimulée sous une bâche. Le fond de la salle était barré par un escalier monumental à la forme incroyable, une double hélice d'ADN comme on en voit dans les projections en 3D des documentaires scientifiques. Il menait à une galerie qui faisait le tour de la pièce à quelques mètres du sol. Le tout ressemblait à un décor d'opéra. Je m'attendais presque à voir surgir une grosse cantatrice, une rose à la main, tandis qu'un ténor barbu entamerait une sérénade… Mais lorsque mon regard a suivi la balustrade de pierre sculptée, c'est la silhouette d'un garçon silencieux qui l'a arrêté. Il devait avoir une douzaine d'années et son visage pur, ses cheveux blonds, presque blancs, m'ont immédiatement fait penser à Mehiel. Il m'a regardée, a hoché la tête, puis a disparu. J'étais très mal à l'aise ; je me suis agrippée à la main d'Andrea. Il a soupiré, puis s'est tourné vers moi.

— On m'a préparé toute ma vie à cet instant, et je ne sais pas par où commencer. Faustine... Ma famille n'est pas comme les autres. Cela fait des siècles que les Salvaggi perpétuent ce qui a donné naissance aux miens. Une... malédiction.

J'ai regardé Andrea, estomaquée. Son visage tendu et sa voix basse m'incitaient à croire ces phrases si éloignées de ma réalité. Mais... une « malédiction » ? Cela ressemblait à un mauvais film. Si je n'avais été encore sous le choc de la vision de cette pièce angoissante, du regard vide de l'adolescent blond, j'aurais éclaté de rire.

— Nous remontons aux origines de la civilisation européenne. Notre histoire est cachée dans les légendes... Tu pourrais la découvrir parmi les textes que l'on donne aux étudiants de littérature classique pour qu'ils s'exercent à la version, si incroyable, si perverse que l'on s'empresse de la ranger parmi les mythes, en se moquant gentiment de ce que nos ancêtres ont pu inventer pour s'expliquer la naissance du monde. Pourtant nous sommes là, bien réels. Le monde a changé, de nouveaux mythes sont apparus. Mais les Salvaggi demeurent. Prisonniers depuis des siècles de la folie d'une femme et de l'orgueil des dieux...

Andrea ne me regardait plus. Son regard blessé et fier semblait défier les étoiles à travers le dôme. Une fois encore, il me donnait l'impression d'avoir quitté le présent pour laisser divaguer ses mots dans un monde inconnu, prophétique, mystérieux et de plus en plus menaçant. Et ma crainte grandissait de ce qu'il allait me révéler...

Il s'est tu : son silence a aboli le temps et l'espace, laissant les secondes se dilater, interminables.

— Faustine ! As-tu déjà entendu parler de…

Je l'ai vu soudain sursauter et porter la main à sa poche poitrine d'où il a extirpé son téléphone portable qui venait de vibrer contre son cœur. Son visage, si martial une seconde auparavant, est devenu fou d'angoisse lorsqu'il a regardé l'écran.

— *Pronto* !

Je discernais le timbre d'une voix féminine.

— Non ! a crié Andrea. Pas maintenant ! Pas comme ça !

Lui, si maître de ses nerfs d'ordinaire, semblait en avoir perdu le contrôle. Il m'a jeté un regard dément avant de happer ma main et de m'entraîner à travers la porte, restée béante. Comme un automate, il a ouvert la portière de sa voiture, l'a claquée lorsque je me suis assise, puis s'est abattu sur son siège avant de mettre le contact. Il a effectué un virage qui a creusé de profondes ornières dans les graviers de la cour, et nous avons quitté la villa. Andrea gardait les dents serrées, son regard fixe ne quittait pas la route. Nous avons débouché sur la nationale. Soudain, comme un félin domestiqué profite d'une faiblesse de son maître pour redevenir sauvage, la Jaguar a bondi, et mon angoisse est devenue terreur. Les arbres défilaient à une allure folle et je nous imaginais déjà déchiquetés, encastrés dans l'amas de tôle, de cuir et de bois précieux, piètres remparts pour nos corps…

— Andrea ! ai-je crié. Arrête ! J'ai peur !

— Ah ! Tu as peur ? a-t-il hurlé. TU AS PEUR ? Eh bien, tu n'as rien vu ! Ce n'est rien à côté de ce qui nous attend…

Même sa voix avait changé, chargée d'une fureur inconnue.

— Mais qui es-tu ? ai-je hurlé. Qui es-tu ?

L'angoisse dans ma voix a semblé le sortir de sa transe. Andrea m'a regardée une seconde, a jeté un œil sur le compteur dont l'aiguille flirtait depuis plusieurs minutes avec le rouge, puis a ralenti. Mon cœur battait de manière désordonnée, des larmes de terreur mêlée de rage perlaient sur mes joues. Andrea a glissé la main vers la mienne, mais je l'ai retirée avec brusquerie.

— Faustine... Pardonne-moi. Je... Patrick est mort. On vient de m'avertir.

C'était mon tour d'être sonnée. Gilles... mort ? Les paroles de Mehiel sont venues se fracasser dans ma conscience. « Comment va le Guide ? »

— Je dois aller à l'hôpital.

Déjà, la route à lacets menant à l'école se profilait devant nous. Le trajet nous avait à peine pris un quart d'heure... Andrea a enchaîné souplement les virages avant de se garer devant le hall. J'ai ouvert ma portière avant qu'il n'ait coupé le contact.

— Faustine ! Attends...

Il a glissé ses mains autour de sa nuque. Dans ce mouvement, un long lien de cuir est apparu, qui soutenait un médaillon de métal. D'un geste précis, il l'a saisi et l'a brisé net. Le claquement sec s'est répercuté jusque dans mes omoplates. Puis Andrea m'a tendu une moitié du médaillon.

— Tiens... Garde-le précieusement, ne le montre à personne. C'est une des clés qui te permettront de comprendre. Je suis désolé, j'aurais voulu tout t'expliquer ce soir, mais...

Surgissant du hall, les cheveux en bataille, la directrice s'est dirigée à grands pas vers nous.

— Je vais l'emmener à l'hôpital. Faustine… On ne va sans doute pas beaucoup se voir ces prochains jours. Mais si j'ai besoin de te voir et que je ne peux pas venir te chercher, fais confiance à celui qui portera l'autre moitié du médaillon. Quel qu'il soit…

— Andrea ! Tu ne peux pas me laisser comme ça…

— Je sais. Je croyais qu'on aurait plus de temps… Patrick avait fini par me faire croire qu'il était invincible. J'aurais dû tout te dire plus tôt.

— Non ! J'ai besoin de comprendre !

— Andrea ! Pouvez-vous…

La directrice était à présent à deux mètres de nous.

— Je vous emmène, madame. Je suis profondément désolé pour Patrick.

— Mes… mes condoléances, ai-je bredouillé avant de me rendre compte qu'elle attendait que je dégage de la voiture pour prendre ma place.

Je me suis faufilée hors de la Jaguar.

— Faustine !

La voix d'Andrea n'était plus qu'un murmure.

— Tout ce que tu dois savoir est dans ce mot : « Salmacis ».

La directrice s'est installée alors qu'il remettait le moteur en marche. Quelques secondes plus tard, ils avaient disparu. Dans ma paume, seul le contact du médaillon prouvait que je n'avais pas rêvé cette soirée incroyable ; un morceau de métal et ce nom inconnu qui résonnait sans fin dans mon crâne.

Il était trop tard pour me rendre à la bibliothèque et entamer des recherches sur Internet. Ne me restait plus qu'à me faufiler jusque dans ma chambre et essayer de dormir en attendant le matin… Mais le hall grouillait d'élèves, parmi lesquels, en larmes, plusieurs disciples de Gilles. La nouvelle de son décès n'avait pas tardé à se répandre ! Main dans la main, Simon et Gaëlle se sont approchés de moi.

— Faustine ! Tu sais pour…

— Oui. J'étais avec Andrea, et quelqu'un l'a appelé pour l'avertir…

— La directrice était en train de parler avec CDA quand elle a reçu un coup de fil. Elle est tombée à moitié dans les vapes, mais il y avait les prépas de Gilles dans le coin, tu sais, ceux qui font le Challenge ? Ils l'ont relevée, et elle le leur a dit à ce moment-là. Cinq minutes plus tard, toute l'école était au courant…

— Merde ! a dit Gaëlle. J'aurais jamais imaginé que c'était si grave, sa maladie…

— Tu l'as dit, a répondu Simon. J'ai discuté avec les prépas. Ils pensent que l'école va déclarer forfait pour le Challenge, cette année.

— Ah ouais ? ai-je rugi. Ça m'étonnerait. Je te parie même qu'on va avoir droit au couplet sur le dépassement de soi en mémoire de Gilles et de ce qu'il aurait voulu…

— La directrice est pas si con, quand même…

— Non. Mais elle connaissait bien son frère, et c'est le genre de discours qu'il nous aurait servi. Le pire, c'est qu'on lui aurait tous emboîté le pas…

— Tu vois, il m'en a sorti des saloperies, a fait Simon. Mais c'était un sacré bonhomme, quand même…

— En fait t'as raison, Faustine, a conclu Gaëlle. Il n'est même pas froid que ses élèves vont lui élever une statue… Merde, Simon, c'était un salaud ! Tu te souviens pas de ses remarques à la con sur toi ?

Je les ai laissés. La voix stridente de Gaëlle me vrillait le crâne. Je me souvenais des paroles d'Andrea, lorsqu'il m'avait dit que le sort de Gilles était en quelque sorte lié au mien. Pourquoi ? Je n'en savais rien… Avec un frisson, j'ai pris conscience que d'Andrea non plus, au fond, je ne savais rien. À part un nom bizarre, le souvenir désagréable du visage trop parfait de Mehiel et un morceau de métal caché au fond de ma poche, que je triturais du bout de mes doigts.

Dans la chambre, Elzbieta était au téléphone. Lorsqu'elle m'a vue, elle s'est détournée, s'est mise à parler dans ce que je supposais être du polonais, et j'ai revu en un éclair notre première rencontre, le jour de la rentrée. C'était si loin… Je savais alors qui j'étais : une fille perdue, meurtrie à jamais par la perte de ses parents, vivant dans l'ombre de son frère. Aujourd'hui, j'étais sortie de l'ombre, et de nouveaux visages occupaient mes pensées. Mais étais-je plus heureuse ou, au moins, plus apaisée ? Je ne pouvais le jurer…

Elzbieta a quitté la chambre. J'étais lasse, sans forces, tout à coup. Je me suis glissée, encore habillée, sous mes couvertures. Mes mains ont extirpé *Bonjour Tristesse* de sous mon oreiller. Comme je le faisais chaque soir, rituellement, je l'ai ouvert dans l'espoir vain de respirer un peu de l'effluve d'Andrea, depuis longtemps évanoui. Puis j'ai fouillé dans les poches de mon jean pour en sortir le morceau de médaillon. À la lueur de ma lampe de chevet, je l'ai examiné.

Je n'y connaissais pas grand-chose, mais il m'a semblé qu'il s'agissait d'entrelacs de fils d'argent assez épais. Je ne reconnaissais pas de motifs, mais en l'éloignant un peu, j'ai discerné parmi les volutes la lettre « A ». Le nom étrange soufflé par Andrea était « Salmacis » et, en tournant le médaillon en tous sens, je suis parvenue à trouver les trois autres lettres formant la fin du mot. Le début devait se trouver sur la moitié de médaillon qu'Andrea avait autour du cou. Le centre du médaillon était occupé par un demi-cercle auquel était soudée une croix minuscule. S'agissait-il d'un symbole religieux ?

J'ai eu un sursaut. Et si Andrea était membre d'une secte ? Devions-nous recevoir la bénédiction d'un quelconque gourou pour avoir le droit d'aller au-delà des baisers ? Et quand il parlait de ses parents, étaient-ce bien ses parents biologiques, ou un groupe de cinglés qu'il avait adoptés pour famille ? Les paroles et le visage inquiétants de Mehiel, Gilles qu'ils avaient appelé « le Guide », le regard hagard de l'adolescent dans la villa stupéfiante où vivaient les Salvaggi me faisaient pencher en ce sens. Mais dans ce cas, cela voudrait dire qu'il m'avait prise pour une poire dès le début et qu'il ne cherchait qu'à recruter un disciple de plus… J'ai repoussé cette idée de toutes mes forces.

Je n'ai pas fermé l'œil avant le petit matin. J'avais la bouche pâteuse, mais j'étais étonnement dispose, pourtant, lorsque je me suis réveillée. Pas étonnant : un coup d'œil sur mon réveil m'a permis de constater qu'il était 10 heures passées. Chose étrange, Elzbieta dormait encore… Puis tout m'est revenu en rafale : la mort de Gilles, Mehiel, la folie d'Andrea, le médaillon…

J'ai sauté dans un jean et poussé la porte. Le couloir était encombré d'élèves, pour la plupart encore en pyjama.

— Il devrait y avoir des morts plus souvent, a fait une fille dans un bâillement. On aurait davantage de grasses mat'…

Je l'ai arrêtée :

— Y a pas cours ?

— Ben non, tu sors d'où ? Un prof est mort, de sport ou je sais pas quoi, et on a trois jours sans cours jusqu'à l'enterrement.

— Je reviens du hall ! a soudain pépié une voix criarde – celle de Vanessa. C'est dingue, ils ont entièrement refait la déco… Ah tiens, tu es là, a-t-elle fait en me découvrant. C'est bête, hein ? Pour une fois que t'es la chouchoute d'un prof, il meurt…

— C'est tout ? ai-je répondu. Pour une disciple d'Elzbieta, tu me déçois. T'es pas prête à boxer dans la même catégorie.

Il y avait bien un point sur lequel cette pauvre fille avait raison : le hall ne ressemblait plus vraiment à ce qu'il était la veille. Les gigantesques photos de la sélection pour le Challenge avaient disparu, remplacées par un portrait monumental de Gilles durant une ascension. La prise de vue en plongée soulignait l'à-pic vertigineux qu'il était en train de gravir. Tout son corps était tendu dans l'effort, mais son visage affichait un sourire que je ne lui avais jamais vu – dénué de sarcasme ou d'amertume. Le sourire d'un homme heureux, accomplissant son rêve de plénitude. Le coin inférieur droit du portrait était barré de noir, comme on le faisait, autrefois, sur les cadres des morts dans les familles bourgeoises. C'était sinistre, mais pas autant que les immenses voiles noirs accrochés au centre du plafond du hall et rattachés aux quatre piliers d'angle.

— Vraiment zarbi, a dit Sasha qui venait de surgir à mes côtés. Sasha…

En temps normal, je lui aurais fait la tête, et il aurait dû ramper pour que je lui adresse la parole après l'épisode Elzbieta. Mais la vision de la villa Salvaggi, la fureur d'Andrea hier soir, la mort de Gilles… rien de tout cela n'était « normal ».

— Oui, t'as raison. Un peu voyant, non ?

— Tu vas mieux ? a fait mon frère en m'embrassant sur la joue. T'as pu dormir ? Je suis allé aux nouvelles. Apparemment, la directrice est *out* ; c'est les profs principaux qui ont décidé de supprimer les cours pendant trois jours…

Je me suis laissée aller contre lui.

— Franchement, j'ai jamais vu ça… On est censés faire quoi, pendant ces trois jours ?

— On se gère ! Je sais qu'il y a une réunion au sommet pour parler du Challenge après l'enterrement de Gilles…

— C'est quand ?

— Samedi. Et on est tous cordialement invités.

— C'est une blague ?

— Non. En fait, l'intitulé exact c'est que si on a le mauvais goût de ne pas être présent, on a intérêt à avoir une très bonne raison. Genre être morts, nous aussi.

— …

— Et pas question de déserter l'école. T'as le choix entre glander, rattraper ton retard dans certains cours avec les profs qui veulent bien te faire potasser, passer ton temps sur le web…

Le médaillon ! La mention d'Internet venait de faire surgir l'image des entrelacs d'argent. Avec ces heures libres inespérées, les postes de la bibliothèque allaient sûrement être pris d'assaut…

— Euh… Justement, j'ai un truc à faire, euh, une recherche. Je fonce à la bibli…

Mais Sasha ne m'écoutait déjà plus. Elzbieta venait de faire son apparition, vêtue d'une robe noire, très Jackie O. Ne lui manquait plus que la voilette, et on aurait pu croire qu'elle allait enterrer un parent. Si cette fille se plantait aux exams, elle pouvait envisager des études de théâtre, ou à défaut, de stylisme…

Comme prévu, tous les ordis de la bibliothèque étaient occupés. Un système de rotation horaire avait même été mis en place : chacun pouvait rester une demi-heure, pas plus ; devant chaque poste, une feuille alignait déjà les noms de ceux qui avaient réservé. Avec un peu de chance et en comptant sur deux ou trois désistements, je pourrais peut-être avoir certaines réponses à mes questions vers les 9 heures du soir… L'apparition de Sumi, une sucette à la main, farfouillant parmi les traités de mathématiques, m'a sauvée. Pour Noël, ses parents lui avaient offert un portable…

Je me suis précipitée vers elle et malgré les protestations des gens en train de potasser, et je me suis mise à crier :

— Sumiiii !

Un quart d'heure plus tard, j'étais dans ma chambre, un splendide ordinateur ultraplat et ultrarapide sur les genoux.

J'ai respiré un grand coup. J'allais enfin comprendre.

Comme l'avait dit Andrea, l'histoire de Salmacis remontait à la plus haute Antiquité. Les premiers liens m'emmenèrent aux récits des *Métamorphoses* d'Ovide (seul Richard aurait pu m'éclairer), dont l'un raconte comment cette naïade, vivant dans un étang, tombe amoureuse d'Hermaphrodite, magnifique jeune homme fils de deux dieux, Hermès et Aphrodite, eux-mêmes frère et sœur selon Homère (lui, je le connaissais, pas besoin de Richard sur ce coup), car tous deux enfants de Zeus. Salmacis s'offre à Hermaphrodite, mais il la repousse. Elle s'éloigne, se cache et la croyant partie, Hermaphrodite enlève ses vêtements et se baigne, nu, dans l'étang. Salmacis surgit alors, l'enlace, et comme Hermaphrodite se débat, elle supplie les dieux de ne plus être séparée de lui. Aussitôt, leurs deux corps fusionnent en un être à la fois homme et femme…

Fin de l'histoire. Une histoire bizarre pour expliquer pourquoi certains êtres semblent errer entre deux genres…

J'ai trouvé ensuite des sites médicaux expliquant comment certaines personnes naissent avec les deux sexes, un moulage parfaitement dégueu en cire montrait même un zizi riquiqui surplombant une vulve ; j'ai zappé vite fait, car ce truc hyperréaliste me flanquait la chair de poule. D'autres photos montraient une statue vue dix mille fois au Louvre : Hermaphrodite endormi. De dos, on lui voyait les fesses, de trois quarts, des seins taille XL et de face enfin, un sexe d'homme en érection. D'autres liens me renvoyaient vers une chanson de Genesis, « Fountain of Salmacis », ou vers des blogs d'ados qui confondaient hermaphrodisme et androgynie.

Qu'étais-je censée comprendre ? Nous avions eu plusieurs fois en cours d'escalade l'occasion de voir Andrea dans des maillots et des shorts ultra-moulants et j'avais pu constater qu'il était digne d'un calendrier 100 % pur mâle. La légende précisait qu'Hermaphrodite avait obtenu des dieux que l'eau de l'étang soit maudite et prive de sa virilité chaque homme s'y baignant. Mais lorsque Andrea m'avait serrée contre lui, j'avais senti que son désir était aussi puissant que le mien… Enfin, il n'y avait pas en lui la moindre attirance pour les garçons : tout se savait à l'école, y compris qui couchait avec qui – j'avais moi-même eu droit à quelques allusions sur la façon dont j'avais obtenu le brassard de capitaine – et certains mecs, ouvertement gays, auraient été trop contents de se vanter de leur bonne fortune si Andrea leur avait accordé plus qu'une virile poignée de mains. J'ai repensé à Mehiel ; lui aurait été un bon candidat pour l'ambiguïté sexuelle, mais j'ai soudain revu en pensée la photo de Sasha et moi prise par le photographe parisien : il me suffisait de porter les fringues de Sasha pour faire hésiter n'importe qui sur ma véritable identité… Alors ? J'étais au moins sûre d'une chose : l'atmosphère érotique et légèrement perverse baignant la légende de Salmacis éloignait la possibilité qu'Andrea fût membre d'une quelconque secte chrétienne dont la virginité (des filles, s'entend) puis la procréation semblent être l'unique objectif. Tout cela était troublant, excitant même – mais si je n'avais plus peur, je n'oubliais pas pour autant l'accès de folie qui avait saisi Andrea lorsqu'il avait appris la mort de Gilles. Mes recherches, si elles me laissaient dans l'expectative, m'avaient également apporté une certitude : quelque chose était en marche et allait bientôt se déchaîner. Même si je n'avais pas la moindre idée de ce qui m'attendait…

Je me suis levée, ai remis l'ordinateur de Sumi dans sa housse et ai regardé le réveil posé sur ma table de chevet : elle m'avait prêté l'engin pour une heure seulement car elle avait des devoirs à rédiger, et il était temps de le lui rapporter.

— J'espère que j'ai pu te rendre service, m'a-t-elle dit avec son habituel sourire lorsque je lui ai tendu sa merveille informatique.

Elle était simplement ravie d'avoir pu faire plaisir à quelqu'un, et je me suis surprise à l'envier. Sumi était la légèreté incarnée, la joie de vivre sans tapage, un esprit libre dans un corps de dessin animé. Alourdie par les milliers de questions qui m'assaillaient, j'avais l'impression, en voyant s'éloigner sa silhouette sautillante, d'être un gros animal, genre hippopotame, en train de contempler une libellule.

Les trois jours suivants, l'école a ressemblé à un bateau dont le pilote ivre ne pourrait plus tenir le moindre cap. Si quelques profs ont tenté de nous occuper sainement pendant leurs heures habituelles de cours, ou se sont du moins efforcés de nous surveiller dans les classes transformées en salles d'étude, la majorité profitait à fond du break accordé pour souffler et prendre un peu de bon temps.

Moi, j'avais eu droit dans le réfectoire à la visite de deux illuminées de prépa qui se destinaient à devenir psychiatres et s'offraient à m'accueillir dans la « cellule d'aide psychologique » qu'elles avaient mise en place pour aider les élèves « à faire leur travail de deuil ». La seule cellule qui aurait pu convenir à ces deux cinglées était, à mon avis, carrée, avec des murs capitonnés...

Le summum de l'hystérie avait été atteint le lendemain de la mort de Gilles lorsque trois équipes de télé avaient débarqué à l'école pour recueillir des témoignages : la directrice étant absente, les journalistes s'étaient rabattus sur les élèves disposés à montrer leurs bobines devant les caméras. Apparemment, Gilles était vraiment une légende dans le monde de l'escalade, et sa mort un événement. Rototo et ses copains (qui avaient profité du relâchement général pour se mettre la tête à l'envers avec de l'alcool introduit en douce) s'étaient portés volontaires pour la démonstration. Mais comme il fallait s'y attendre, seuls les élèves sélectionnés pour le Challenge intéressaient ces messieurs-dames des infos ; sur ordre du conseil des profs qui dirigeaient l'école en l'absence de la directrice, nous étions donc désignés d'office pour faire les figurants.

Lorsque Andrea est apparu, mon cœur s'est serré en voyant son visage creusé. Son regard ne s'est à aucun moment tourné vers moi. Il s'est dirigé vers les équipes et s'est présenté comme l'assistant de Gilles, seul autorisé à ce titre à communiquer avec la presse. Comme par hasard, sa proposition a fait l'unanimité chez les journalistes femmes… Quand tout a été terminé, alors que nous rangions le matériel, Andrea s'est approché de moi. Enfin ! J'allais comprendre… ou presque.

— Tout va aller très vite maintenant… Après l'enterrement de Patrick, tu sauras tout, je te le promets. Et, Faustine…

Sa voix, soudain grave, m'a mise en alerte. J'ai fixé son beau visage, ses yeux hypnotiques, sa bouche que je crevais d'embrasser… Son menton s'est durci tandis qu'il reprenait la parole.

— Ton avenir et le mien dépendent de la décision que tu vas prendre quand tu sauras tout. Il te faudra être forte, te préparer à entendre des choses qui te paraîtront insensées. Tu me prendras peut-être pour un fou, mais je te supplie de me faire confiance…

J'aurais voulu répondre. Seulement, d'un geste si furtif que j'ai cru le rêver, il a effleuré mon poignet et s'est mis à chuchoter.

— Je ne devrais pas te le dire, Faustine… Je crois que tu es celle que j'attendais.

Mon cœur battait si fort que, pendant quelques secondes, ma vision s'est brouillée : le Gymnasium s'est mis à tourner autour de moi. Lorsque l'univers a repris sa place, Andrea avait disparu.

L'heure du déjeuner était largement entamée, mais j'étais bien trop excitée pour avaler quoi que ce soit. Je me suis néanmoins assise à la table des Proscrits en pensant que leur bavardage m'aiderait à passer les prochains jours que je pressentais interminables… Les mots d'Andrea tournaient en boucle dans ma tête ; il n'avait pas dit formellement qu'il m'aimait, mais ce serment valait toutes les déclarations. Je ne voulais pas penser à autre chose, surtout pas à la folie à laquelle il avait fait allusion. Ne pas penser à cette soirée angoissante où nous avions appris la mort de Gilles, ne pas revoir les yeux vides de l'ado dans la villa… Juste sa certitude que nous étions destinés l'un à l'autre.

Absorbée dans mes pensées, je n'ai pas réalisé tout de suite que Cora me parlait. Il a fallu qu'elle agite ses doigts devant mes yeux mi-clos pour que je revienne à la réalité.

— Ouh, ouh ! Tu dors ou quoi ?

— Moi, je pense plutôt qu'elle rêve, a commenté Elsa en se penchant vers moi. Est-ce qu'un certain assistant d'optionnelle ne serait pas en cause, par hasard ?

Ah non, ma belle. Pas question que tu mettes le nez dans cette affaire-là…

— Ben si, justement. Il m'a dit tout à l'heure qu'avec la mort de Gilles, on n'est pas sûrs de participer au Challenge ; je pense déjà à tout ce stress en moins…

— T'as bien raichon, a dit Richard en régurgitant une bonne moitié de ce qu'il avait dans la bouche, un mélange parfaitement répugnant de brocolis, de steak haché et de purée.

— T'es dégueu ! s'est exclamée Elsa. Avale avant de parler !

Richard a largement ouvert ses mâchoires, nous offrant du même coup le spectacle de ses molaires engluées d'un mélange verdâtre.

— E à 'ause de 'a 'uette ! a-t-il rétorqué, la bouche béante.

— Quoi ?

Il a avalé d'un seul coup, à la façon d'un serpent qui avale une grenouille. C'était à vomir.

— Ma luette ! Tu vois, elle est trop grosse et ça m'empêche d'avaler correctement…

Il s'apprêtait à écarter à nouveau ses mandibules pour nous prouver ses dires, mais Sumi l'en a empêché.

— J'ai une solution à te proposer. Prends de plus petites bouchées. S'il le faut, utilise des baguettes…

— Hein ? Mais je mange pas japonais, moi…

— Non, bien sûr, a-t-elle répondu patiemment. Mais c'est parfaitement possible d'en utiliser pour manger la plupart des plats qui sont servis ici…

— Mais je sais pas les tenir, moi…

— Je t'apprendrai. Vraiment, ça n'est pas plus difficile qu'une équation…

— Ben oui, mais… Pour la purée ?

J'ai vu un fugace épuisement traverser les prunelles noires de Sumi, mais elle a conclu bravement :

— Eh bien, pour la purée, nous ferons une exception !

Et voilà. J'avais eu raison de compter sur les Proscrits pour faire passer les heures plus vite…

N'empêche que l'après-midi m'a paru interminable, plus précisément à la minute où notre professeur de philosophie nous a mis à la porte de sa classe, préférant troquer notre heure d'initiation contre un « vrai » cours pour ses élèves de terminale qui préparaient le bac… La bibliothèque étant comme d'habitude bondée, j'avais résolu de me claquemurer dans ma chambre : avec un peu de chance, Elzbieta serait absente et j'aurais tout le temps de réfléchir à ce que m'avait dit Andrea… Plus j'y pensais et plus je m'imaginais, avec délice, ses mots à venir. Je l'entendais déjà me dire qu'il m'aimait. Il m'expliquerait qu'il avait eu peur, peur de nos quelques années d'écart, de mon innocence, de la réaction de sa famille que j'imaginais rigide, pleine de la morgue que donne la fortune : peut-être ses parents lui avaient-ils choisi une fiancée de leur monde ? Je venais alors bouleverser leurs plans ? Mes délires sortaient tout droit d'un mauvais roman sentimental ou d'une série B sur une chaîne du câble, un après-midi de pluie, mais je m'en fichais : Andrea m'avait choisie, moi !

J'ai poussé la porte de la chambre, un sourire aux lèvres… et suis restée comme une idiote, la poignée dans la main, tandis que, de l'autre côté de la cloison, j'entendais la voix furieuse d'Elzbieta.

— Qui que vous soyez, au revoir !

— Merde, Elzbieta, c'est moi, Faustine ! Qu'est-ce que tu as fait à la porte ? Ouvre !

— Va-t'en ! Tu déranges !

— T'as encore craqué ? Ouvre cette porte, espèce de tarée !

— Tine ! Laisse-nous et reviens plus tard, OK ?

Sasha ! Évidemment, profitant du bazar général, il avait décidé de passer en mode câlins avec Elzbieta, bravant une nouvelle fois l'interdiction absolue de s'aventurer dans le couloir des filles. Et pour être sûr d'être tranquille avec sa dulcinée, il avait démonté la serrure côté chambre – il m'avait déjà fait le coup à plusieurs reprises lorsque nous habitions à Paris… Mon envie de m'affaler sur le lit en rêvant d'Andrea est passée d'un coup.

— Beurk ! Tu peux y compter… et interdiction que vous vous approchiez de MON lit, hein ?

J'ai entendu « hmm » et j'ai vite décampé : la BO de leurs ébats ne faisait pas du tout partie de mes fantasmes. J'ai jeté un coup d'œil sur ma montre : cinq heures, à peine… Le *tea time* passé, il me resterait encore plusieurs heures à tuer, au moins deux nuits à me retourner entre mes draps, des pseudo-cours à suivre vaguement, avant qu'Andrea ne s'explique enfin. J'ai réalisé que ce n'était pas la première fois que cette situation se produisait : lui me promettant la vérité pour plus tard ; moi attendant ses révélations avec impatience… Mais, je le sentais, la mort de Gilles avait teinté notre histoire d'une note tragique et inéluctable.

Sans m'en rendre compte, j'étais descendue dans le hall et m'étais retrouvée sur le parking. Un observateur extérieur n'aurait rien vu, mais nous qui vivions en vase clos ici, nous pouvions déceler un relâchement, inadmissible si la directrice avait été présente : quelques papiers gras négligés par l'équipe de service de l'école traînant entre les voitures ; des groupes d'élèves, à peine dissimulés par les buissons bordant le parking, environnés d'un nuage de fumée ; des profs en tenue moins stricte que d'ordinaire, bavardant sur le perron alors que nous aurions normalement dû être en étude... Mon regard a erré sur les toits des véhicules jusqu'au parking réservé aux professeurs et aux assistants, jusqu'à la robe sombre de la Jaguar d'Andrea. Immédiatement, l'odeur de cuir, de vanille et de lavande a envahi mon esprit, de plus en plus forte... Si forte qu'elle ne pouvait être le seul fruit de mon imagination. Avant d'avoir pu faire volte-face, j'ai senti les bras d'Andrea se poser sur mes épaules, puis ses mains remonter jusqu'à ma nuque où ses pouces ont dessiné de petits cercles hypnotiques. À croire qu'il avait deviné l'effet que me faisaient ses caresses à cet endroit précis...

Il a fait descendre ses mains le long de mon dos, puis il s'est glissé à ma gauche et a entrelacé ses doigts avec les miens.

— Je dois partir, a-t-il chuchoté dans mon cou. Ma famille m'attend pour... Tu comprendras plus tard.

Je suis restée interdite. Aussitôt, j'ai senti la colère m'envahir.

— Une fois de plus, tu me laisses seule avec des milliers de questions. Je n'ai qu'à attendre, hein ? Que le merveilleux Andrea daigne s'adresser à la gentille Faustine !

— Arrête !

Son ton était brutal.

— C'est fini, les enfantillages ! Je ne suis pas ton frère et je n'ai pas à subir tes caprices…

Ses doigts m'avaient lâchée ; un drôle de petit vent froid s'était glissé à la surface de ma peau.

— Il va falloir que tu attendes. Trois jours, ce n'est pas la fin du monde, si ? Moi, j'ai attendu des années !

Andrea avait atteint le véhicule, où il s'est engouffré sans un mot. Le moteur a hurlé et les pneus de la Jaguar ont fait valser des gravillons qui ont cinglé mes chevilles. La douleur cuisante était la seule preuve qu'il y a quelques secondes encore, il était à mes côtés… et cette douleur, soudain, a fusé dans mon crâne. Je me suis retrouvée à genoux avant de perdre conscience.

Lorsque j'ai ouvert à nouveau les yeux, j'étais en tenue de varappe, progressant dans un étroit goulet. J'avais peu d'espace pour me mouvoir, et la difficulté de l'ascension était aggravée par la matière que j'escaladais : ce n'était pas de la roche, plutôt une surface lisse et froide comme du verre, brillante comme un métal poli. Le silence était total, mais soudain une voix familière m'a fait monter instantanément les larmes aux yeux : cette voix basse, aux inflexions chantantes, c'était celle de ma mère…

Elle s'approchait, je reconnaissais son beau visage devenu un masque depuis la mort de papa ; cette fois il n'était plus le même : apaisé, comme lissé, il exprimait un immense espoir. Elle s'est approchée davantage, si grande tout à coup. Elle a tendu la main… et je me suis sentie décoller. Ses yeux étaient à quelques centimètres des miens, pourtant ils ne semblaient pas me voir. Sa voix était lasse, mais empreinte de cette intransigeance qu'elle manifestait parfois…

— Le temps est venu que je me débarrasse de vous. Je dois reprendre le cours de ma vie et vous êtes un obstacle…

J'ai senti confusément sa chaleur, tenté en vain de la toucher. Mon regard s'est porté sur sa main, qui tenait l'Ours d'or, et j'ai réalisé où je me trouvais : coincée – par quel prodige ? – parmi les multiples fentes provoquées dans le métal par la compression du César. Ma mère a ouvert la fenêtre et j'ai entendu le bruit des voitures, beaucoup plus bas, dans la rue…

— Adieu…

J'ai compris alors ce qu'elle allait faire ; jeter du sixième étage les récompenses obtenues avec mon père. Liquider le passé pour s'offrir un avenir, me faire disparaître, moi, coincée dans cette vie d'avant, entre les arêtes de métal. Je me suis mise à hurler.

Je n'étais pas la seule : autour de moi, plusieurs personnes – des hommes en costume, des femmes en tailleur, avec des talons vertigineux – criaient. Beaucoup pleuraient en parlant au téléphone ou envoyaient frénétiquement des SMS ; d'autres, à genoux, priaient Dieu dans plusieurs langues, mais la plupart en anglais… Des bras se sont refermés sur moi.

— Ma chérie…

Cette odeur de vanille et de lavande… Je me suis retournée ; à nouveau, j'ai éclaté en sanglots. Celui qui m'étreignait ainsi, c'était mon père…

— Je crois qu'on va tirer le rideau, ma beauté, m'a-t-il murmuré alors qu'autour de nous des pans entiers de murs s'effondraient dans les hurlements et qu'une odeur écœurante de mazout envahissait mes narines.

— Papa !

— Je sais. J'ai peur, moi aussi. Je t'aime. Ton frère et toi, vous êtes ma plus grande fierté, mon plus beau film… J'ai essayé d'appeler ta mère, mais les réseaux sont saturés. Tu lui diras ? Tu lui diras que je l'ai aimée comme un fou, qu'elle était la femme de ma vie ?

Autour de nous, une fumée épaisse rendait l'air difficilement respirable. Mon père s'est mis à tousser avant de reprendre son souffle.

— Je vais te sauver, Faustine...

Tout en parlant, il m'entraînait vers les immenses vitres, en partie explosées, qui composaient un mur entier de ce qui avait dû être un bureau. À quelques centaines de mètres, la tour nord du World Trade Center offrait à nos regards horrifiés une entaille béante s'ouvrait dans son flanc. Mon père me tirait toujours par le bras : soudain, j'ai compris...

— Non ! Nooooon !

— Il le faut, Faustine. Fais-moi confiance. Il est hors de question que tu attendes la mort dans cet enfer...

— Papa ! Non ! Lâche-moi !

Mais déjà nous étions tout près de la fenêtre. En baissant les yeux, je pouvais voir les rues et les minuscules silhouettes de ceux qui assistaient, impuissants, à notre agonie. J'ai agrippé mon père de toutes mes forces...

— Papa ! Non, je t'en supplie...

— Faustine ! (Il hurlait à présent.) Je ne veux pas que tu souffres ! La mort sera lente, ici, et elle sera horrible. Je t'aime et je ne veux pas de ça pour toi. Tu vas t'envoler, mon ange, et ce sera fini...

Tout en parlant, il m'avait forcée à enjamber la croisée. Mes pieds reposaient sur un minuscule parapet de béton. Je me suis tournée vers lui et lui ai souri.

— Papa ? Je t'aime aussi. Je t'aimerai toujours.

Lorsqu'il m'a serrée contre lui, j'ai senti ses larmes mouiller le haut de mon crâne et je l'ai entendu murmurer :

— Tu leur diras ? N'oublie pas…

Alors j'ai senti une poussée dans le bas de mes reins, et j'ai basculé vers l'avant.

Le vent, de plus en plus fort à mes oreilles, le froid, la peur surtout, mon hurlement, puis une étrange torpeur, mon corps tout entier qui se détend, le sol qui se rapproche, la fin bientôt, la fin sûrement, papa, oh pourquoi ? Sasha, maman, maman, sauve-moi, attrape-moi avant que je m'écrase, avant que mon crâne, que mon squelette, que mon cerveau explosent, que mon sang gicle partout, que mes entrailles se répandent, d'autres corps autour de moi qui tombent, les cris des vivants, cloués au sol, moi je suis déjà morte, ce n'est qu'une question de secondes, un fragment de seconde…

— Faustine ? Faustine, réveille-toi !

J'ai émergé. J'ai entrouvert un œil, le second. Je reconnaissais l'infirmerie où nous autres, les varappeurs, venions chaque semaine au moins pour un bobo. À côté de mon lit, la tignasse d'Anna. Et tout m'est revenu d'un coup.

— Il s'est jeté, hein ?

— Faustine ! Mais…

Je l'ai interrompue, folle de rage.

— Papa ! Il s'est jeté de la tour sud. Et toi, tu le savais, je ne sais pas pourquoi, mais je suis sûre que tu savais…

Je l'ai vue passer une main sur son visage, qui s'est affaissé d'un seul coup.

— Comment… et toi, qui te l'a dit ?

Qui me l'avait dit ? Personne. Personne, sinon cette suite de cauchemars affreux, la trace laissée dans mon corps par la certitude de ma mort, l'impression d'avoir été battue, l'odeur de cendres et de mazout, les gens en prière autour de moi… Personne, mais je savais. Et Anna venait de me confirmer que j'avais raison…

— Oui. Il s'est jeté.

— Raconte, lui ai-je dit d'un ton pressant. Raconte-moi tout…

À la fin du mois d'août, quelques jours avant sa mort, ma mère était venue trouver Anna. Elle savait que sa sœur se rendait à New York pour rencontrer un nouvel agent qui devait donner un élan décisif à la distribution de ses romans aux États-Unis…

— Tu te rends compte de l'ironie ? Après le 11 septembre, on a cru que le monde serait différent, mais en fait il a continué sa course folle. Pour vous, New York c'était avant tout la disparition de votre père. Pour moi aussi, bien sûr, mais c'était également la promesse de me faire un nom… Bref. Ta mère est venue me demander de rencontrer quelqu'un là-bas, quelqu'un qui devait me remettre un paquet pour elle. Si j'avais su…

Une nouvelle fois, Anna a passé une main sur son visage. Sa voix tremblait lorsqu'elle a repris :

— En fait, je n'ai jamais vu ce contact. Un soir, à la réception de mon hôtel, il y avait un mot à mon nom, accompagné d'une enveloppe. Le mot me disait simplement de remettre l'enveloppe à Emma, sans l'ouvrir.

— C'était quoi ?

J'avais envie qu'elle me le dise mais, en même temps, une angoisse sourde montait en moi.

— Je ne l'ai su qu'après, après... la mort de ta mère. J'ai reçu une lettre d'elle, via son notaire, je te l'ai déjà dit. Mais je ne t'ai pas tout dit... Avec, il y avait l'enveloppe. Je l'ai reconnue tout de suite. Dedans, une clé USB... avec une vidéo. Dans sa lettre, Emma m'expliquait ce qui s'y trouvait et me disait que je n'étais pas obligée de la regarder. Mais que cette vidéo était l'explication de son geste.

Anna avait maintenant les larmes aux yeux, et moi je baissais la tête : je devinais bien ce qu'il y avait sur cette maudite clé...

— Le cabinet d'avocats où ton père avait rendez-vous avait pour habitude d'enregistrer chaque entretien avec les clients, mais aussi tout ce qui se passait dans leurs locaux. Les vidéos étaient stockées sur leur système interne et, pour plus de sûreté, envoyées en temps réel à une société spécialisée dans la sauvegarde de données. C'est ainsi que ta mère a pu voir les derniers instants de Paul. Je ne sais pas comment elle a su que cette vidéo existait, ni comment elle s'est débrouillée pour en récupérer une copie.

— Tu l'as visionnée, toi ?

Ma voix s'était brisée.

— Non ! Je n'aurais jamais pu... Mais ta mère l'a fait, elle, des dizaines de fois, si j'en crois sa lettre.

— Qu'est-ce qu'on voit ?

— Faustine ! Je ne suis pas sûre...

— Trop tard ! Tu m'en as trop dit !

Elle a soupiré.

— Je peux juste te dire que Paul a repéré la caméra. Il a dû se dire que quelqu'un, quelque part, devait voir ce qui se passait dans la tour sud, et il vous a envoyé son dernier message…

Oh oui, j'entendais sa voix. « Je t'ai aimé comme un fou, Emma, tu étais la femme de ma vie… Sasha, Faustine, vous êtes ma plus grande fierté… » Oh oui, j'avais entendu tout cela… Il a juste oublié que la caméra tournait pendant qu'il faisait ses adieux à la vie, assis sur le bord de la fenêtre à plusieurs centaines de mètres du sol, et il pensait sans doute que la chaleur entraînerait la déconnection du système, et que jamais maman ne verrait le moment où il sourit une dernière fois avant de se jeter dans le vide…

— Ta mère n'aurait jamais dû avoir cette vidéo entre les mains, jamais ! Et moi… Bon Dieu, Faustine, elle s'est tuée quelques jours après et depuis, je me dis que c'est ma faute. Que si elle n'avait pas reçu cette saloperie de film, elle serait peut-être encore là…

J'ai sorti une main de sous mes draps et agrippé ses doigts. J'aurais voulu lui affirmer le contraire, mais en étais-je vraiment sûre ? Notre entretien silencieux a été interrompu par l'arrivée de l'infirmière, dont le physique de catcheuse et la voix rauque faisaient beaucoup pour la guérison des élèves – personne n'avait envie de rester trop longtemps à sa merci.

— Alors ? Réveillée ? On vous a trouvée à moitié dans les vapes, en train de vomir dans les platesbandes. Z'êtes enceinte ?

Je me suis sentie rougir, tandis qu'Anna, je le voyais bien, était muette de stupéfaction incrédule.

— Euh… non. C'est même le contraire, euh…

J'ai improvisé, sinon elle ne m'aurait jamais lâchée.

— J'ai mes règles en ce moment.

— Ah ? Bon. Je vous l'avais bien dit, a-t-elle ajouté en se tournant vers ma tante. Fallait pas vous en faire. À cet âge-là, elles sont toutes à moitié hystériques.

Le matin de l'enterrement de Gilles a fini par arriver. Mélancoliquement, j'ai ouvert ma valise et pris ce que j'avais de plus ressemblant à des vêtements corrects pour une cérémonie funèbre : jean et sweat noirs. Je refusais d'enfiler pour Gilles la robe que je portais pour l'enterrement de ma mère, même si Anna m'avait suggéré de la mettre dans ma valise.

Devant l'école, une noria de bus nous attendait, portant tous sur le coin de leur pare-brise une énorme cocarde noire.

— Grotesque, non ? m'a demandé Simon alors que nous attendions, troupeau sombre, dans la cour.

— Tu l'as dit. Les trois quarts des élèves ne connaissaient même pas Gilles…

— Ah, tu es là ! a pépié Elsa qui venait de nous rejoindre. Viens, les profs te cherchent ! C'est toi qui mènes la délégation…

— Qu'est-ce que c'est que cette connerie ? ai-je fait en me tournant vers Simon.

— Ben… (Il a regardé ses pieds avant de relever la tête.) En tant que capitaine, tu vas devoir porter le drapeau de l'école à l'église, je crois.

— Hein ? !

— Bon, t'inquiète. On sera juste derrière toi, je veux dire, les élèves du Challenge…

Effectivement, un groupe de profs solennels s'est approché pour me remettre, non moins solennellement, un drapeau géant aux armes de l'école. Vraiment pratique pour monter dans le bus…

— Piquet. Ça te va bien, m'a chuchoté Elzbieta en passant près de moi, collée par Sasha.

J'ai détourné la tête. Les voir ensemble me rappelait l'image de leurs corps nus dans mon cauchemar… Des souvenirs encore trop vifs pour que je puisse regarder mon frère sans rougir.

À l'église, une foule impressionnante était déjà rassemblée lorsque nos bus se sont garés. Suivant les instructions, j'ai empoigné mon drapeau, immédiatement mitraillée par trois ou quatre photographes. Je devais vraiment avoir l'air d'une buse, d'autant que derrière moi les élèves sélectionnées pour le Challenge se rangeaient sagement, varappeurs en tête… Dès que notre formation a été complète, j'ai commencé à marcher vers l'entrée et la foule s'est écartée devant nous.

— Moïse et le peuple fendant les eaux, s'est marré Simon dans mon dos.

— La ferme ! ai-je sifflé entre mes dents. Si tu crois que c'est facile…

Heureusement, un autre événement a détourné l'attention générale de ma personne : remontant l'allée menant au parvis de l'église, une limousine d'une étrange couleur verdâtre venait d'apparaître. Et mon cœur a fait un bond.

— Qu'est-ce que c'est que ce truc ? a marmonné Simon.

Nous avons dû nous ranger pour laisser passer le véhicule. Moi, je savais : je l'avais déjà vue… En plein jour, j'ai mesuré la longueur incongrue de la carrosserie avant de réaliser, dans un nouveau sursaut intérieur, qu'Andrea n'était pas seul : toute sa famille serait là. Sinon, quel intérêt de sortir un engin pareil ? J'ai jeté un coup d'œil sur ma tenue, imaginé mes traits tirés, mon air grotesque avec mon drapeau, et secoué la tête… Tu parles d'une première impression ! Puis je me suis souvenue que notre dernière entrevue ne s'était pas exactement bien passée. Andrea et moi, cela voulait-il dire encore quelque chose ?

La limousine continuait sa progression. De tous côtés, j'entendais le nom de Salvaggi, porté vers moi par les chuchotements de la foule.

— C'est Andrea, là-dedans ? Ben dis donc ! Je savais que sa famille était riche, mais pas à ce point, a murmuré Gaëlle, pendue au bras de Simon.

Honnêtement, il y avait de quoi être soufflé. La limousine s'était garée juste en face du perron. Jaillissant de son siège, le chauffeur a rajusté ses gants avant de marcher jusqu'à la portière qui semblait à des kilomètres, puis il a saisi la poignée avant de l'ouvrir dans une révérence bien huilée. Devant mes yeux ébahis, j'ai d'abord vu sortir Mehiel, suivi de l'ado que j'avais aperçu à la villa, vêtu comme lui d'un costume noir très ajusté, très *italian touch*, d'une cravate et d'un borsalino sombres. Ensuite – et là, mon cœur s'est emballé – Andrea a fait son apparition, beau à tomber dans la soie noire sous laquelle se devinait son corps musclé.

Il s'est penché pour offrir son bras à une vieille dame qui disparaissait sous une immense capeline enrubannée de tulle noir. Puis une version plus âgée d'Andrea est sortie de la limo et a également offert son bras à une femme très mince, comme sculptée dans un fourreau, dont le visage était à demi caché par une voilette simplement piquée dans un lourd chignon de cheveux ébène. J'ai réalisé qu'il s'agissait sûrement des parents d'Andrea. Un autre couple a fait son apparition : un homme très corpulent, suivi d'une petite fille de cinq ans environ, qui tenait un lapin blanc dans ses bras.

— Ben mon vieux, a fait Simon dans un souffle. Un mix entre les Soprano et la Famille Addams…

— Oui. Et Alice pour la petite dernière, a ajouté Gaëlle.

Moi, je ne disais rien, accablée de tristesse et de doutes : pas une fois le regard d'Andrea ne m'avait cherchée. J'étais pourtant bien visible sous mon drapeau en berne.

La cérémonie m'a semblé durer des heures. Dans un interminable défilé, des types inconnus, d'anciennes gloires de l'escalade, des mécènes de l'école y sont allés de leur petit laïus, glorifiant l'incroyable carrière de Gilles, ses splendides qualités sportives, son leadership qui avait permis à Mont Angèle de former une cohorte de grimpeurs d'exception. Un gars nous a même gratifiés d'un discours sur « l'humanité incroyable » et « l'empathie immédiate de Patrick Gilles envers les jeunes ». Il n'avait pas dû lui parler plus de cinq minutes, et certainement jamais vu en action pendant l'un de ses cours.

Non, cette cérémonie n'aurait pas dû laisser en moi la moindre trace, sinon le visage ravagé de la directrice – le visage que je connaissais trop, celui des êtres brisés par la mort d'un proche. Mais à la sortie de l'église, alors qu'il était prévu que nous rentrerions tranquillement pour buller un dernier week-end à l'école avant la reprise des cours, une silhouette a traversé les rangs des élèves pour venir se planter devant moi, me barrant le passage. Celle d'une dame que je devinais âgée, mais dont le visage restait invisible sous une capeline et des flots de tulle. Elle m'a fixée une longue minute puis, de sa main gantée, elle a pris la mienne et s'est attardée sur ma paume. Dans le silence qui s'était fait autour de nous – j'étais moi-même trop interloquée pour réagir – elle a prononcé ces mots étranges :

— Moi, je sais ce qui t'attend ! Mais toi, le veux-tu ?

Stupéfaite, je ne savais que faire, ce qu'elle attendait de moi… Andrea ! Lui seul pouvait me tirer de ce mauvais pas. Mais c'est Mehiel qui a fait son apparition. Il a posé gentiment sa main sur le bras de la vieille dame, pour l'entraîner.

— Allons, Tante Cass', viens.

À deux mètres de moi, il a pivoté sur ses talons, touché du bout des doigts son chapeau – le même geste que lorsqu'il était à cheval – et m'a dit simplement :

— À très bientôt !

Quelques secondes plus tard, la limousine avait disparu. J'avais au creux du ventre une boule de tristesse et de colère, causée par le silence d'Andrea et par ces paroles inexplicables. Sur le chemin du retour, douchés par mon air sombre, aucun de mes amis n'est venu s'asseoir à mes côtés. Le siège vide près de moi était un constant rappel de ma solitude. Quand tout cela finirait-il ?

Les réponses sont venues très vite. Le soir même, devrais-je dire. Encore bouleversée par cette « rencontre » avec la famille d'Andrea, choquée par son attitude distante, par le souvenir des paroles de la vieille dame, de sa voix bizarrement fluette, fêlée, j'avais décidé de réagir et de jouer les clowns à la table des Proscrits pour dissiper mon malaise. Le cerveau en chute libre, j'ai attaqué Richard avec des boules de mie de pain, appris des rudiments de japonais avec Sumi en imitant un pseudo accent nippon récupéré dans des restaurants de sushis à Paris (elle était morte de rire), échangé des potins avec Elsa qui scannait impitoyablement chaque fille sortant des toilettes… Bref, ce qui aurait pu être ma vie si Andrea ne s'en était pas mêlé. Nous avons enchaîné en traînant dans le hall pour empêcher Cora, qui avait décidé pour de bon de perdre quelques kilos, de s'approcher du distributeur de bonbons et de perdre ainsi le bénéfice de son repas : légumes vapeur et grillade sans sauce.

J'étais en mode « je passe une bonne soirée sans me prendre la tête » quand Vanessa, le souffre-douleur anorexique, est arrivée. Elle nous a toisés, une imitation peu convaincante du mépris elzbietien qui nous a fait pouffer de rire, puis m'a pointée de son long index tout sec :

— Toi ! Y a une fille trop zarbi dans la chambre qui t'attend, et elle gêne Elzbieta qui voudrait bien se reposer…

Je me suis levée.

— Euh… T'as craqué ? Toutes les personnes zarbes que je connais sont là. (Je désignais les Proscrits, sourires aux lèvres.) Bon si je te compte pas, ni Elzbieta, bien sûr…

Elle a eu l'air de réfléchir – elle tentait sans doute de comprendre ma vanne – tandis qu'Elsa, tournicotant un doigt sur sa tempe, mimait un mécanisme un peu lent.

— Eh bien, si ! a-t-elle fini par sortir d'un air triomphant. Une fille vraiment TRÈS bizarre, et Elzbieta ne sait pas quoi faire avec elle…

— Bon, je vais voir ça et je reviens, ai-je lancé à mes copains.

La porte de notre chambre était largement ouverte. La première chose que j'ai vue, c'est Elzbieta, calée dans un coin de son lit comme s'il y avait un rat dans la pièce. Quelqu'un s'est levé, une grande fille aux longs cheveux blonds presque blancs, vêtue d'un slim et d'un énorme pull irlandais qui n'arrivait pas à dissimuler sa minceur. Il m'a fallu quelques secondes, mais avec un coup au cœur j'ai reconnu…

— Mehiel ! Mais…

— Merci pour l'accueil, m'a-t-il coupé d'une voix plus aiguë que d'ordinaire en se tournant d'un air narquois vers Elzbieta. C'était super. Je reviendrai…

Il m'a prise par le coude et m'a entraînée dans le couloir. De près, je voyais le mascara et le khôl dont ses yeux vides étaient laqués, et même les minuscules diamants qui ornaient ses oreilles. Sans un mot, il m'a emmenée en direction de la sortie de secours.

— Euh… On va où, là ?

Il s'est arrêté sur la première marche de l'escalier de secours qui menait à l'arrière du bâtiment, dans la cour de l'école.

— C'est l'heure, Faustine, m'a-t-il dit doucement. Tu vas rencontrer notre famille…

Alors ça, c'était le comble !

— Non ! C'est Andrea qui doit m'y emmener, pas toi !

— Oh, Andrea ?

Il avait le même ton narquois qu'un peu plus tôt, avec Elzbieta.

— Je crains qu'il ne soit pas trop en état en ce moment…

La peur, à nouveau…

— Qu'est-ce qu'il a ? Il est malade ? Il a eu un accident ?

— Certes non ! a répondu Mehiel, impatient. Disons qu'il n'a pas pu venir et qu'il m'a envoyé pour te chercher, c'est tout…

— Et pourquoi je te croirais ?

— Parce que…

Il a glissé une main dans la poche arrière de son jean.

— Parce que j'ai ça…

Au bout de ses doigts, j'ai reconnu le lien de cuir au bout duquel oscillait la moitié du pendentif qu'Andrea avait brisé devant mes yeux.

— Alors…

Par réflexe, j'ai posé ma main entre mes seins, là où reposait « mon » fragment de médaillon. J'ai fixé Mehiel. « Faire confiance à celui qui aura la moitié du médaillon, quel qu'il soit », m'avait dit Andrea.

— OK. On y va.

En bas, Mehiel a ouvert la lourde porte coupe-feu comme si elle était en papier et j'ai découvert l'engin qui allait nous emmener : une moto. Profilée comme le nez d'un avion de chasse, un moteur énorme, visiblement taillée pour la grande vitesse…

— Oh non…

Sans un mot, il a pris un des vêtements posés sur le siège et me l'a lancé : une veste en cuir, rembourrée de partout. Il a enfilé la sienne, puis m'a tendu un casque intégral, noir, et des gants.

— Cela va aller très vite. Même si cela ne t'enchante pas (il m'a lancé un regard ironique), la seule manière d'y arriver est que tu te colles à moi. Surtout dans les virages, car nous risquons de voir le bitume de près. Si tu as peur, ferme les yeux. Mets le casque, nous y allons…

— Je déteste déjà tout ce que tu viens de décrire, ai-je marmonné.

Mehiel a pris mes mains gantées et a calé mes bras autour de sa taille avant de démarrer l'engin. C'était tellement bruyant que la moitié des élèves n'allait pas tarder à débarquer sur le parking. Peut-être l'ont-ils fait, mais le temps qu'ils arrivent, nous étions déjà loin…

Car Mehiel avait raison : ça allait vite, très vite. Nous avons avalé la route en lacet qui menait à l'école en quelques secondes. Mais ce que je n'avais pas imaginé, c'est à quel point j'adorerais ça… Soudée à Mehiel, je sentais chaque virage, chaque pointe de vitesse, chaque décélération au creux de mon ventre. Une ascension en solo, à mains nues, à plusieurs centaines de mètres du sol (la spécialité de Gilles pendant des années), ça devait être aussi bon… Oh oui, je les comprenais, tous ces casse-cou : flirter avec la mort, la tutoyer, la défier, c'était ça le grand frisson.

Ces sensations grisantes avaient au moins eu le mérite d'annihiler toutes prémices de pensée, mais lorsque j'ai reconnu le surplomb au-dessus du lac et, en bas, le halo lumineux signalant la villa des Salvaggi, la vérité m'a lézardé le cœur. Ce soir, j'allais enfin savoir… Et d'abord comprendre pourquoi c'était Mehiel, et non Andrea, qui était venu me chercher pour ce qui m'apparaissait désormais comme le rendez-vous le plus important de toute mon existence. Nous sommes arrivés devant la villa ; instantanément, l'angoisse est revenue. Même *L'Homme qui marche* semblait vouloir fuir.

Mehiel a stoppé son engin et m'a aidée à me débarrasser de mon accoutrement de motarde. Dire que la première fois que je l'avais vu, j'étais persuadée qu'il s'agissait d'une fille, et pas n'importe laquelle : la copine d'Andrea ! Et voilà qu'aujourd'hui, c'était Mehiel qui me menait à lui. Il m'a soudain saisi le bras.

— Un mot. Un seul, et je te ramène à Mont Angèle. Il n'est pas trop tard !

Je n'ai même pas répondu. En soupirant, il a poussé l'énorme porte et s'est effacé pour me laisser passer.

La pièce pavée de noir et blanc m'a paru aussi étrange que lorsque je l'avais découverte, mais à cette étrangeté se mêlait une appréhension de plus en plus forte… Nous avons monté l'étrange escalier hélicoïdal et débouché à l'étage. C'était une galerie, dans tous les sens du terme. Tous les cinq mètres à peu près, deux portraits accolés étaient suspendus. J'ai dépassé les premiers portraits sans y prendre garde avant de remarquer que chaque paire représentait des jumeaux. Des visages presque semblables, des hommes aux traits fins, des femmes à l'allure décidée, dont seuls les costumes, les fards parfois indiquaient le sexe. La galerie comptait des dizaines et des dizaines de tableaux. Je me suis arrêtée devant deux portraits : l'un était celui d'un homme vêtu comme un lord, l'autre d'une jeune femme habillée d'un costume d'amazone, un chapeau posé sur son chignon. Leurs visages purs étaient si semblables que l'on ne pouvait s'empêcher d'y rechercher d'infimes différences : une ombre au-dessus de la lèvre pour lui, des cils chargés de maquillage pour elle… Un jeu auquel tout le monde avait joué autour de Sasha et moi.

Je me suis tournée vers Mehiel.

— Voilà ma famille. Fameux ancêtres ! a-t-il grincé.

— Alors… chez vous aussi ? Des jumeaux ?

— Hum… Si on veut !

Je l'ai suivi, passant sans m'arrêter devant de nouveaux portraits. Cette fois-ci, il ne s'agissait plus de tableaux à l'huile, mais de vieilles photographies, comme on en faisait avec ces appareils sur pied qui nécessitaient des temps de pose inimaginables aujourd'hui, à l'ère du numérique. Puis d'autres photos encore, plus récentes, aux couleurs un peu fanées… L'une d'elles représentait un jeune homme aux cheveux bruns savamment emmêlés dans un costume aux larges épaules. Cravate ajustée, chapeau assorti : une sorte de Franck Sinatra au faîte de sa gloire, flanqué d'une beauté brune au visage presque semblable sous ses cheveux mi-longs, à la taille de guêpe. J'ai stoppé net, suffoquée.

— Mais… c'est Andrea ! Pourquoi il est habillé comme ça ? Et elle, qui est-ce ? Sa sœur ? Pourquoi je ne l'ai jamais vue ?

— Allons, mademoiselle…

Venait de surgir derrière nous l'imposante silhouette du gros bonhomme qui accompagnait la petite fille au lapin. De près, il semblait encore plus énorme, mais bizarrement chaleureux. Comme un éléphant dans un zoo, je dirais…

— Monsieur, a-t-il poursuivi en regardant Mehiel, mademoiselle et vous-même êtes attendus au salon.

Il m'a souri avant de nous laisser.

Le « salon » était une pièce aux dimensions plus humaines que l'immense hall. Cuirassé de vieux livres comme il se doit, avec la cheminée réglementaire... mais pas de tableaux aux cadres dorés sur les murs. Seulement la photographie monumentale, en noir et blanc, d'un homme en équilibre sur un fil tendu entre deux buildings. Une photo si belle que mon regard s'est scotché dessus...

— Magnifique, n'est-ce pas ?

J'ai sursauté et me suis retournée d'un coup. Debout à côté d'un immense canapé bas, un homme me regardait en souriant. Grand, mince, élégant, des cheveux noirs et des yeux bleus, presque violets... Pas de doute : j'étais face au père d'Andrea.

Son regard était incroyablement hypnotique ; peut-être m'y serais-je laissé prendre si je n'avais eu le temps de m'habituer à cette sensation, à force de me noyer dans les yeux de son fils.

— Il s'agit d'un *performer* français. Un funambule incroyable qui s'appelle Philippe Petit. Il a passé sa vie à créer ses extraordinaires instants de beauté et de mort, à cheminer sur son fil, à risquer son existence à chaque pas. Ce que nous faisons tous dès notre premier cri, n'est-ce pas ? Mais lui, il nous montre notre condition, dans toute sa cruauté et sa noblesse... ou son absurdité, à vous de voir. Cette photographie a été prise par mon épouse. Elle a réussi à saisir l'intensité de son regard alors qu'il progresse entre les deux tours du World Trade Center. C'est étrange de penser que cet homme vit encore, mais que les tours ont disparu...

J'ai sursauté à l'évocation des tours jumelles. Comme s'il avait senti mon émotion, Mehiel a pris la parole.

— Hum, oncle Belà. Faustine n'est pas…

— Mon Dieu, je vous prie de m'excuser… Certainement, vous n'êtes pas ici pour entendre parler photographie. Pardonnez ma nervosité, Faustine, je… Vous permettez que je vous appelle ainsi, n'est-ce pas ? Vous allez comprendre. Mon épouse ne devrait pas tarder, elle est… au chevet d'Andrea…

Déjà mis à la torture, mon cœur a eu un nouveau sursaut.

— Il va bien ?

— Oui, il est… un peu indisposé, mais cela n'est pas… Ah, voici ma femme !

Avec un soulagement visible, il s'est tourné vers la porte restée ouverte. Dans l'encadrement, est apparue la mère d'Andrea.

Comme tous les Salvaggi, elle possédait une présence magnétique qui venait souligner sa beauté singulière. Sa silhouette réussissait le prodige d'être à la fois mince et voluptueuse ; son visage un peu long, au teint pâle, aux lèvres pleines trahissait son origine italienne, tout comme ses cheveux lisses, ramenés sur une épaule, évoquant un flot d'encre de Chine. Son regard était brouillé par des larmes récentes, ce qui a achevé de me bouleverser.

— *Grazie* ! Vous êtes venue…

— *Cara*…

Le père d'Andrea s'est avancé, a caressé son visage, puis ils m'ont fixée..

— Faustine, je vous présente Nicola, mon épouse et la mère d'Andrea.

— Bonsoir, ai-je réussi à bredouiller. Je suis… euh… ravie de vous connaître enfin. Mais j'avais toujours espéré que ce serait Andrea qui me présenterait à vous. Je…

Je me suis tournée vers Mehiel, quêtant un encouragement. Je sentais confusément qu'il serait un allié pour moi. Après tout, même s'il me mettait toujours un peu mal à l'aise, Andrea lui avait fait confiance !

Je me suis jetée à l'eau.

— Cela fait des jours qu'il ne m'a pas parlé, et maintenant je crois comprendre qu'il ne va pas bien. Qu'est-ce qu'il a ? Où est-il ?

— Faustine…

La voix de la mère d'Andrea était rauque, mélodieuse cependant, mais tremblante.

— Nicola, assieds-toi ! a repris le père d'Andrea en désignant le canapé bas.

Visiblement, voir sa femme au bord des larmes lui avait donné la force de se ressaisir.

— Faustine, je vous en prie, venez nous rejoindre. Il est temps que vous compreniez enfin qui nous sommes et que vous preniez vos décisions en connaissance de cause. Ne vous en faites pas pour Andrea. Vous pourrez sans doute le voir. Bientôt. Plus tard…

— Tu as raison, a poursuivi sa femme après avoir tamponné ses yeux et s'être assise. Faustine, mon fils vous a donné la moitié d'un médaillon. Pouvez-vous nous le montrer ?

J'ai passé par-dessus ma tête le lacet de cuir où j'avais accroché le morceau de métal. La perspective de revoir Andrea m'avait redonné confiance, à moi aussi, et j'avais maintenant hâte de savoir la vérité sur cette étrange famille et le rôle que je devais jouer. Mehiel s'est approché, a pris doucement au creux de ma main la moitié de médaillon et a sorti de sa poche l'autre partie du bijou. Il a joint les deux moitiés qui, avec un petit claquement sec, se sont unies : le médaillon qu'il a brandi semblait n'avoir jamais été brisé. Puis il me l'a rendu.

— Regardez-le bien, Faustine, m'a conseillé Nicola.

J'ai examiné le médaillon. Dans les entrelacs de métal, le nom de Salmacis était à présent bien lisible. Le demi-cercle portant une croix minuscule que j'avais contemplée durant des heures avait rejoint son quasi semblable : au centre du médaillon, il y avait à présent un cercle parfait. À son sommet, une pointe de flèche ; en dessous, la croix. J'avais déjà vu ce signe lors de mes recherches sur Internet et je craignais de comprendre…

— Le symbole que vous voyez est le nôtre, a repris Nicola d'une voix tendue qui est venue confirmer ce que je redoutais d'entendre. L'emblème des Salvaggi, les héritiers de Salmacis… Celui des êtres doubles, des hermaphrodites.

Il en va ainsi des révélations : elles produisent rarement du bonheur. Plutôt une dévastation à la mesure de l'attente qu'elles ont suscitée, je dirais. En entendant ce mot, j'ai été profondément choquée. Je me suis rappelé en vrac la statue du Louvre, Ovide, puis s'est imposée à moi la vision de l'horrible moulage en cire sur l'ordinateur de Sumi… J'étais au bord du malaise ; Mehiel s'est précipité vers moi.

— Peut-être êtes-vous allée un peu vite, ma tante, a-t-il grondé. Vous savez pourtant comme cela est terrible d'entendre notre histoire la première fois.

— Crois-tu que je l'ignore ? a-t-elle rétorqué alors que je tentais de me reprendre. Crois-tu que j'agirais de la sorte si le sort d'Andrea n'était pas en jeu ? Le temps presse !

— Mais Faustine a déjà vécu tant de tragédies ! s'est-il écrié. Andrea seul aurait pu le lui dire sans la blesser !

— Je t'en prie, n'accable pas mon fils ! Le Guide est mort si vite…

— Que voilà une piètre défense ! Andrea a su dès la première seconde que Faustine était son Élue. Pourquoi a-t-il tant attendu ? Que n'a-t-il eu davantage de courage ?

Le tourbillon de leurs voix, le regard perdu du père d'Andrea, les larmes dans les yeux de sa mère, la colère inattendue de Mehiel, tout cela se transformait dans mon crâne en un dangereux maelström. Et puis… son « Élue » ? Qu'est-ce que ça signifiait ?

— Cessez !

J'ai relevé la tête tandis qu'un subit silence remplaçait le tumulte des voix.

— N'avez-vous pas honte ?

Devant moi se tenait la vieille dame. Celle qui avait pris ma main à la sortie de l'église, celle qui avait eu pour moi des paroles prophétiques dont je commençais à entrevoir la portée… Sa voix claire, étonnante chez une dame si âgée, a eu l'effet d'un baume : le calme est revenu en moi.

— Tante Cass' ! a dit Mehiel.

Elle m'a regardée, m'a souri, m'a adressé un clin d'œil.

— Juste à temps, n'est-ce pas ?

Puis, se tournant vers Mehiel :

— Va demander à Héracle de nous préparer des cafés. Bien forts. Et un grand macchiato caramel pour cette magnifique jeune fille. Elle va en avoir besoin…

Étonnamment, la vue de cette chose si banale – un plateau chargé de tasses, d'une cafetière et d'une assiette de biscuits – a évacué mon indicible malaise. Je ne dirais pas que tout était revenu à la normale, mais l'apparence y était et, parfois, cela suffit.

Il fallait bien cela pour résister à ce qui allait suivre…

— Les Salvaggi sont une famille très ancienne, a commencé la vieille dame. Qui remonte à l'Antiquité, mais cela, tu l'avais deviné, a-t-elle ajouté chaleureusement. Tu permets que je te tutoie, au moins ?

— Euh… oui. Oui, bien sûr !

— Parfait. Appelle-moi Tante Cass', comme tout le monde. Ce n'est pas mon vrai nom, tu t'en doutes, mais toi aussi tu as du mal avec Faustine, je me trompe ? Bref. J'imagine aussi que tu as lu le mythe de Salmacis…

— Oui. Mais je n'ai pas compris. C'est une légende !

— Il aurait mieux valu ! C'est hélas une triste vérité. Oui, il fut un temps où les dieux se mêlaient de nos vies et où les humains savaient reconnaître le merveilleux lorsqu'ils l'avaient sous les yeux. Salmacis a existé, et laisse-moi te dire que c'était une belle feignasse.

— Cassandra ! a protesté la mère d'Andrea.

— Quoi, ma belle ? Ce n'est pas vrai peut-être ? Ce n'est pas à toi que je vais apprendre ce qu'en disait Ovide. Nulle à la chasse, pas trois sous de jugeote, uniquement occupée à ne rien faire de la sainte journée. Et Dieu sait que c'est long, l'éternité, quand on est immortelle !

Malgré moi, j'ai éclaté de rire. Le franc-parler de « Tante Cass' » était le meilleur remède à l'angoisse qui menaçait de m'engloutir à nouveau.

— Elle aurait pu s'en contenter et ne pas faire parler d'elle. Mais il a fallu qu'Hermaphrodite (j'ai sursauté en entendant le nom) aille s'aventurer près de son domaine, et surtout de son étang. Pas bien malin non plus, celui-là ; mais que veux-tu attendre d'un enfant né de la liaison d'un frère et d'une sœur ?

— Voyons, Cassandra ! l'a à nouveau interrompue Nicola.

— Tatata, je sais ce que je dis. Là…

La voix de la vieille dame, si enjouée jusque là, est devenue plus grave.

— Tout ce que tu as pu lire sur l'agression dont a été victime Hermaphrodite est vrai. C'était un jeune homme si beau qu'elle n'a pas pu y résister, toute naïade qu'elle était. Lui a tenté de s'enfuir. Mais quelle idée ensuite de la croire partie pour de bon et d'aller se baigner, justement dans son étang ? Il était cuit !

— Ce que veut dire notre tante, m'a expliqué Nicola, c'est qu'alors la Destinée était inévitable. Et celle de ces deux êtres était de ne faire qu'un…

— Lorsqu'elle a supplié les dieux de l'unir à Hermaphrodite pour l'éternité, ils l'ont prise au mot, a renchéri son mari. Sans se soucier de ce qu'il souhaitait, lui…

— Mais ce que ne dit pas la légende, c'est qu'en se fondant ainsi l'un dans l'autre, ils ont enfanté le tout premier héritier de Salmacis.

— Et c'est ainsi qu'est née notre famille de monstres !

Le ton de Mehiel était amer, dissipant d'un seul coup la joie forcée que les propos de sa tante avaient réussi à créer.

— C'est vrai. Nous sommes des monstres, a soufflé Nicola après un silence. Tellement anormaux que les mythes ont préféré nous oublier.

— Ce premier enfant était un garçon, a repris Tante Cass'. Élevé comme tel par son unique parent. Mais, devenu adolescent, il a commencé à se transformer. Et en quelques mois, il avait totalement changé d'apparence et de sexe. Et ce phénomène s'est reproduit plusieurs fois. Les conditions de sa naissance étaient tragiques, il était dit que sa vie le serait tout autant.

Clouée sur mon coin de canapé, j'étais abasourdie. Ce que j'entendais était irréel ; mais la gravité des visages qui m'entouraient hurlait qu'il s'agissait de l'absurde vérité. Je comprenais l'ambiguïté du visage de

Mehiel ou d'Andrea, je cherchais dans les traits de Nicola un reste de virilité…

— Alors cela veut dire… ai-je bredouillé d'une voix lamentable, au bord des larmes. Cela veut dire qu'Andrea lui aussi est… comme ça ?

Nicola a baissé la tête tandis que son mari prenait à nouveau sa main.

— Une fois homme, une fois femme. Abandonner à chaque fois les attributs de son sexe, les pensées, les amitiés. Dompter ses désirs et prier pour que cela cesse, a sifflé Mehiel d'une voix cinglante mais chargée de souffrance.

— Car cela peut cesser, a repris Nicola en me fixant. Et c'est pourquoi nous prenons le risque de vous raconter tout cela… Descendant des dieux, les Salvaggi ont une chance dans leur malheur : le temps. Nous avons largement plus que la durée d'une vie humaine pour trouver notre âme sœur, l'élue qui mettra fin à la malédiction.

Une nouvelle fois, mon ventre s'est tordu.

— Oui, mon fils a déjà eu une longue vie. Il n'a pas toujours été tel que vous le connaissez maintenant. Mais il a enfin une chance de devenir celui qu'il était destiné à être lorsque je l'ai mis au monde.

— Cette chance, c'est peut-être vous, a conclu le père d'Andrea avec douceur.

Il s'est penché vers sa femme, a posé un baiser sur sa tempe, puis a repris :

— Lorsqu'un Salvaggi a l'intime conviction d'avoir enfin trouvé l'âme sœur et qu'il est sincèrement aimé, il cesse de se transformer. Il redevient… normal. Il abandonne tout ce qui a pu par le passé constituer ses identités et vit enfin pleinement sa vie avec la personne qu'il a choisie et qui l'a choisi en retour. Qu'il soit homme ou femme à ce moment-là de sa vie…

— Vous comprenez, Faustine, a repris Nicola d'une voix tendue. Si vous aimez Andrea comme il vous aime, si vous êtes destinés l'un à l'autre, si vous êtes son Élue, la malédiction cessera. Comme je l'ai vécu lorsque j'ai rencontré Belà. Si vous l'aimez, alors vous serez pleinement heureux ensemble…

— Mais je l'aime !

Cet aveu, que je n'avais pu faire à Andrea, voilà que je le hurlais au nez de sa famille. Si on m'avait dit cela, je serais morte de honte ; mais à cet instant, c'était la seule chose à faire. Et j'en étais, au contraire, étonnamment fière…

— Ceci est plus grave que tu ne crois, a murmuré Tante Cass'. Car si vous n'êtes pas destinés à vivre ensemble, malgré les sentiments que vous avez aujourd'hui l'un pour l'autre, Andrea sera condamné à n'être plus ni homme, ni femme. Un être privé de sexe et éternellement privé d'amour…

À mes côtés, j'ai vu Mehiel se raidir et détourner la tête. Cela voulait-il dire que… ?

— Quant à toi, a poursuivi la vieille dame d'une voix hachée, la sentence est malheureusement sans appel. Celui qui a prétendu au titre d'Élu et qui ne le mérite pas doit disparaître.

« Quelque chose de vital », m'avait dit Andrea. Ainsi, ce qui était en jeu était tout simplement… ma vie ?

— Alors si j'aime Andrea et qu'il m'aime, mais qu'en réalité cela n'est pas destiné à durer, cela veut dire…

— Que mon fils sera malheureux à jamais, a chuchoté Nicola dans un souffle.

— Et que tu mourras très vite, a martelé Tante Cass' en lui jetant un regard noir. Cela a toujours été et cela sera tant que dureront les Salvaggi.

Je croyais que cette phrase, cette sentence, comme l'avait si bien dit Cassandra, mettrait un terme aux récits tragiques que je venais d'entendre. Mais il était écrit que je devrais subir d'autres épreuves en cette soirée…

— Avez-vous récemment souffert de cauchemars ? m'a demandé doucement Belà. Pas durant votre sommeil, mais en pleine journée ? Des cauchemars qui prennent racine dans vos angoisses et vos terreurs les plus secrètes ?

J'ai levé les yeux vers lui, stupéfaite ; ainsi, cela aussi était prévu ?

— Oui… Cela fait plusieurs jours, mais rien que d'en parler je… Ça me mine encore…

Tante Cass' a hoché la tête, puis m'a pris la main.

— Cela signifie que le processus est en marche. Quand un Salvaggi pense avoir enfin rencontré son âme sœur, plusieurs signes le lui confirment ; les cauchemars qui affligent celui ou celle qu'il aime, la mort brutale de son mentor, que nous appelons le Guide, en sont les plus flagrants…

Le Guide ! Je comprenais mieux la fureur d'Andrea lorsqu'il avait appris la mort de Gilles, sans avoir eu le temps – ou le courage, comme l'en accusait Mehiel – de tout m'avouer…

— Alors, lorsque Patrick Gilles…

— Oui, tu as compris…

— À présent, nous devons te montrer quelque chose.

Toute la famille s'est levée d'un bond, comme soulagée de quitter le salon où résonnait encore l'écho lugubre de la malédiction des Salvaggi. Tante Cass' me tenait toujours la main, et elle ne l'a pas lâchée tandis que nous descendions les marches de l'escalier en forme d'hélice. Dire que je l'avais trouvé étrange ! Son dessin bizarre m'apparaissait désormais comme une des rares choses normales depuis que j'avais posé un pied dans cette maison. Je comprenais mieux que Mehiel ait cherché à me retenir…

Pas après pas, damier noir, damier blanc, nous nous sommes approchés du bassin. L'eau était noire, la surface à peine animée de la lueur lointaine des étoiles filtrant à travers la verrière.

— Ce bassin… disons que c'est la version moderne de l'étang de Carrie, alimenté par la source dont Salmacis était la naïade, a débuté Tante Cass'. Ne me demande pas comment ils ont fait, mais les ancêtres des Salvaggi ont pu conserver l'eau de cette source à travers les âges. L'eau que tu vois ici est la même que celle dans laquelle Hermaphrodite s'est baigné. Tu ne t'étonneras pas si je te dis qu'elle est restée étonnamment pure : ce soir, tu n'es plus à un prodige près…

Au centre du bassin, la bâche aimantait mon regard ; je me doutais bien que si nous étions venus, c'était précisément pour me dévoiler ce qu'elle dissimulait. Compte tenu de ce qui avait précédé, et de la poigne de Tante Cass' qui ne m'avait toujours pas lâchée, je me doutais aussi que cela n'allait pas me plaire, et je me suis raidie. Mehiel s'est penché pour saisir la corde retenant la bâche qui reposait sur le sol, près de la margelle du bassin.

— C'est impressionnant, mais nous sommes tous là pour vous, m'a chuchoté Belà. N'ayez pas peur…

Mehiel a tiré sur la corde, et la bâche s'est abattue d'un coup.

C'était bien une statue et je savais qui elle représentait : Hermaprodite. Mais rien à voir avec la version parisienne que j'avais vue cent fois au Louvre, reposant paisiblement. Ce que j'avais sous les yeux était tout simplement cauchemardesque. À demi dressée, la créature griffait violemment ses seins, ses ongles profondément enfoncés dans sa chair. Le sculpteur avait si bien représenté les sillons à la surface de la peau que j'en sentais presque la brûlure… Son visage, tordu d'angoisse, son regard surtout, fixé sur son sexe, reflétaient un désespoir sans rédemption possible. Elle était l'image de la souffrance, de la désolation. Sans prévenir, mes larmes ont commencé à couler.

— Voilà ce que nous vivons à chaque changement de genre, a murmuré Nicola. La perte irrémédiable de notre identité, encore et encore. L'incompréhension, le chagrin, le sentiment d'injustice. Et une douleur physique dont vos cauchemars vous ont donné un début d'idée.

— Mes cauchemars ? Qu'est-ce… ?

Cette fois, c'est Mehiel qui a pris la parole. Son visage était aussi amer que lorsque je l'avais rencontré la première fois. Et sa voix, effrayante d'ironie glacée.

— Si malgré tout l'amour que vous vous portez, Andrea et toi, malgré votre désir de chaque instant, malgré votre volonté farouche de vivre le restant de votre vie ensemble, tu n'es pas destinée à être son Élue, alors ces cauchemars seront tes bourreaux. Ils te tortureront jour après jour. Ils envahiront ton corps, profaneront ton esprit, feront vaciller ton âme jusqu'au moment où tu préféreras mettre fin à tes jours que de les supporter encore. Au cours des siècles, tu n'imagines pas les innombrables prétendants qui ont tenté de leur résister. Pas un n'a survécu…

Enfin ! Je comprenais l'implacable mécanisme des amours maudites auxquelles étaient condamnés les Salvaggi et tous ceux qui osaient franchir leur muraille de morgue et de beauté surnaturelle… Soit je repoussais Andrea, en brisant nos cœurs, soit j'allais vers lui en prenant le risque d'être rejetée, non par lui mais par une force supérieure qui rirait de nos efforts désespérés et prendrait plaisir à me voir souffrir jusqu'au jour où je me suiciderais, tandis qu'il serait condamné aux limbes d'une éternité privée de désir et d'amour…

— Tout amour est un pari, a murmuré Belà. Mais ici, ce sont vos vies qui en sont la mise.

J'ai fixé le visage torturé d'Hermaphrodite, sidérée, incapable de la moindre parole. Aussi silencieuse et tétanisée qu'après la mort de mes parents, avec une nuance de taille : j'étais seule. Sasha ne serait pas là pour m'épauler. Avec un nouveau sursaut de terreur, j'ai pris conscience que je devrais lui cacher l'insoutenable vérité, car il tuerait toute la famille Salvaggi de ses mains plutôt que de me voir risquer ma vie…

Oui, j'étais seule. Plus seule que jamais…

Venu silencieusement d'on ne sait où, l'énorme nounou a surgi devant nous et a murmuré quelque chose à l'oreille de Nicola, qui a souri. Pendant un instant fugace, j'ai été submergée par ce sourire qui semblait ouvrir son visage rayonnant en deux ; elle m'évoquait un fruit exotique, une grenade, exposant sa tendre chair sous la morsure d'un couteau affûté.

— C'est Andrea, a-t-elle dit en regardant son mari. Il va beaucoup mieux… Je vais le voir et…

— Non. Ce n'est pas de toi dont il a besoin maintenant, l'a interrompue Belà en me regardant.

Nicola m'a toisée de son regard violet. Je devinais qu'elle serait, envers moi, aussi intransigeante que la Destinée. En osant m'aimer, après toutes ces années de vie paisible, Andrea avait brisé son rêve de conserver près d'elle son fils pour l'éternité. J'étais la tentatrice ; je n'avais jamais aussi bien porté mon maudit prénom…

— Allons, Nicola. Tu dois la laisser…

La mère d'Andrea m'a défiée quelques secondes avant de baisser la tête.

— Bien… Héracle, accompagne Faustine.

L'énorme nounou a souri.

— Venez. Il va être tellement heureux ! Il vous a réclamée dès qu'il s'est réveillé…

J'ai suivi Héracle, encore sonnée par ce que je venais d'entendre. Dans la galerie, nos pas étaient rythmés par les portraits des Salvaggi. Un homme, une femme ; deux corps pour une même âme. J'ai reconnu

Nicola, vêtue d'une longue robe à volant et portant une ombrelle ; et son double, en pantalon moulant et haut-de-forme. Sous les deux tableaux, un cartouche en cuivre portait l'inscription : Nicola – 1850. J'ai hoché la tête et me suis détournée lorsque nous sommes passés devant les portraits d'Andrea. Revoir sa jupe en corolle et ses ballerines *fifties* me donnait la nausée.

Héracle a poussé une porte, et nous nous sommes retrouvés dehors, sur une terrasse couverte, éclairée par de minuscules spots disséminés au sol ; on aurait dit un congrès de lucioles. Le spectacle était ravissant – du moins l'aurais-je apprécié si je n'avais pas tant appréhendé de revoir Andrea.

Après la terrasse, un couloir vide de tout meuble ou ornement nous a menés dans un petit salon.

— Nous voici arrivés, a dit doucement mon guide.

— Je sais, ai-je répondu faiblement. Je reconnais son parfum…

Héracle s'est retiré en silence, et je me suis approchée de la porte entrouverte menant à la chambre.

J'ai enregistré en une seconde le matelas par terre, les draps froissés roulés en boule ou déchirés, disséminés sur le parquet, alors qu'Andrea surgissait de ce que je supposais être une salle de bains. Vêtu d'un simple jean, torse nu, les cheveux humides, le visage horriblement creusé mais éclairé par un sourire immense, le sourire ravageur légué par Nicola…

— Je pensais avoir le temps de remettre de l'ordre avant ton arrivée, a-t-il commencé.

— Je peux repartir, si tu veux ! ai-je contre-attaqué. Que tu puisses faire le ménage…

— Pardon ! Je suis vraiment… con, parfois. Faustine… Ça y est. Tu sais.

C'était une constatation amère, énoncée sur un ton à la fois impérieux et suppliant. Mais je n'allais pas me laisser attendrir. J'avais vécu trop de choses éprouvantes ces derniers jours, trop subi sans pouvoir me défendre. Il était temps que quelqu'un paie et que tout ce que j'avais retenu explose enfin. Tant pis pour Andrea. C'était à son tour d'encaisser, de prendre les coups.

— Oui. Ta famille s'est dévouée pour m'expliquer votre… Je n'arrive même pas à le dire, c'est tellement…

Mon ton était plus cassant que je ne l'aurais voulu, mais j'étais lancée. Andrea a serré les lèvres, mais il a soutenu mon regard.

— C'était à toi de me le dire, Andrea ! Tu aurais dû être là quand j'étais engluée dans ces cauchemars horribles, tu aurais dû m'expliquer toi-même qui tu étais…

— J'ai essayé, qu'est-ce que tu crois !

— Ah oui ? Et quand ça ? Je t'ai demandé je ne sais combien de fois ce qui clochait ! Tu n'as même pas eu le courage de me dire ce que tu éprouvais pour moi !

Mes larmes coulaient, brûlantes, sur mon visage. Larmes de rage, de déception. Andrea a baissé la tête, puis il m'a fixée à nouveau. Sa voix était sourde, chargée de colère et de tristesse.

— J'avais… peur. Peur que tu me repousses, que tu me regardes avec horreur. Parce que c'est ce que je ressens lorsque j'ai le courage de me regarder en face !

— Et tu prétends m'aimer, si j'en crois ta famille ? C'est ce que tu penses de moi ? Que mes sentiments pour toi ne sont pas assez forts pour me permettre au moins de respecter celui que tu es ? À moins que tu n'aies peur de finir comme Mehiel, aigri et désespéré ?

J'étais injuste, je le savais. Mais je n'avais pas eu des décennies, moi, pour réfléchir au danger d'aimer !

— Tu m'insultes, Faustine ! Et Mehiel aussi, par la même occasion. Je n'ai pas peur pour moi, sois au moins sûre de cela…

Il a regardé par la fenêtre ouverte, d'où provenait une brise glaciale, puis il a repris, d'une voix à peine audible :

— J'ai résisté, autant que j'ai pu. J'aurais voulu te repousser. J'ai supplié Patrick de ne pas te prendre parmi ses élèves pour rester le plus loin possible de toi. Mais il faut croire que les Guides sont vraiment les agents de la Destinée, comme Tante Cass' le rabâche à la moindre occasion… Tout en toi m'attire, même des choses que tu ignores encore sur toi… Je me fous de ce qui peut m'arriver. Je n'ai jamais éprouvé ce que j'éprouve en ta présence, et même en ce moment où tu me mets hors de moi, j'ai toutes les peines du monde à ne pas t'entraîner dans ce qui reste de mon lit…

Là, j'ai rougi. Personne ne m'avait jamais parlé aussi crûment.

— Mais si jamais je me trompe, Faustine… Si malgré tout ça, malgré nos sentiments, tu n'es pas mon Élue, alors, je ne supporterai pas d'être la cause de ta perte. Tu me parlais de Mehiel, tout à l'heure… Je ne sais pas où il trouve la force de continuer à vivre, alors que je suis sûr qu'il est mort à l'intérieur…

Cette fois-ci, c'était à mon tour de baisser la tête. La honte, le soulagement, l'envie brutale de me jeter contre lui, celle tout aussi impérieuse de m'enfuir, tout cela m'accablait soudain tandis qu'un calme étrange, bienfaisant, se faisait en moi. J'allais dire tout cela à Andrea, mais il ne m'en a pas laissé le temps ; poussant un gémissement, il est tombé à genoux en se tenant le ventre.

— Andrea ? Qu'est-ce que tu as ? Andrea !

Pas de réponse, sinon un regard fixe et sa bouche ouverte sur un cri silencieux, comme s'il cherchait désespérément à respirer.

— Andrea !

Je me suis précipitée vers lui. Il semblait en proie à la plus violente douleur. À bout de souffle, il a eu la force de chuchoter :

— Héracle…

— Je ne veux pas te laisser !

— Va-t'en, je t'en prie… Je ne veux pas que tu voies ça…

Il a repoussé ma main, a montré la porte. Je me suis levée, à moitié aveuglée par les larmes, et me suis jetée dans le couloir en hurlant :

— Vite ! Il a mal !

Une cavalcade a annoncé l'arrivée de Mehiel, suivi des parents d'Andrea et de Tante Cass'. Héracle est arrivé sur leurs talons, porteur d'un verre empli d'un liquide translucide.

— Qu'est-ce que c'est ? ai-je demandé à Mehiel, au comble de l'angoisse. Qu'est-ce qu'il a ?

— Cela fait partie du processus. Andrea a pris sa décision en te désignant comme son Élue. Cela continuera jusqu'à ce que tu prennes TA décision…

— Mais comment ? Je ne veux plus qu'il ait mal !

— Tais-toi ! Et ne reste pas ici, a-t-il ajouté en tentant de m'entraîner.

— Lâche-moi ! Je veux rester près de lui !

— Tu n'as pas compris ? Lorsque tu feras connaître ton choix, ce sera définitif ! Tu ne crois pas que cela mérite un temps de réflexion ?

En larmes, j'ai vu Héracle faire boire le contenu du verre à Andrea, désormais agité de spasmes ; son torse était déjà luisant de sueur, ses mains, crispées sur la peau de son ventre, faisaient naître des sillons sanglants.

— Allons, a crié Nicola. Fais-la sortir !

Sous le choc, je me suis laissé emmener dans le couloir par Mehiel et Belà. La porte refermée – j'entendais à travers elle les gémissements d'Andrea qui me lézardaient le cœur –, celui-ci a pris la parole.

— Pardonnez à ma femme, je vous en prie, a-t-il murmuré. Elle est folle d'angoisse pour Andrea.

— Je veux rester près de lui !

— Non, je regrette.

Malgré ces mots contrits, son ton ne souffrait aucune réplique.

— Vous risquez, pour qu'il ne souffre plus, de prendre une décision grave sans en avoir mesuré toutes les implications. Je suis passé par là. C'est très dur, je le sais. Mais vous nous serez reconnaissante lorsque… tout sera fini. Quelle que soit votre décision…

Il m'a lâchée.

— Héracle va vous raccompagner. Nous… nous sommes là. Vous aurez besoin de parler dans les semaines à venir. N'hésitez pas, nous serons toujours disponibles pour vous.

Comme s'il avait entendu, Héracle a surgi près de nous. C'est avec une infinie douceur qu'il m'a prise par l'épaule.

— Venez, mademoiselle. N'ayez pas peur, nous veillerons sur lui…

Héracle m'a soutenue jusque sur la terrasse dont le sol luminescent participait à l'irréalité de cette soirée. La nuit était tout à fait tombée à présent, l'air glacial. Mon guide a poussé une porte métallique à moitié dissimulée derrière des buissons de rosiers et nous nous sommes retrouvés dans un ascenseur. La cabine était recouverte de miroirs ; je ne pouvais échapper au regard et au sourire d'Héracle.

— Comment vous sentez-vous ? m'a-t-il demandé.

Enfin quelqu'un dans cette famille qui semblait s'en préoccuper !

— Eh bien… Je vais aussi bien qu'on peut l'être après… tout ça. J'ai peur pour Andrea, j'ai du mal à accepter la réalité de tout ce que j'ai appris, j'ai peur d'avoir à nouveau ces cauchemars, j'ai peur de ce qui va se passer maintenant…

— Vous voulez un conseil ?

Je l'ai regardé ; son visage était l'image de la bonté.

— Au point où j'en suis…

— Les nuits sont faites pour dormir. Alors, par tous les moyens, empêchez-vous de rêver. Prenez ce qu'il faut pour vous reposer. Vous aurez besoin de toutes vos forces et de toutes vos facultés dans les semaines à venir. Vous devez devenir une guerrière !

— Une guerrière ?

— Il y a des siècles de cela, on vous aurait donné du laudanum, histoire de vous plonger dans les vapes. Aujourd'hui, les somnifères sont en vente libre, profitez-en !

J'ai hoché la tête. Ce conseil était sans doute le plus avisé que j'avais entendu de la soirée…

Le retour s'est passé en silence. À l'école, Héracle a contourné le bâtiment principal pour se garer derrière les cuisines.

— Selon Andrea, c'est le moyen le plus discret pour vous faufiler à l'intérieur sans être remarquée.

— Merci. Pour tout, ai-je ajouté en lui tendant la main. Veillez sur lui…

Il l'a serrée un instant.

— Permettez-moi de vous dire que je vous ai trouvée remarquable, ce soir. Vous avez une force de caractère qui nous a tous impressionnés…

— Même Nicola ?

Je n'ai même pas eu le temps de regretter mes paroles. Autant qu'elle sache que son hostilité envers moi ne m'avait pas échappée. Héracle a émis un petit rire.

— Surtout elle, je dirais !

Il a lâché ma main.

— N'oubliez pas mon conseil : mettez-vous au lit… et dormez !

J'ai souri à mon tour, claqué la portière : déjà la voiture disparaissait dans la cour. Le départ sur les chapeaux de roues était décidément de règle chez les Salvaggi et leur entourage…

Andrea avait raison : l'accès au lycée via les cuisines était facile et discret. Je me suis retrouvée dans le hall où traînaient quelques prépas et terminales, regroupés devant une affichette. Je me suis approchée.

— CDA vient de l'accrocher, a dit une fille.

— Oui, a renchéri sa copine. Ça dit que la directrice reprend ses fonctions demain matin.

— Déjà ?

— Ouais, a repris l'autre. Fin des vacances. On ferait bien d'aller dormir.

J'ai hoché la tête et gagné mon étage. Dormir ? J'avais déjà entendu ça quelque part. Personnellement, je ne demandais pas mieux…

Arrivée devant ma porte, j'ai entendu un ronflement. Pas très distinguée, notre princesse. J'ai poussé la porte et sursauté : le ronflement, ce n'était pas elle, mais Sasha ! Sasha collé contre elle dans son lit. À côté du mien, la veilleuse était allumée, éclairant un petit mot laissé sur l'oreiller…

« *Tine. T'en fais pas, on n'a pas touché ton lit ! J'ai mis le réveil à 6 heures pour regagner mon couloir discrètos. Bises, S.* »

« *et E.* » avait même ajouté l'autre tordue, comme si on était copines. Bon… Après tout, ma mission était d'abord de dormir ; il serait toujours temps de régler les comptes demain avec mon cher frangin. J'ai pivoté vers la commode d'Elzbieta et repéré dans le chantier qu'elle y gardait sa plaquette de somnifères.

Malgré mon état, le médicament a mis à peine cinq minutes pour agir, comme si mon cerveau désorganisé réclamait lui aussi une pause. Juste le temps de me demander si Andrea allait mieux, les yeux fixés sur le visage de mon frère, éclairé par un rayon de lune et qui souriait doucement dans son sommeil. Une fois de plus, son destin était tout tracé, droit vers la lumière. Alors que je m'enfonçais dans l'incertitude et le chaos…

Le lendemain matin, à 6 heures tapantes, le réveil d'Elzbieta (suivi en écho par l'alarme de la montre de Sasha) m'a réveillée d'un sommeil sans rêves, garanti 100 % molécules de laboratoire pharmaceutique. Merci Héracle. Il m'avait épargné une probable nuit blanche. Et puis mes brumes se sont ouvertes en grand pour laisser passer les souvenirs de la soirée d'hier, et ma joie s'est envolée.

Comme il était très (trop) tôt, les douches n'étaient pas encore prises d'assaut ; seuls les prépas, toujours en train de bosser, se levaient aux aurores pour potasser. J'ai pris mes affaires, raflé un jean et le cachemire de maman et me suis enfermée dans une des cabines. Avec un choc, j'ai découvert mon visage dans le miroir, comme vieilli, assombri par les révélations des Salvaggi. L'hématome bleuâtre en haut de mon front n'arrangeait pas le tableau. Je me suis glissée sous la douche, aussi brûlante que je l'espérais, un bonheur sur la peau… et c'est là, sous les gouttes qui me cinglaient le dos, que j'ai craqué. Des sanglots et des hoquets si forts que j'avais du mal à reprendre mon souffle…

Après la stupeur, je me suis rendu compte que l'irréparable allait advenir, quelle que soit ma décision. J'aimais Andrea et lui aussi m'aimait ; pour la majorité des gens, il ne fallait pas chercher plus loin. Sauf que ce n'était pas si simple : une Destinée, lointaine et menaçante, savait le fin de mot de l'histoire… Happy end, ou pas ? Une partie de moi désirait ardemment me foutre de tout et courir vers Andrea, jouer nos vies à la roulette russe. Après tout, c'était le plus simple : il suffisait de monter dans le wagon et de me laisser guider là où j'étais attendue. Pourtant, le souvenir atroce des cauchemars me révulsait. Je comprenais qu'il soit plus facile de mourir que de les subir, nuit après nuit, sans le secours salvateur d'une pilule quelconque – si je n'étais pas l'Élue, Mehiel m'avait bien fait comprendre que je n'y échapperais pas. Mais le suicide ? Depuis la mort de ma mère, depuis l'horrible vision de papa sautant du World Trade Center, même si je commençais à leur pardonner, je ne voulais plus de ce qui ressemblait à notre propre version d'une malédiction familiale. J'imaginais Sasha, seul, contemplant nos tombes alignées – tout ce qu'il lui restait à chérir. Je voyais Anna et Ben, ravagés de chagrin…

Je me souvenais aussi du bonheur de poser mes mains, prise après prise, et de m'élever le long d'une paroi, de la griserie de la vitesse sur la moto de Mehiel ; et plus que tout, du plaisir de sentir sur ma nuque les doigts d'Andrea, dessinant de petits cercles… Je laissais dériver mes fantasmes, nos corps nus dans la source chaude, cachés au cœur du mont Angèle comme dans une matrice dédiée à notre désir. Mon corps était trop vivant pour se résoudre à lâcher prise… Mais il n'était jamais aussi vibrant qu'en présence d'Andrea. Alors le quitter, pour ne pas risquer de me perdre, c'était mourir aussi, d'une certaine façon. La Destinée devait bien le savoir, pas vrai ? Certes, si nous nous trompions, j'allais en payer le prix, tandis qu'Andrea serait condamné à la souffrance éternelle, lui qui déjà, en attendant ma décision, passait des heures à se tordre de douleur... Mais si j'étais son Élue, si nous étions faits l'un pour l'autre, alors cela en valait la peine.

Ce sont des coups frappés à la porte de ma cabine qui m'ont sortie de mon maelström de pensées contradictoires. Une voix furieuse hurlait :

— Hé ! T'as pris une location ? Ça fait une heure que tu squattes là-dedans !

Une heure ? Cette fille devait exagérer... J'ai tourné les robinets, me suis séchée et habillée en vitesse. Quand j'ai ouvert la porte, une file de gonzesses attendaient. J'ai regagné le couloir dans un silence hostile ; au moment où je l'atteignais, j'ai entendu un cri :

— Y a plus d'eau chaude !

J'avais vraiment dû rester longtemps sous la douche brûlante pour entamer à ce point le cumulus de notre étage... Avec un pincement au cœur, j'ai réalisé que ma nouvelle vie, celle où le temps m'échappait, une vie entièrement tournée vers une décision cruciale, venait de commencer.

Au petit déjeuner, d'habitude mon repas préféré, j'ai regardé mon thé passer du chaud au tiède, puis au froid sans desserrer les dents. Il a fallu que Sumi me pousse plusieurs fois du coude pour que je lève les yeux et que je me reconnecte au réel. Apparemment, la discussion tournait autour de Cora, qui n'était toujours pas apparue, alors que la cafèt' était un de ses lieux favoris. Ou alors, j'avais loupé plusieurs épisodes…

— Cinq kilos ! était en train de hululer Elsa. En si peu de temps, elle est super contente.

— Et sans aide, en plus ! Sacrée volonté, a ajouté Richard. Qu'est-ce que t'en dis, Faustine ?

— Euh… Hein ?

— Cora ! s'est énervée Elsa. Elle maigrit à une allure dingue !

— Ah ? Et…

— Eh bien, dis-le-lui quand elle arrivera. Ça lui fera plaisir. Je crois que ton opinion compte beaucoup pour elle.

— Elle n'arrête pas de nous bassiner. Je crois qu'elle te prend pour son ange gardien ou je sais pas quoi, m'a expliqué Richard avant de se jeter sur son bol de – gloups – porridge.

Il était le seul ado de ma connaissance à manger ce truc, et à y prendre plaisir, en plus.

— Ange gardien ? C'est n'importe quoi !

— C'est en rapport avec Elzbieta, a objecté Elsa. C'est vrai que tu l'as défendue contre cette garce.

— C'est plus fort que moi, je réfléchis même pas, ai-je soupiré. Je supporte pas qu'on attaque quelqu'un sur la tête qu'il a. On m'a fait suer avec ça toute ma vie, à cause de mon jumeau. C'est physique, comme réaction…

— Ch'est le cas de le djire, a conclu Richard tout en mâchonnant sa bouillie.

J'ai évité de regarder dans sa direction. Bien m'en a pris, car Cora est apparue à ce moment-là. J'ai eu un sursaut en la voyant. Certes, elle avait perdu du poids – on le remarquait surtout à son visage – mais ce qui me choquait, c'est que je ne m'étais aperçue de rien. Depuis combien de temps avais-je cessé de prêter réellement attention à mes amis ?

— Ouah, Cora, ai-je fait en me levant.

J'ai détaillé sa silhouette. Habituellement habillée comme un sac, dissimulée sous des vêtements informes, ma copine avait choisi ce matin-là un chemisier liberty, légèrement cintré à la taille. Ça et son sourire, elle était transfigurée…

— Ça se voit, alors ? m'a-t-elle demandé en guettant ma réaction.

— Tu parles ! Je sais pas quoi te dire. Ça doit être dur, non ?

— Au début, oui. Maintenant… Je prends ça comme un défi, tu vois. Je me dis que je peux encore tenir le choc. Je me donne encore quelques mois pour perdre deux tailles.

— Tu peux être fière de toi !

Elle s'est assise en face de moi, rayonnante. Son plateau qui, dans mes souvenirs, avait toujours ressemblé à la vitrine d'une boulangerie ne contenait qu'une tasse de café au lait et deux pauvres tranches de pain complet nature. En comparaison, mon propre plateau, avec ses tartines généreusement recouvertes de beurre demi-sel et de miel, était une insulte à son régime. Même si ce matin-là, assombrie par mes pensées, je n'allais guère manger plus qu'elle…

Mes horaires aménagés pour cause de Challenge avaient tout de même respecté les cours de Selma, ce dont je me réjouissais : elle était ma prof préférée, et je lui étais reconnaissante de m'avoir fait découvrir Françoise Sagan. Il me semblait que le plus beau moment avec Andrea avait été celui où, encore ignorants mais déjà si attirés l'un par l'autre, nous avions découvert ensemble, devant le feu, dans le refuge, le livre qu'il avait choisi pour moi… Aujourd'hui, je savais son secret, celui qui donnait à son si beau visage cet air grave qui m'avait séduite. Je connaissais la bibliothèque dont, peut-être, il avait parcouru les rayons avant d'en tirer *Bonjour Tristesse*. Soudain, je me suis souvenue de la dédicace : le « charmant petit monstre », comme ses contemporains appelaient Sagan, avait compris le secret d'Andrea. Comment ? Se pouvait-il qu'il lui ait confié son héritage maudit ? Sagan était morte à presque soixante-dix ans, ayant perdu beaucoup de ses proches, criblée de dettes… Je n'imaginais pas que les Salvaggi, dont la moindre sculpture dans le jardin valait une fortune, aient pu la laisser dans la misère.

Mes cogitations ont été brusquement interrompues par la voix de CDA qui a résonné dans le haut-parleur dont toutes les salles communes étaient équipées. J'étais attendue au plus vite « dans le bureau de madame la directrice ». Je me suis levée, j'ai déposé mon plateau intact sur la desserte. Quelques minutes plus tard, je frappais à la porte du Bureau Ovale, le surnom des quartiers de la générale en chef de l'École.

Je m'attendais à la voir abattue par la mort de son frère. Cependant elle arborait un visage fermé, comme recouvert d'une fine couche de cire. Ce masque s'est fissuré un instant lorsque je suis entrée ; pourtant, quand elle m'a fait signe de m'asseoir, elle était de glace. Je me suis demandé s'il convenait que je lui présente à nouveau mes condoléances, mais elle a saisi une lettre sur son bureau, écrite sur un épais papier crème, et pris la parole :

— Les nouvelles ne sont pas bonnes, mademoiselle Sullivan, a-t-elle commencé. Pensant sans doute me réconforter, mes estimés collègues…

Lorsqu'elle avait prononcé le mot « collègues », un bref rictus de mépris avait animé ses traits.

— … directeurs des autres écoles, celles que nous devons rencontrer lors du Challenge, ont décidé d'octroyer d'office le maximum de points à notre équipe d'escalade. J'ai eu beau leur assurer que mon frère n'aurait jamais accepté la moindre faveur, la décision du conseil des Écoles est sans appel.

— Alors, cela veut dire que… ai-je tenté.

— Que le jour du Challenge, les varappeurs pourront rester au lit si cela leur chante, grimper les parois en tongs ou dessouder en cordée, Mont Angèle aura le maximum de points. Chose que nous obtenons depuis des années, mais à la loyale, et grâce au talent de votre professeur, avec une maestria qui fait la renommée de cet établissement ! Mais à cause de ce… de cette « décision » (là encore, son dégoût était palpable), notre victoire aura des relents de tricherie. Je savais que mes collègues pouvaient être d'une bassesse sans nom, mais là, ce qu'ils m'infligent, ce qu'ils NOUS infligent, est pire qu'une gifle.

Durant son discours, j'avais senti la frustration monter en moi. Certes, le Challenge n'avait jamais été au premier plan de mes préoccupations, et ce que je venais de vivre chez les Salvaggi aurait dû définitivement m'en détourner ; mais cette volonté un peu idiote de voir NOTRE école décrocher ce foutu trophée était un symbole de la vie normale. Et c'est à cela que j'aspirais, à cette minute précise…

— Andrea sera de retour dans quelques jours, a poursuivi la directrice. Ses parents m'ont assuré qu'il se sentirait tout à fait d'aplomb après cette malheureuse ablation des amygdales qui l'a empêché d'être avec nous ce matin…

Intérieurement, je me suis mise à ricaner. Les amygdales ! Ils n'avaient rien trouvé de plus chic, les Salvaggi ?

— Nous mettrons en place notre stratégie avec lui. D'ici là, vous restez plus que jamais notre capitaine. C'était la volonté de mon frère et j'entends qu'elle soit respectée. Oubliez l'emploi du temps que je vous ai donné avant… (Elle a soupiré, la voix tremblante.)… tout cela. Jusqu'au retour d'Andrea, poursuivez normalement vos cours.

— Je suis désolée, madame. Je tâcherai d'être à la hauteur, plus que jamais.

Puis je me suis enfuie dans le couloir, un peu honteuse de la solennité de mes serments. Mais si je n'avais pas été un peu « capitaine » à ce moment-là, à quel moment aurais-je pu l'être ?

LE COURS DE SELMA ÉTAIT DÉJÀ COMMENCÉ lorsque je me suis faufilée à ma place, à côté de Cora. Afin de nous mettre dans les conditions de l'examen, notre prof de français faisait tirer au sort les sujets d'exposé que nous aurions à présenter au cours du trimestre. Elle était en train de passer d'élève en élève, un chapeau melon à la main, duquel chacun à notre tour, nous devions extirper un énoncé. Quand le mien est arrivé, j'ai pris le premier papier de la pile, et j'aurais juré que Selma m'avait adressé un très léger clin d'œil… Mon sujet était le n° 7. Il concernait *Bonjour Tristesse*, avec cette question : « Ce roman est-il celui d'un monstre ? » J'ai regardé Selma, interloquée, mais elle était déjà passée à un autre élève.

— Celui ou celle qui a tiré le sujet n° 1 a une semaine pour préparer son exposé.

À la tête de Rototo, qui venait de lever la main, j'ai deviné qu'il n'était pas spécialement ravi.

— Lundi prochain, à 9 heures, Frédéric. Aucune excuse, délai ou retard ne sera accepté.

Au déjeuner, une poignée d'élèves m'est tombée dessus. Dans le lot, il y avait Gaëlle, Simon et d'autres, déjà croisés au cours de Gilles. Avec quelques secondes de retard, j'ai réalisé qu'il s'agissait tout bonnement de la *dream team* de Mont Angèle, les varappeurs sélectionnés pour le Challenge… et visiblement furieux. Même si la directrice m'avait fait promettre de garder secrète, pour le moment, la décision des autres établissements de nous donner les points de l'épreuve d'escalade lors de la compétition, il faut croire qu'il y avait eu des fuites. Et le moins qu'on puisse dire, c'est que tout le monde se sentait floué…

— C'est dégueulasse ! a hurlé un prépa. On passe pour qui nous, maintenant ? Les créatures de Gilles, incapables de se bouger le cul sous prétexte qu'il est mort ?

— Sacré prétexte, quand même, a relevé Simon sans dissimuler son ironie.

— Ouais, enfin, t'as compris ce que je veux dire…

— Et c'est sûr, alors, la décision est irrévocable ? a demandé Gaëlle.

— Tu parles ! a repris un autre prépa. J'ai eu l'info par mon cousin qui est à Saint-Yves. Là-bas, tout le monde se fout déjà de notre gueule. Sans compter qu'ils sont furax…

— Ouais. Mais ils vont devoir se défoncer quand même. Souvent, le Trophée se joue à quelques points. Il va y avoir de la bagarre pour la deuxième place en varappe, a dit une terminale.

— Sans compter qu'ils vont avoir envie de prouver qu'on a volé le podium, a repris le prépa, lugubre.

Je réfléchissais à toute allure. J'imaginais la frustration des autres écoles qui, depuis des années, se vautraient en escalade, mais se surpassaient dans l'espoir de décrocher la timbale : battre sur son terrain la légende Patrick Gilles ! Plus de lièvre, plus d'enjeu, mais devoir quand même se tuer à l'entraînement pour glaner quelques points, ça devait être rageant. À moins que…

— Peut-être pas.

Ils se sont tournés vers moi.

— Ah ouais ? Et tu penses à quoi, « Capitaine » ? a fait le prépa, sarcastique.

— Tu veux pas boycotter l'épreuve quand même ? m'a demandé Gaëlle.

— Sûrement pas ! C'est même tout le contraire.

J'avais baissé la voix de deux tons au moins, exprès. Pour m'entendre, ils ont dû se rapprocher.

— On va leur faire une démo d'enfer. On sera pas seulement bons, on va tout déchirer. Comme ça, personne n'osera dire qu'on a volé notre victoire. On va les foutre à genoux, et ils vont se mettre à prier.

Je ne savais pas trop où j'allais. Avec le recul, ça devait sonner comme dans ces films américains, quand le coach rassemble l'équipe pour tenter un panier dans les dernières secondes et remporter le championnat. Du bien démago, bien cucul. Mais j'y croyais. Et ils m'ont tous suivie.

— Faustine, m'a dit Gaëlle, les yeux brillants, t'as raison !

— On va se défoncer à l'entraînement, a renchéri Simon. On va devenir des bêtes !

— Euh… Faut quand même penser au bac, a commencé un terminale dans un murmure.

Le prépa, celui qui m'avait prise de haut, s'est avancé vers lui.

— T'auras tout le temps d'y penser après le Challenge. Le Capitaine veut qu'on soit les meilleurs, on va être les meilleurs, c'est moi qui te le dis.

Et cette fois-ci, pas la moindre ironie dans sa voix. J'étais devenue un vrai chef de meute. Quand je me suis avancée vers le réfectoire, style « la-réunion-est-terminée-au-travail-maintenant », ils m'ont tous emboîté le pas. Si j'avais été un chien, aucun doute : Ben m'aurait mise en tête de l'attelage ! Mais en arrivant sur le seuil de la cafèt', j'ai vu Elzbieta et Sasha en mode collé-serré devant le comptoir aux salades et j'ai soupiré intérieurement. L'invincible Faustine, la cheftaine de Mont Angèle c'était… pfuit, du flan. Un sourire de mon frangin et mon petit édifice intérieur s'écroulait.

— Vivement qu'Andrea revienne, a soupiré Gaëlle.

Je me suis tournée vers elle, un peu plus vite que je ne l'aurais voulu.

— Ah bon ? Mais pourquoi tu dis ça ?

— Ben, c'est lui qui va nous entraîner, maintenant. Et puis… (Elle a baissé la voix pour être sûre que Simon, qui n'était jamais bien loin, n'entende pas.) Comme motivation, on peut pas rêver mieux ! C'est pas toi qui vas me dire le contraire, si ?

J'allais lui expliquer, sans formules de politesse, qu'elle ferait mieux de s'occuper de ses fesses, quand elle m'a fait un clin d'œil avant de s'éloigner avec Simon en remorque. Les voir tous les deux si complices m'a fait du bien, étrangement. Se battre pour le Challenge, vouloir briller aux yeux d'Andrea, c'était peut-être un premier pas vers ma Destinée, non ?

Absorbée dans mes pensées, j'ai dépassé la table des Proscrits, tous plongés dans leurs bouquins – Cora picorant vaguement des radis nature, Richard en train de mâchonner je ne sais trop quoi avec sa distinction habituelle. Ils ne m'avaient pas vue, et j'ai eu un élan de tendresse pour eux. Les pas beaux, les pas cool, les à-part… Ils se foutaient bien du Challenge, du Trophée, d'être admirés par leurs pairs, mais quelque chose me disait que c'était justement là que résidait leur force. Alors, où étais-je, moi ? Sans doute entre les deux, entre ceux qui brillent et ceux qui se cachent pour vivre heureux…

Je me suis dirigée vers le grill – mon instinct de chienne Alpha peut-être ? –, car j'avais une furieuse envie d'un bon gros steak. Je salivais déjà quand je me suis aperçue que le présentoir proposait surtout un éventail complet de saucisses. Fumées, roses, beiges, grosses, petites, andouilles, andouillettes, mais de steak, point. Ah si ! Un dernier, posé sur la plancha. Épais, juteux, saisi à l'extérieur, rose à l'intérieur, le roi des steak, le mètre étalon du beef, de la taille d'une semelle taille 45. J'ai senti comme un spasme dans les joues. Ce steak, il était à MOI !

— Une saucisse ? a proposé le serveur au type devant moi, dont je ne voyais que le dos.

— Non merci, j'ai horreur de ça. Je vais prendre le steak, plutôt.

Le serveur s'est dirigé vers la plancha, et là, eh bien… j'ai grondé. Je ne peux pas dire mieux pour qualifier l'espèce de plainte rageuse qui est sortie de ma gorge lorsque j'ai vu que ce mec allait tout bonnement me voler MON steak sous le nez. Il a fait volte-face ; le serveur est resté planté, interdit, la spatule à la main.

— Tu as dit quelque chose ? m'a demandé le garçon.

J'avais toujours le regard fixé sur le steak, et il m'a bien fallu deux secondes pour le regarder en face. Je n'ai vu que sa bouche, en fait, parce qu'il était plus grand que moi.

— J'ai rien dit. Enfin, si. T'es sûr que tu le veux, ce steak ?

— Hein ?

— Le steak, là…

L'odeur de la viande me mettait à la torture. J'avais envie de sauter par-dessus le comptoir et d'y planter mes dents.

— T'es vraiment SÛR que tu le veux ?

J'ai vu la bouche s'incurver, s'ouvrir sur des dents étincelantes. Puis le type s'est mis à rire.

— Oui, je suis sûr. Mais toi aussi, on dirait, hein ?

J'ai levé la tête vers le type. Il souriait et son visage montrait autant de surprise que d'amusement. Je me suis soudain rendu compte que, depuis quelques minutes, j'étais hypnotisée par un steak… et j'ai senti mes joues flamber.

— Laisse tomber, ai-je marmonné en baissant le nez.

— Ah non ! Écoute… Il est énorme, ce machin. Je suis certain qu'on peut y trouver notre bonheur à deux…

J'allais répliquer, mais il s'est emparé de mon assiette, a posé la sienne à côté sur le comptoir et a demandé au serveur :

— Ça ne vous ennuie pas de le couper ?

Cachée derrière mes cheveux, j'ai vu le serveur se secouer, comme au sortir d'une transe, déposer la viande sur la planche à découper et trancher dans le vif. La lame s'est enfoncée sans effort dans la chair, faisant jaillir sur son passage un léger effluve de sucs odorants, mais j'avais tellement honte que je n'avais presque plus faim.

— Tiens.

Il a posé l'assiette sur mon plateau. Pourtant merveilleusement appétissant, il me paraissait obscène à présent, ce steak obtenu après un comportement aussi absurde qu'incontrôlé.

— Je suis désolée, ai-je grommelé.

— Faut pas ! a répliqué le type. En fait... C'est super. Parce que je viens d'arriver dans cette école et que je ne connais personne. À part toi, maintenant, et ce steak. Tu veux bien déjeuner avec nous ?

Cette fois-ci, je l'ai regardé en face. Merde, c'est qu'il était beau, ce type ! Grand, oui, mais surtout blond et bronzé façon surfeur, un peu débraillé, mais classe en même temps...

— Nous ? ai-je demandé bêtement.

— Oui, a-t-il répété avec patience. Moi et le steak...

Il était en train de se foutre de moi, non ?

— Il y a justement une table de libre, là. Alors, c'est d'accord ?

Je l'ai regardé. Il souriait.

— C'est d'accord.

— Ce serait con que nos steaks refroidissent, a-t-il ajouté.

J'ai soupiré un bon coup et je me suis lancée.

— C'est d'accord, mais à une condition.

— Mmh ?

— Tu ne prononces plus le mot steak.

Il a souri, encore.

— Promis !

On s'est assis l'un en face de l'autre. Il m'a tendu la main par-dessus le – hum ! – steak.

— Eh bien, bonjour. Je m'appelle Solal.

— Faustine.

— Ravi de faire ta connaissance. Ainsi que celle de ce…

Il a désigné le contenu de son assiette, avant d'empoigner ses couverts.

— Bon app' !

Solal venait d'Hossegor – d'où le look surfeur. Viré de trois établissements pour absences répétées, car il préférait traquer les vagues que de suivre les cours. En désespoir de cause, ses parents avaient tenté l'établissement de la dernière chance, en montagne, à plusieurs centaines de kilomètres de l'océan. L'ironie de l'histoire, c'est que la fortune de sa famille (et oui, n'entrait pas qui voulait à Mont Angèle) venait d'une marque de fringues sportswear que ses parents avaient lancée dix ans auparavant, et qui faisait précisément un malheur chez les surfeurs. Ce n'est qu'ensuite qu'elle avait séduit les rappeurs bling-bling et les people qui les arboraient pour faire soi-disant incognito leur jogging à Central Park ou Hollywood Boulevard. Les parents de Solal visaient plus haut pour leur fils maintenant que leur société était cotée en Bourse, sauf que lui ne rêvait que de filer à Hawaï, à La Réunion ou au Mexique où, paraît-il, se trouvaient les plus beaux spots du monde.

— Et donc me voilà… Pas précisément ravi, même si j'ai fait une rencontre que j'espère riche de promesses…

Il a laissé traîner un silence un poil trop long avant de brandir un morceau de viande au bout de sa fourchette.

— Ce truc ! À tomber, hein ?

Le pire, après cette vanne pourrie, c'est que je me suis mise à rire sans pouvoir m'arrêter. Heureusement que la cloche a sonné pour annoncer la reprise des cours, sinon j'y serais encore.

— Solal, ai-je réussi à glisser entre deux hoquets. Promets-moi de ne plus jamais parler de steak la prochaine fois qu'on se verra.

— Car il y aura une prochaine fois ! Je savais que tu y prendrais goût…

— C'est ça, lui ai-je répondu en essayant de maîtriser mon rire.

J'en souriais encore en le dirigeant vers la classe d'anglais. Sasha allait être épaté : je venais de trouver encore plus charmeur et vaniteux que lui…

Le professeur d'anglais nous avait concocté un devoir sur table surprise, histoire de se reprendre en main après le « laisser-aller » de ces derniers jours. La bonne nouvelle, c'était qu'après les deux heures à suer en maudissant Dickens, j'allais pouvoir souffler. Ou plutôt rejoindre le Gymnasium où j'avais donné rendez-vous à mes troupes, histoire de se mettre d'accord sur notre « stratégie » pour le Challenge. Après plusieurs jours sans grimper, j'avais hâte d'enfiler à nouveau mes chaussons, de glisser mes doigts dans la magnésie, de sentir la résine des blocs dans ma paume…

Andrea nous attendait.

Son visage était encore creusé ; nulle autre trace des souffrances qu'il avait endurées quelques jours auparavant. Mais si j'admirais la performance, l'élan inconditionnel qui me portait autrefois vers lui s'était brisé. Je lui en voulais terriblement de m'avoir mise au pied du mur, je m'en voulais d'être tombée si bêtement amoureuse de lui sans me formaliser plus que cela de ses silences et, par-dessus tout, je m'en voulais de lui en vouloir, et à moi aussi par la même occasion. Ma pauvre tête ressemblait à un paquet de cordes emmêlées ; pour arranger les choses, j'avais l'impression que les premières phrases que nous nous adresserions seraient décisives, radicales.

Heureusement, les événements ont pris les choses en main, si je puis dire ; en quelques secondes, les varappeurs se sont précipités sur Andrea pour expliquer le mauvais tour que nous jouaient les autres écoles – et mon idée pour contrecarrer leur prétendue mansuétude. Quand il a pu en placer une au milieu du tumulte, il s'est tourné vers moi.

— Alors ? C'est quoi, cette idée ?

Pas plus difficile que ça.

Quand j'ai expliqué en quelques mots qu'il faudrait simplement être des bêtes pour étouffer toute polémique, il a souri et nous a regardés avec appétit, comme si nous étions les amuse-bouche d'un buffet.

— Ça tombe très bien. J'avais justement quelques idées un peu rock'n'roll que Patrick n'aurait jamais voulu essayer… En attendant, je vous propose une bonne séance de décrassage après ce repos forcé. C'est parti pour vingt minutes de course !

J'allais tourner les talons comme les autres quand il m'a retenue par le coude.

— Faustine… Je suis désolé…

Un instant, j'ai cru fondre. Je voyais la tristesse dans ses prunelles violettes, et la peur aussi d'avoir tout gâché et de m'avoir perdue. Mais il a prononcé la phrase de trop.

— C'est toi qui décides, maintenant. Je sais que c'est horrible, mais…

— Horrible ? ai-je murmuré rageusement. T'en es loin ! Ta famille me révèle un secret dément, alors que tu aurais dû le faire avant que ça n'aille trop loin entre nous ! Je t'ai vu te tordre de douleur et j'ai cru mourir, mais quand je repense à toi en robe, ça me donne envie de vomir ! Maintenant, je dois faire un choix qui engage ta vie ou la mienne, alors « horrible », c'est un peu léger ! Je sais que c'est à moi de décider, maintenant. Pas la peine de me mettre la pression, j'y arrive très bien toute seule !

Et je suis partie en courant rejoindre les autres tandis qu'Andrea restait scotché sur place, le visage figé, comme s'il avait reçu un coup. Je me maudissais déjà. La phrase de trop… Mais de la part de qui ?

Après le footing, Andrea nous a fait faire des étirements dignes d'une séance de torture, puis la cloche a sonné. Nous n'avions même pas approché le mur, mais ces efforts avaient au moins eu le mérite d'évacuer ma rage. Pendant l'heure, nous avions soigneusement évité de nous regarder, lui et moi, et c'est seulement au moment de quitter le Gymnasium pour rejoindre le vestiaire que je lui ai glissé un coup d'œil ; manque de bol, il avait eu la même idée, et pendant une seconde assez insoutenable, nous nous sommes fixés ; le hochement de tête qu'il m'a lancé avant de reporter son attention sur le matériel à ranger m'a fait l'effet d'une gifle, et c'est portée par une nouvelle vague de fureur que je me suis jetée sous la douche.

Dans mon casier, que j'avais pourtant fermé, une surprise m'attendait : un morceau de papier vélin très chic portant le nom d'un grand salon de thé à Genève et ces quelques mots tracés à la plume :

« J'y suis chaque vendredi après-midi jusque tard le soir. Je peux répondre à vos interrogations, si vous le souhaitez. N'hésitez pas. Héracle. »

En secouant la tête, j'ai fourré le papier dans mon jean.

L'autre surprise est apparue dans le hall du Gymnasium : une silhouette élégamment débraillée, surmontée d'une tignasse blonde.

— Salut Faustine ! Des gens m'ont dit que tu étais là… Je voulais te demander si tu acceptais ma compagnie pour cette connerie de *tea time* dont je viens d'être informé. Avec un peu de chance, on pourra avoir des scones au steak, non ?

Décidément, c'était la journée des relous… Il avait trouvé une vanne et il allait faire l'année avec, en comptant sur son physique sorti tout droit de *Point Break* pour faire passer son mauvais goût ? J'allais l'envoyer se faire voir quand Andrea est sorti du vestiaire. Je lui ai rendu son hochement de tête avant de prendre Solal par la main pour l'entraîner vers le réfectoire.

— Super idée ! Mais si tu prononces encore le mot steak, je te cogne, OK ?

J'étais sûre que, dans quelques heures, j'aurais honte. Mais pour le moment, je me contentais de jubiler…

Au réfectoire, j'ai présenté Solal aux Proscrits. Elsa et Cora ont ouvert de grands yeux en voyant la bête, mais Richard n'a pas eu l'air aussi enthousiaste – il a d'ailleurs sorti ses boules Quiès sitôt que Solal a commencé à nous entretenir de surf, histoire de bien montrer sa désapprobation. C'était bien dommage, car après le surf (Solal a senti qu'il nous lassait un peu), la discussion a porté sur un nouveau chapitre de la Bible des Proscrits (« Comment échapper aux mondanités de l'école »), cette fois-ci sur le thème du carnaval.

— Quel carnaval ? a demandé Solal, déjà en train de se marrer.

— LE carnaval, a patiemment expliqué Sumi qui nous avait rejoints. Pour faire plaisir à deux ou trois grosses fortunes italiennes qui donnent de l'argent à l'École, l'administration a eu l'idée brillante d'organiser un bal masqué à peu près à la même date que le carnaval à Venise.

— C'est-à-dire dans un mois, a annoncé Elsa.

— Voilà, a repris Cora entre deux gorgées de thé vert (sans sucre, beurk). L'année dernière, on y a échappé grâce à la sœur de Sumi…

— Fujiko nous avait ramené des champignons de Tokyo. Ils ont la particularité de provoquer des diarrhées monstrueuses et des éruptions cutanées vraiment répugnantes, a tranquillement expliqué la petite poupée nippone. Cela passe en quelques jours.

— Oui, enfin, on a passé la semaine coincés dans les toilettes, a nuancé Elsa.

Solal a explosé de rire.

— Et bon appétit, bien sûr ! Mais pourquoi vous vous faites du mal ? Il suffit de ne pas y aller, et basta !

— Eh bien non, pas basta, figure-toi. Le carnaval, c'est comme le bal de Noël ou faire la claque au Challenge : obligatoire dans le cursus.

— Tu as vu ce thème de merde, a sifflé Cora : « Séries télé et superhéros ». Bonjour la sous-culture !

— Mes parents ont pas dû lire le mode d'emploi quand ils m'ont envoyé ici, s'est encore marré Solal.

— Toi, Faustine, peu t'importe : en tant que capitaine, tu vas…

— … présider le jury du plus beau costume. Je sais, ai-je annoncé d'un air lugubre emprunté à Richard.

J'ai jeté un coup d'œil à Solal, à moitié étranglé de rire.

— Donc on a moins d'un mois pour trouver une idée brillante, a soupiré Elsa. Pas question d'aller faire le gugusse avec un masque sur la figure ou une panoplie de Wonder Woman !

— Laissez-moi quelques jours, a conclu Solal alors que la cloche annonçait le début des deux heures d'étude. Je suis plutôt bon pour ces conneries...

— Marché conclu ! a souri Sumi en tendant sa minuscule menotte à Solal.

La nuit suivante, les cauchemars ont recommencé.

Lorsque j'ai ouvert les yeux, je n'ai vu que du noir. J'étais ligotée, quasiment emmaillotée ; le moindre geste exigeait de sacrées contorsions. Au-dessus de moi, à quelques centimètres de mon torse, un tissu lisse, comme du satin ; en le suivant du bout des doigts, j'ai découvert un minuscule bouton, puis un autre, un peu plus loin, me rappelant… un capitonnage, oui. Il poursuivait sa route, bouton après bouton, sur les côtés de la chose où j'étais enfermée. Puis j'ai perçu une odeur écœurante, à la fois âcre et douceâtre, qui me levait le cœur. J'avais senti ça une fois, dans l'appartement à Paris, à notre retour de vacances : Papa avait bougé tous les meubles de la cuisine, et on avait fini par découvrir le cadavre d'un rat dont le ventre était soulevé par d'énormes asticots. C'était bien cette odeur qui avait traîné dans l'appart' pendant quelques jours malgré le nettoyage en grand que maman avait entrepris à l'eau de Javel. Une odeur de mort, pire, de chair en putréfaction. L'angoisse commençait à monter alors que mon cerveau déroulait à toute vitesse son équation macabre : cadavre + boîte + capitons = cercueil. Puis j'ai pris conscience d'une chose encore plus horrible : ce sur quoi je reposais. Je sentais des larmes de terreur couler dans mon cou (quand avais-je commencé à pleurer ?) alors que mes doigts découvraient, centimètre après centimètre, la réalité d'un autre corps, inerte celui-là, posé sous le mien. Soudain la lumière a éclaté dans la boîte ; une lumière carrée, provenant d'une vitre posée à hauteur de mon visage. J'y ai vu soudain défiler Sasha, le visage tuméfié ; Anna et Ben, serrés l'un contre l'autre, défigurés par les larmes ; puis celui de ma mère qui s'est soudain penchée sur la vitre, et a murmuré – je devinais les mots sur ses lèvres livides : « Je t'aime, Paul. »

Alors un type inconnu, habillé tout en noir, a lentement glissé une planche sur la vitre, tandis que je me mettais à hurler… mais personne ne m'entendait.

— Ça va pas recommencer !

Cette fois-ci, la voix me semblait étrangement familière, comme une porte mal graissée…

— Faustine ! Réveille-toi !

Quand j'ai ouvert les yeux (encore tremblante, le visage baigné de larmes), j'étais à l'école, dans ma chambre, enfin la chambre que je partageais avec…

— C'est Elzbieta !

… Voilà.

— Écoute, je ne sais pas ce que tu as et pour tout dire je m'en fiche complètement, mais il est 3 heures du matin ! Ça fait je ne sais pas combien de temps que tu t'agites, j'avais enfin réussi à m'endormir, et voilà que tu te remets à gémir, c'est pas possible ! Si ça continue, je vais me plaindre à la responsable d'étage !

Rien de mieux que ces vocalises pour me faire reve nir sur terre… Et j'étais bien trop terrorisée pour risquer de m'endormir à nouveau. Alors, pendant qu'Elzbieta, furieuse, se tournait vers le mur et commençait à ronfler, je me suis recroquevillée sous ma couette. Après ma mère, après papa, la mort en personne était venue me rendre visite…

7 heures du matin. Hagarde, je me suis levée, j'ai pris mes affaires en silence et j'ai marché jusqu'à la douche. Je ne me suis pas éternisée ; j'avais appris à mes dépens qu'une station prolongée sous l'eau chaude pouvait déclencher des crises de larmes, et j'avais assez donné.

Les heures de cours sont passées sans que je m'en aperçoive vraiment, occupée que j'étais à essayer de garder les yeux ouverts. Plusieurs fois, Cora a dû me donner des coups de coude pour m'empêcher de glisser de mon siège. Et le pire, c'est que mon programme prévoyait que je passe l'après-midi au Gymnasium avec Andrea et les autres pour l'entraînement. J'ai déjeuné comme un zombie, ayant à peine l'énergie de noter que Solal faisait désormais partie de la bande : il rigolait avec les filles et même Richard avait oublié de boucher ses oreilles. Quand j'ai essayé de me mêler de la conversation, un silence s'est fait.

— Oh, qu'est-ce qu'il y a ? J'ai pas dit un truc que vous attendiez que je dise ?

— Euh… Ce n'est pas très clair ce que tu racontes là, a observé Sumi. Non. On veut te faire une surprise…

— Oui, pour le carnaval ! a commencé une Cora très enthousiaste, fusillée du regard par Elsa.

Elsa qui, je le notais, avait pris la peine de se maquiller ce jour-là…

— Solal a eu une idée de génie, a-t-elle soupiré avec un regard énamouré vers la tignasse ébouriffée de l'autre, plus surfeur attitude que jamais.

En temps normal, je les aurais harcelés jusqu'à connaître le fin mot de l'histoire. D'ailleurs, ils s'y attendaient tous si j'en jugeais par leurs regards avides, tournés vers moi. Mais là… Franchement, j'étais trop crevée pour penser à autre chose que garder les paupières entrouvertes. J'ai quand même eu pitié d'eux.

— Et, bien sûr, vous n'allez rien me dire ?

— Héé non, a gloussé Elsa de manière tellement godiche que même la si tolérante Sumi l'a regardée d'un air surpris.

— Héé ben c'est triste ! Héé en plus j'ai après-midi d'entraînement au Gymnasium, parce que pendant que vous faites des cachotteries, moi j'ai une foutue équipe à coacher…

Et je les ai plantés là, passablement énervée. Je pensais déconnecter un peu au Gymnasium avant le début de l'entraînement, mais les varappeurs étaient déjà tous présents, en tenue en plus, en train de sautiller autour d'Andrea.

Autant dire que j'étais d'une humeur de dogue quand j'ai rejoint leur groupe surexcité.

— Ho ! Vous faites quoi, là ? Vous avez pris des trucs, ou quoi ?

— Andrea nous a soumis des idées démentes pour le Challenge ! a quasiment hurlé Gaëlle. On va tout déchirer !

Pour l'instant, c'étaient mes pauvres tympans qui étaient en charpie avec leurs cris d'animaux de zoo à l'heure de la distribution de nourriture… Entre les heures de sommeil en retard et les divers motifs d'énervement (Elzbieta, Solal qui venait de me subtiliser mes copains en deux-deux, Andrea qui se la jouait Grand Sachem, Sasha), j'avais l'impression de porter un casquc à pointe sur la tête, avec la pointe à l'intérieur. Mon agacement a dû se voir sur mon visage, car Andrea a envoyé tout le monde s'échauffer à l'autre bout du Gymnasium pour me détailler son plan.

— Alors, j'ai eu le temps de réfléchir... a-t-il commencé.

— Ah, tu as trouvé le temps ? C'est cool, ça. J'aurais aimé que tu trouves aussi du temps pour m'expliquer certains trucs...

Il a soupiré, autant de lassitude que d'exaspération. Avec une petite pointe de colère, je dirais...

— Écoute, Faustine. Crois bien que j'aimerais laisser tout ce cirque de côté et me consacrer... eh bien, à nous. Mais eux, a-t-il poursuivi en désignant le groupe des varappeurs qui bondissaient comme une meute de teckels, ils comptent sur nous. L'école aussi, d'ailleurs. La directrice évidemment, et encore plus depuis que Gilles n'est plus là. Alors, est-ce que tu pourrais, même si je sais que ce que je te demande est presque inhumain, mais *s'il te plaît*, penser seulement au Challenge pendant quelques jours ?

— Écoute, Andrea... (Ma voix ressemblait au grondement d'un des chiens de Ben.) Je n'ai pas dormi la nuit dernière parce que j'ai rêvé que l'on m'avait enfermée dans le cercueil de mon père. J'ai encore l'impression de sentir le cadavre, et pourtant, j'ai pris une douche brûlante, je te prie de me croire ! Je tombe de sommeil, mais j'ai tellement peur de faire des cauchemars malgré les somnifères que je pique à ma coturne que j'essaie de ne plus dormir du tout. Je ne sais pas combien de temps je vais pouvoir endurer ça.

— Tu ne feras pas de cauchemars pendant quelques jours, m'a-t-il coupé.

— Ah bon ? Et comment tu sais ça ?

— Tante Cass' me l'a certifié. Ce qui signifie que tu vas avoir du temps pour réfléchir. Et aussi… eh bien, que c'est moi qui vais trinquer. Je ne serai pas toujours au mieux de ma forme dans les semaines à venir. Mais le Challenge approche, et il faudra que toi, tu sois au top…

J'ai baissé la tête. En moi se bousculaient le soulagement de savoir que je serais épargnée durant quelques nuits et le souvenir d'Andrea se tordant de douleur.

— Comment Tante Cass' peut savoir ?

— C'est… une pythie.

— Une quoi ?

Mais le retour de l'équipe ne lui a pas permis de me répondre.

— Alors, Andrea t'a dit, pour le Challenge ? a beuglé Simon, les yeux brillants.

— Euh… pas encore, en fait. On vous attendait…

— Eh bien voilà… a commencé Andrea alors que les autres se remettaient à glousser.

C'était effectivement un peu rock'n'roll, mais surtout classe et élégant. Parfait. Tout Andrea, quoi…

La douche nous a fait du bien – enfin, surtout à mes petits camarades, car pour ma part je n'avais mal qu'au poignet à force de prendre des notes. Quand je suis sortie avec Gaëlle et les autres des vestiaires, Andrea semblait attendre. Il a poliment répondu aux questions des uns et des autres à propos du Challenge (surtout Simon, enthousiaste comme jamais !) jusqu'à ce que Gaëlle comprenne qu'un peu d'intimité était requise. Elle a proposé à son copain et aux autres un réconfort sous forme de thé ou de chocolat chaud et nous a laissés seuls.

— Je voudrais t'inviter quelque part, m'a-t-il annoncé.

J'avais appris à me méfier.

— Et, ça va être… euh… bizarre ?

Il a explosé de rire.

— Hé ! Je fais des choses normales, parfois ! Non. Un truc cool. Juste… dîner. À Genève.

— Attends ! Je pige plus, là… Chez toi, tout le monde m'a fait comprendre que nous devions nous éloigner l'un de l'autre pour que je puisse prendre ma décision sereinement, et toi tu me proposes… euh… un rencard ? Un « truc cool » ? Je ne savais même pas que tu connaissais ces mots-là !

Il m'a fixée, ses incroyables prunelles violettes absolument limpides.

— Je peux te promettre de ne plus essayer de t'embrasser, d'être odieux, de draguer toutes les filles qui passent sous mon nez. Et tu peux faire pareil avec n'importe quel guignol bronzé et mal coiffé. Mais tu sais quoi ? Ça ne changera rien. Si tu dois être mon Élue et si je suis le tien, alors on peut se faire tout le mal que l'on veut, ça ne pèsera pas lourd. Idem si tu renonces à moi. Tout ce que l'on pourra faire ou dire n'influera pas sur nos Destinées. On croit que l'on choisit, mais c'est faux. Alors, avant que tu prennes la décision qui doit être prise, essayons d'être bien ensemble, non ?

— Tu crois vraiment à ce que tu dis ?

— Eh bien… J'ai eu le temps de ressasser depuis que je suis né, et encore plus depuis que tu es arrivée dans ma vie. Je crois que tu es trop loyale et trop intelligente pour ne pas prendre la bonne décision, quelle qu'elle soit. Nous allons souffrir, toi et moi, avant ce moment. Tu feras d'autres cauchemars et je sais que je peux m'attendre à quelques nuits agitées. Alors, je n'ai pas envie d'ajouter le regret au malheur. Si je dois te perdre, je veux pouvoir me dire que nous avons été heureux jusqu'au bout. Et si nous devons vivre ensemble, eh bien… on aura eu un avant-goût du bonheur.

Dans mon crâne, c'était le chaos. Je sentais qu'il y avait dans tout cela des choses qui me comblaient et d'autres qui ouvraient la porte à des tonnes d'interrogations… Si seulement quelqu'un avait pu m'aider ! J'ai relevé la tête.

— Vendredi, tu dis ? OK, je vais demander une autorisation de sortie à ma tante. Mais je veux y aller seule. On se retrouvera là-bas.

Au réfectoire, j'ai retrouvé mes potes les Proscrits, qui devenaient de plus en plus tendance : outre l'inévitable Solal – j'avais bien compris l'allusion au guignol mal peigné d'Andrea –, il y avait Simon et Gaëlle. Et tout ce beau monde a fermé sa bouche dès que j'ai fait mon apparition. Juste avant que le silence ne se transforme en malaise ou que je tourne les talons, Solal s'est avancé.

— Faustine ! On se disait justement… vendredi, c'est férié, OK ? On aimerait bien faire un tour à Genève.

— On a des courses à faire, a commencé Elsa avant que Cora ne lui mette un discret coup de coude.

— Euh, oui, ça, et aussi on pourrait sortir un peu d'ici, tu vois ?

— Vendredi ? J'aimerais bien, mais j'ai un truc, déjà…

— Un truc où ? a commencé Elsa-la-commère.

— À Genève, justement. Un truc… euh… pour le Challenge.

— Ah ? C'est dommage…

— Vous y allez comment ?

— Charlie fait un transport groupé ! Apparemment, on est plusieurs à vouloir faire un peu le mur…

— Alors, je crois que je vais faire l'aller avec vous…

— Ah bon, parce que c'est qui qui te ramène ? a tenté Elsa.

— C'est Kiki. C'est quelqu'un, je veux dire. Bon, ben je vais prendre une douche, parce que je sors du Gymnasium, là…

— Mais tes cheveux sont mouillés et tu sens le shampooing ! a fait remarquer Elsa, pas vexée pour un sou.

Elle commençait vraiment à me courir, mais j'ai pris sur moi.

— Bref. De toute façon, faut que j'aille dire à Charlie qu'il me garde une place sinon, je vais me retrouver coincée ici…

Et j'ai filé, une fois de plus. Une fois de plus, expulsée – mais par la faute de qui ? – de mon refuge, d'un lieu où je croyais être en sécurité. Mais peut-être étais-je un peu parano ?

— Tu es un peu parano, m'a confirmé Charlie quelques minutes plus tard.

J'avais retrouvé monsieur en bras de chemise (alors qu'il faisait un petit 4° C dans le garage de l'école), en train de passer une couche de polish sur Charline. Devant mon air dépité, il m'avait gentiment questionnée et j'étais passée aux aveux, enfin, de ce qui était avouable ; et notamment que Solal m'avait piqué mes amis décalés pour les transformer en lycéens ordinaires avec maquillage, sorties du vendredi soir et cachotteries.

— Tu devrais être contente que tes copines se fassent jolies. Quant à ton zigoto avec son nom bizarre, là…

— Solal.

— Ouais, dis-toi bien qu'il débarque de loin, qu'il ne connaît personne et qu'il doit être bien content de s'être fait quelques amis. Les amis, c'est comme les meilleures choses de la vie : plus on les partage et plus on en a.

Si Charlie se mettait à philosopher, où est-ce qu'on allait ?

— J'ai pas tout compris, mais vous avez sans doute raison. Dites, je pense aller à Genève vendredi. Il reste une place pour moi ?

Il s'est tourné vers moi.

— T'as de la chance, ma petite ! Il en restait une seule et elle est réservée pour toi !

— Réservée ? Comment ça ?

— Tes amis bizarres, là, ils sont venus avec le zigoto que tu me parlais juste avant. (Charlie philosophait, mais sa syntaxe était toujours vacillante ; le monde tournait rond.) Ils m'ont dit que tu viendrais sans doute avec eux. Mais c'était pas la peine, de toute façon, parce que le beau brun était déjà venu me voir pour te garder une place.

— …

— Et là, tu me poses pas de questions pour savoir qui c'est, le beau brun ?

— Euh… non (*Fuck* ! Je crois que j'ai rougi). Ben, non. Merci.

— Tu vois, les amis…

Il a bougé sa tête dans tous les sens.

— Euh… oui. Eh ben, j'y vais, alors ! À vendredi, 17 h 30, c'est ça ?

— C'est ça ! Avec les amis !

J'ai filé en bibliothèque où le spectacle de Rototo-Fred, la langue à demi sortie, en train de potasser en vue de son exposé, m'a presque tiré des larmes de pitié tant la notion d'effort lui semblait étrangère. D'ailleurs, au bout d'un quart d'heure, il est sorti, avant de revenir vingt minutes plus tard, empestant la nicotine, puis de repartir peu de temps après en se grattant l'entrejambe.

— J'vais pisser, m'a-t-il chuchoté quand il m'a vue.

Une confidence, on l'avouera, du plus haut intérêt. La fréquentation de cet animal et son exposé à venir sentaient bon, si j'ose dire, les sensations fortes… N'empêche que le spectacle offert par cette incongruité de la nature m'a ramenée à mon propre sujet : Bonjour Tristesse, *le livre d'un monstre* ? Il convenait d'abord de se pencher sur la signification de ce dernier mot. Je me suis assise devant un écran d'ordinateur, j'ai tapé mon code pour ouvrir une session. Un monstre, c'était quoi, au juste ? Les définitions pullulaient, mais toutes semblaient en revenir à la même notion : un monstre, c'était quelqu'un qui échappait aux classifications. Un monstre était solitaire. Dès qu'il rencontrait son semblable, il cessait d'être unique et craint. Le monstre croisait son double et rentrait dans le rang.

J'ai rêvassé sur ces définitions qui m'ouvraient des perspectives effrayantes jusqu'à ce que mes yeux tombent par hasard sur l'horloge de la bibliothèque : il était 19 heures, donc grand temps de rallier la cafèt' pour le dîner. Sauf que, ce soir, j'entamais avec Andrea le chemin qui menait au Challenge. Et peut-être, à autre chose…

Le Gymnasium était silencieux lorsque j'y suis entrée. Au pied du mur d'escalade, éclairé *a minima*, Andrea était assis dans une position bizarre dont il s'est pour ainsi dire extirpé quand il m'a vue.

— Yoga, a-t-il dit devant mon air interrogateur. Tu es prête ?

— Prête…

J'ai fait quelques tours de salle et des étirements pour m'échauffer tandis qu'Andrea traînait au pied du mur d'énormes matelas. Je l'ai rejoint.

— C'est quoi ?

— Pour amortir une chute, au cas où. On va grimper en duo, on y va sans harnais.

Les matelas étaient immenses, mais pas très lourds ; j'ai compris pourquoi lorsque, Andrea les ayant tous disposés, il m'a demandé de l'aider à ouvrir des valves. Les matelas se sont emplis d'air en quelques minutes.

— Et voilà ! Bon, eh bien… On y va ?

— On y va !

J'étais emplie d'une étrange allégresse ; l'idée d'Andrea reposait autant sur une technique et une coordination parfaites que sur une confiance absolue l'un dans l'autre. Lorsque j'ai empoigné le premier bloc, j'ai su que si deux êtres devaient réussir ce que nous nous apprêtions à tenter, c'était nous, et personne d'autre.

Nous avons enchaîné sans effort apparent les déplacements, bougeant un bloc ici, discutant sur la façon la plus spectaculaire de passer un surplomb là. Nous étions en symbiose parfaite. Ce n'est qu'au bout d'une heure que la fatigue s'est vraiment fait sentir. J'ai essuyé la sueur de mon visage sur mon foulard. Appuyée contre la paroi, bien calée par trois prises, j'ai jeté un coup d'œil aux matelas, trois mètres plus bas…

— Andrea !

— Mmm ?

J'ai désigné le sol.

— On y va ?

Il m'a souri. J'ai sauté. Il a sauté, à la même milliseconde, j'en jurerais. Nous avons atterri sans dommage sur les matelas dont les vagues d'air nous ont précipités l'un contre l'autre. Là, sur une impulsion irraisonnée, j'ai saisi son beau visage entre mes mains blanchies de magnésie ; au même instant, j'en jurerais, il a mordu ma bouche…

— Être bien ensemble, hein ? ai-je pu murmurer quand j'ai repris mon souffle.

— Exactement.

— Alors…

Cette fois-ci, c'est moi qui l'ai mordu, avant d'enfouir mon nez dans son cou. Dans les effluves de vanille, de cuir et de lavande pimentés de sueur de ce monstre de sensualité avec qui j'allais si bien…

— C'est confortable, mais j'aimerais un autre cadre pour notre premier câlin…

— Ras-le-bol, ai-je marmonné, toujours cachée dans ses cheveux.

— Oui. Je propose qu'on se sépare et qu'on se prenne une bonne douche, chacun dans son coin, hélas… et qu'on aille se coucher.

— Chacun dans son coin, là encore ?

Quel esprit mordant ! Quel sens de la repartie !

— Hélas, encore. Mais oui. Franchement, dans notre état, cela vaut mieux…

Pas de cauchemar cette nuit-là. Mais de là à dormir… J'ai ressassé d'abord les souvenirs délicieux de notre atterrissage dans le Gymnasium, puis l'angoisse m'a saisie lorsque j'ai réalisé que peut-être Andrea, à cet instant même, était vrillé par la douleur dans l'attente de ma décision ; une fois encore, j'étais taraudée par mon dilemme. Renoncer à Andrea ? Pourquoi ?

Rien, dans tout ce que nous avions vécu, ne pouvait justifier que je ne sois pas son Élue. Prendre le risque de vivre à nouveau ces cauchemars affreux, jusqu'à, je le savais désormais, n'avoir plus qu'une seule envie : en finir, une fois pour toutes ? Avais-je le droit d'infliger à ma famille un deuil de plus ? Pourtant, renoncer, c'était condamner Andrea…

Et les jours ont filé, tous identiques ; les conversations interrompues à la table des Proscrits, les heures d'entraînement, les sourires quand le groupe réussissait un enchaînement particulièrement périlleux et les mines lugubres quand tout foirait. J'étais devenue très pénible, car je reportais sur les autres mes propres frustrations. « Il ne faut pas être bons, il faut être excellents ! », était le leitmotiv boy-scout que je leur ressassais à chaque séance, tant et si bien que Simon a proposé d'en faire des T-shirts. Noyée dans mes problèmes, je n'ai même pas réussi à en rire. Le vendredi, sitôt la fin des cours sonnée, j'ai réalisé à quel point j'étais vannée et perdue. Comme un zombie, j'ai rallié la douche avant de gagner ma chambre et d'ouvrir ma penderie : comment s'habillait-on pour un rencard avec l'homme de sa vie ? Et dans quel genre de restau, d'abord ? Un truc gastronomique ultrachic à la Salvaggi, un fast-food (non ! Quand même pas !), un Chinois, un Indien, un Italien (non ! Quand même pas !), un minimaliste moléculaire…

J'ai fini par enfiler un basique (jean/top sexy/veste) avant de sortir. Quand j'ai rejoint les autres, une surprise m'attendait : Andrea, en grande conversation avec notre Charlie national.

— Alors, pas de Jaguar, ce soir ?

— Non. Je récupère la voiture de ma mère qui vient d'être livrée à Genève…

— Oh ! Et c'est quoi, sans indiscrétion ?

— Une Porsche 356…

— Oh ! La même que James Dean ?

— Eh bien… oui. Exactement. Vous ne croyez pas si bien dire…

Je lui ai jeté un regard : est-ce que James Dean avait fait partie des copains des Salvaggi ? Voilà qui m'ouvrait des perspectives insoupçonnées… vite masquées par des préoccupations matérielles : dans le bus, des prépas s'étaient déjà entassés dans le fond, histoire de se peloter à l'aise ; Cora et Sumi se sont retrouvées ensemble. J'allais m'installer à côté d'Elsa quand elle a hurlé à Solal qu'elle lui gardait une place. OK. Je me suis retrouvée devant, dans la nuque de Charlie – et aussi d'Andrea qui avait pris le siège à côté du sien, histoire de poursuivre leur conversation. Comme voisin, j'avais donc… mon sac, dont la conversation, du moins n'allait pas empiéter sur mon espace mental.

Au bout de cinq minutes, Solal a commencé son cirque.

— Y en a pour longtemps ?

— Environ quarante minutes, a répondu Charlie.

— OK…

— Dis donc, vous vous ennuyez pas ?

— Oh si, t'as raison, a minaudé Elsa.

— Je connais un jeu terrible quand on est enfermés dans une voiture. Vous voulez savoir ?

— Oh oui, vas-y, a hululé Elsa.

— OK. C'est le jeu du DJ. On désigne quelqu'un pour être DJ… Bon, je vais faire le premier set pour que tout le monde comprenne bien. Hé, man, a-t-il dit à Andrea, je peux prendre ta place ?

D'un seul coup, je suis sortie de ma torpeur. « Hé, man ? » Avec Andrea, je n'étais pas certaine que ça allait le faire…

— Je te demande pardon ? a dit Andrea.

Bingo !

— Ta place, bro…

— Eh bien ?

Solal s'est tourné vers moi. Son visage exprimait assez bien ce qu'il pensait de son interlocuteur : une créature à mi-chemin entre l'aristocrate évadé des pages modes d'un catalogue chic et le débile profond.

— Je peux m'asseoir à ta place ? C'est pour mon jeu…

Andrea, qui n'avait visiblement pas suivi le début de la conversation, ne comprenait rien du tout, sinon que le « guignol mal coiffé » lui prenait son siège. Sentant là un début de malaise, j'ai pris mon sac, libérant la place à côté de moi. Andrea s'est levé, a jeté un regard peu amène à Solal, qui le lui a rendu. Bon…

— Je vous préviens, c'est un peu insupportable au début, comme jeu, a claironné Solal à l'assistance. Mais une fois qu'on est dedans…

— Insupportable ? Vraiment ? a fait Andrea.

— Ouais, bon. Alors voilà. Je suis le DJ et vous, vous m'imposez un set de… disons cinq chansons sur un thème précis. Pour faire simple, on va commencer par « fils et fille de ». Donc, j'ai dix minutes pour trouver cinq chansons chantées par des enfants de célébrités...

— Ah tiens, c'est marrant, ça, comme jeu, a dit Charlie.

— Donc, il est 17 h 55, j'ai jusqu'à 18 h 05. C'est parti ! a-t-il beuglé.

— Mon Dieu... a murmuré Andrea.

Honnêtement, je n'étais pas loin de partager son avis. S'il y a bien une chose qui m'insupporte, c'est quelqu'un qui change de fréquence toutes les trois minutes dans les voitures – Sasha est un habitué de la chose, et je ne connais rien de plus crispant. Alors, si Solal poussait cette torture jusqu'à son extrémité, j'étais sûre d'avoir envie de le tuer.

En quelques secondes, j'étais déjà au taquet. Solal passait comme un cinglé d'une radio à l'autre, des infos en continu en trois langues aux radios musicales pour d'jeuns jusqu'aux radios amateurs dont les animateurs maîtrisaient à peine le français. En trois minutes de recherches frénétiques, il avait néanmoins dégotté une chanson de Dutronc (Thomas, fils de Jacques), M (Mathieu Chédid, fils de Louis) et Charlotte Gainsbourg, fille de son père. Puis cinq longues minutes de sauts périlleux de fréquence en fréquence se sont écoulées (j'avais les jointures blanches à force de serrer les poings) avant qu'il ne tombe sur un opus d'Arthur H (Higelin, comme Jacques). Et – car en plus, on ne pouvait s'empêcher de regarder l'heure défiler sur l'horloge digitale du bus – il ne lui restait pas beaucoup de temps pour boucler son set. On aurait peut-être la paix après. Sauf que le reste du bus s'était pris au jeu et pariait déjà sur le prochain DJ. Un cauchemar partagé par Andrea, qui a discrètement pris ma main.

Solal poursuivait sa quête de taré, comme Golum cherchant son « Prééécíiiieeeeeeux » quand soudain, dans toute cette bouillie, j'ai entendu trois notes subtiles… C'était triste, déchirant même, et cela semblait s'adresser à moi seule…

« To see you again, please dad for once, I can't stand it anymore… »

Solal a voulu changer de fréquence, j'ai crié :

— Non, attends !

— Mais non, il me reste pas beaucoup de temps, là…

La voix triste du garçon poursuivait : « I can't stand, it's too much pain, I just need to understand… »

— C'est qui ce mec ? Tu le connais, c'est le fils de qui ?

— Ferme-la, bon sang ! a coupé Andrea.

— Oh, mec ! Tu pousses, là…

Et il a tourné le bouton d'un coup, faisant taire la douleur de celui qui avait perdu son père et avait besoin de comprendre. Furieux, Andrea s'est à demi levé, dans l'intention, je suppose, d'en coller une à Solal – ses iris avaient viré au noir.

— Laisse tomber, ai-je murmuré.

Il s'est rassis, a repris ma main. J'ai entendu Solal hurler :

— Ophélie, fille de David Alexandre Winter, et j'ai ga-gné ! Qui vient relever le défi du DJ ?

— Je crois qu'on va en rester là, est intervenu diplomatiquement Charlie. Va falloir trouver autre chose pendant la demi-heure qui vient…

Solal n'a pas eu l'air de se formaliser. Il a mis une chiquenaude sur l'épaule de Charlie, s'est penché vers Andrea – « Sans rancune, bro » – et s'est rassis à côté d'une Elsa extatique. Je m'en fichais, après tout. J'avais la main d'Andrea dans la mienne, et dans ma tête la voix du garçon tournait en boucle : « I can't stand it anymore… »

On a fini par arriver à Genève. Charlie nous a débarqués au centre-ville ; avant de descendre, Andrea a eu un bref conciliabule avec Charlie, puis il s'est tourné vers moi.

— Tu connais Genève ?

La veille, j'avais repéré sur Google Earth le fameux café où Héracle passait ses soirées du vendredi. Le Café Rémond était apparemment une institution : il existait depuis plus d'un siècle ; les serveurs portaient gilets à rayures et queue-de-pie depuis l'origine.

— Oui, c'est bon… On se retrouve où, nous, et à quelle heure ?

— Je viens te chercher ici même à 19 heures, cela te convient ?

— C'est parfait, man, l'ai-je taquiné.

— Oh, je t'en prie… J'avais oublié cet abruti.

— Il est gentil, ai-je rétorqué sur la défensive.

— Sans doute, a soupiré Andrea. Il ne peut pas avoir tous les défauts…

— Ce que tu peux être snob, parfois !

— Désolé. Vraiment, je regrette… Non, pas du tout, en fait. Alors, 19 heures ici. Tu arriveras à te repérer ?

— Mmmh mmmh.

— Bon. Eh bien… à tout à l'heure.

Et il s'est penché sur moi pour m'embrasser. Du coin de l'œil, j'ai noté que ni Elsa, ni Solal n'en avaient perdu une miette. Bon, eh bien ça, c'était fait…

Le Café Rémond était à trois pas de là. C'était un grand établissement qui faisait l'angle de deux rues impeccables – pas un papier gras, pas une crotte de chien, pas de graffitis sur les murs. Je m'attendais à un truc un peu vieillot, pas à un de ces bars lounge qui font fureur dans toutes les grandes villes et saoulent pareil, de Londres à Berlin et de Tokyo à Paris, mais pas à ce point : si le costume des serveurs n'avait pas changé depuis un siècle, le décor non plus, et pas davantage les clients qui me faisaient tous l'effet de sortir d'un vieux cadre.

— Mademoiselle Sullivan ? m'a demandé un type qui avait l'air d'un majordome dans une comédie anglaise du XIXe siècle.

— Euh… oui.

J'avais à peine eu le temps de passer la porte.

— Vous êtes attendue. Suivez-moi, je vous prie.

Il m'a conduite dans une salle contiguë à celle où nous nous trouvions et dont les vitrines ouvraient sur la rue.

— Comment avez-vous su que c'était moi ?

— Je vais vous répondre comme dans un de vos films français : on m'avait fait un portrait parlé.

Le Cave se rebiffe. 1961. Gilles Grangier, dialogues de Michel Audiard. Eh oui, j'étais pas la fille de ma cinéphile de mère pour rien…

— Je vous remercie pour l'allusion. C'est vraiment raffiné !

Là, le type a rougi. Moi, j'étais trop stupéfaite en découvrant mon hôte pour me réjouir de lui avoir cloué le bec…

— Mehiel ! Mais… Je croyais rencontrer Héracle ! Qu'est-ce que tu fais là ?

Il m'a invitée à m'asseoir.

— Franchement… Si tu avais su que c'était moi, tu serais venue ?

— Franchement ?

— Franchement !

— J'aurais hésité, j'avoue… Qu'est-ce que tu me veux ?

— Te dire à quoi tu t'engages avec Andrea avant…

— Avant quoi ?

— Avant que la famille ne te force la main sans te dévoiler tout ce qu'il y a à savoir.

J'avais beau trouver glaçante l'allure de Mehiel, au point qu'elle me mettait mal à l'aise, je n'avais pas oublié sa prévenance lorsqu'il m'avait accompagnée à la villa Salvaggi. Et puisqu'il avait soi-disant tant souffert de la malédiction familiale, j'étais encline à le croire lorsqu'il proposait de m'apprendre des secrets qu'on ne voulait surtout pas me dévoiler. De la part de Nicola, cela ne m'étonnait guère… Pourtant, j'avais déjà eu une overdose de révélations. Je savais que je risquais ma vie simplement en avouant à un garçon amoureux de moi que je l'aimais aussi.

— Je voudrais te raconter mon histoire. Que tu saches vraiment à quoi tu t'exposes… et Andrea également. Tu as de nouveau fait des cauchemars, n'est-ce pas ?

J'allais lui répondre quand mon ami le majordome a fait son apparition avec une théière exhalant un fort parfum poivré, une immense tasse de chocolat surmontée de crème Chantilly et une débauche de mini-pâtisseries. Il nous a servis avec des minauderies affectées parfaitement crispantes, comme s'il nous apportait le Graal.

— Votre thé, monsieur… Mademoiselle, la maison est heureuse de vous faire découvrir notre spécialité : un cacao de grande origine, épicé à la cannelle et à la cardamome, à la manière catalane, mais surmonté de ce qui fait la renommée du Café Rémond, notre crème fouettée artisanalement. Si cela ne vous convenait pas, je me ferais un devoir de vous amener sur-le-champ toute autre boisson à votre goût.

Et blablabla… Je rêvais déjà de lui balancer l'intégralité du plateau en travers de son ridicule costume quand Mehiel est intervenu.

— C'est merveilleux Maurice, comme toujours… Vous pouvez nous laisser à présent, je suis certain que tout est parfait.

— Monsieur, la maison est toujours honorée de vous recevoir…

Et il est parti quasiment à reculons, en faisant de petites courbettes comme devant l'empereur de Chine. Absolument grotesque. Mais ses pitreries avaient éloigné l'émotion qui commençait à me gagner lorsque Mehiel avait évoqué les cauchemars.

— Andrea est ici, n'est-ce pas ?

— Oui. On doit se retrouver ce soir.

— Pour dîner, je suppose… On rencontre souvent son âme sœur dans un dîner…

Il s'est arrêté, l'air rêveur. Je ne voulais pas l'interrompre, mais comme son silence s'éternisait, j'ai osé.

— C'était… c'était quand ?

Il s'est ébroué, exactement comme le font les chevaux, pour se sortir de sa transe.

— Une éternité… presque quatre-vingt-dix ans ! J'avais, eh bien, à peu près l'aspect que j'ai aujourd'hui, ce qui n'est pas mal pour un plus que centenaire… Je suis né en Angleterre, dans une famille encore plus guindée que celle d'Andrea et au moins aussi riche. À l'époque, j'avais un prénom ridicule très répandu chez les fils de snobinards anoblis par la reine. Tu auras le droit de rire, m'a-t-il dit en me regardant dans les yeux : mes chers parents m'avaient appelé Benedict.

— Hum… (J'ai toussoté pour éviter de ricaner.) C'est sûr que c'est pas facile à porter…

— Et tu as là un premier indice sur les bizarreries familiales : à la naissance, nos parents sont dans l'obligation de nous donner un prénom mixte. À une lettre près, et selon les langues, c'est toujours le cas, et on n'y a pas dérogé depuis le premier de notre lignée maudite. Je n'ai pas besoin de t'expliquer pourquoi.

Avec un sursaut, j'ai compris ce qui aurait dû me sauter aux yeux dès le début : Andrea, Nicola… en effet !

— Comment s'appelle l'ado que j'ai vu chez les Salvaggi ?

— Cecil…

— S'il est de la famille d'Andrea, il ne lui ressemble pas !

— Cecil est un très lointain cousin. Je te dis cela car c'est une deuxième chose à savoir sur nous : nous ne pouvons avoir qu'un seul enfant. Nous sommes tous de lointains descendants de Salmacis, mais c'est là notre seul lien de parenté chromosomique, je dirais.

— Les Élus ne viennent jamais de la même famille ?

— Si on remonte jusqu'au jardin d'Éden, sans doute ! Mais… et voilà une chose sur laquelle les Salvaggi vont passer assez vite… le fait de t'unir à Andrea fera de toi quelqu'un d'autre… à l'intérieur. Tu ne vas pas te transformer, se hâta-t-il d'ajouter en voyant mon air affolé, mais, puisque chez nous le temps ne s'écoule pas de la même manière, l'Élu emprunte aussi ce chemin. Il cesse de vieillir, ou alors très lentement… Belà devrait être momifié vu son âge !

Malgré moi, j'ai gloussé.

— Disons que pendant, allez, une dizaine d'années, personne ne s'étonnera. Et puis… tes proches vont commencer à trouver étrange que tu ne changes pas. Au contraire, le temps qui passe ne fera qu'améliorer tes sens, tes réflexes, tes aptitudes. Quant à ton enfant, pas la peine de te faire un dessin : à partir de la puberté, il changera de sexe jusqu'à ce qu'il trouve son Élu… Alors, à moins d'expliquer à ta brave famille d'humains normaux qu'il faut refaire la décoration de sa chambre régulièrement, changer sa garde-robe trois fois dans l'année et surtout ne pas s'affoler s'il se met à hurler en s'arrachant la poitrine, il n'y a qu'une solution : disparaître. Si tu décides de vivre avec Andrea, tu pourras dire adieu à ta famille. Définitivement. Car dans ces conditions, il y a peu de chance qu'une personne issue de la même famille à la même génération soit aussi un Élu...

— Je n'avais pas réalisé que ce serait si brutal...

— Et ça le sera encore plus pour ta famille ! Il n'y a pas cinquante manières de couper les ponts sans prendre le risque que quelqu'un te recherche : c'est faire croire que tu ne reviendras jamais...

— Tu veux dire...

— Crois-moi, a-t-il dit d'un ton amer, depuis des siècles, les Salvaggi, ma famille et tous nos cousins dingos sont passés maîtres dans l'art de l'enterrement. Que ce soit pour la galerie ou parce que celui que l'on aime est véritablement dans le cercueil...

Mehiel s'est servi une tasse de thé, m'a ordonné, avec douceur, de boire mon chocolat (« Tu verras, c'est vraiment très bon ! » – et ça l'était en effet) et s'est replongé dans ses souvenirs.

— Quand j'ai pris conscience de mon... de ma difformité, ça a été vraiment très dur. Jusque-là, j'avais vécu une vie sans histoire de Petit Lord Fauntleroy, dans une demeure somptueuse, au milieu d'un parc incroyable, avec la version anglaise d'Héracle pour me servir. Une mère divinement belle, un père qui aurait pu servir de modèle au parfait aristocrate. Ma première transformation a été atroce. Ma mère, eh bien, elle est un peu comme Nicola, tu vois, elle savait à quoi s'attendre et me surprotégeait, mais mon père, même s'il avait su jusque-là tenir à merveille son rôle d'Élu... pour la première fois de ma vie, je l'ai vu pleurer de m'entendre hurler. Il a passé des nuits entières à me serrer contre lui alors que je me tordais de douleur… Et puis voilà : du jour au lendemain, il n'avait plus d'héritier, mais une fille à marier. Ils ont inventé une histoire d'études à l'étranger pour expliquer mon départ et ils m'ont laissé le choix : soit rester cloîtré au château, soit aller vivre chez un de nos « cousins ». Je suis parti aux États-Unis. En pleines années folles. Et je peux te dire que j'en ai profité. Il n'y avait pas pire catin que moi dans tout Chicago !

— Euh… Épargne-moi les détails…

— Pardon. Je m'en fichais complètement, tu vois, parce que je me disais que lorsque je redeviendrais, moi, enfin, mon moi de naissance, je retournerais en Angleterre, et qu'à la prochaine transformation j'irais encore ailleurs…

— C'est ce qui s'est passé ?

— Exact. Il est heureux que nous soyons d'une constitution solide parce que… bref. Mes amants n'avaient pas tous une hygiène irréprochable. Enfin. Et puis j'ai rencontré l'homme de ma vie.

— Un homme ? Tu étais Bénédicte à ce moment-là ? ai-je demandé en insistant bien sur le « E » final.

— Pourquoi, a-t-il ricané en me fixant, tu es homophobe ? Non, mademoiselle. J'ai rencontré mon élu en tant qu'homme. Stephen était mon partenaire de tennis, activité éminemment recommandée dans notre société ultrachic… Il était tout à fait conscient qu'il préférait les hommes et il ne le cachait pas au club – un endroit atroce, je dois dire, où les parvenus sont encore plus snobs que les membres de la famille royale. C'est lui qui a fait le premier pas, parce que pour la première fois de ma vie, j'étais désemparé. J'avais envie qu'il parte, parce que je voulais le protéger, mais je ne supportais pas de vivre sans lui…

J'ai baissé la tête. Andrea m'avait expliqué tout cela.

— J'ai fini par lui avouer ce que j'étais en le suppliant de fuir le plus loin possible. Et tu sais quoi ? Il n'a pas hésité plus d'un jour. Il m'a dit que si j'étais son Élu, il fallait qu'on le sache vite, car il avait réservé le court pour un double-messieurs et que nous devions mettre une raclée à ses péteux de cousins ! Tu vois le genre…

Mehiel s'est tu. Sans m'en rendre compte, j'avais posé la main sur la sienne pour l'encourager à continuer. Il a paru reprendre vie en sentant le contact de ma peau. Il a serré ma main, puis m'a lâchée et a souri avec tristesse.

— Trois mois plus tard, il était mort. Lorsque j'ai fait mon Annonce lors de la cérémonie de la Destinée, j'ai su presque tout de suite qu'il n'était pas mon Élu…

— Parce que tu étais gay ? ai-je demandé, sans réfléchir.

— Non ! Nous n'étions pas les premiers… Ce n'était pas lui, c'est tout. Ça arrive chez les humains « classiques » : on s'aime, on ne s'aime plus, on déprime, et puis on retrouve quelqu'un d'autre… Pas chez nous. Nous sommes condamnés d'avance à trouver l'amour. Stephen a subi les cauchemars dès le lendemain de l'Annonce : d'abord toutes les nuits, puis sans arrêt. Il ne mangeait plus, ne dormait plus. Aucun médicament ne pouvait le calmer ni le faire dormir. J'ai tout essayé, tout… À la fin, il m'a supplié de le laisser mourir. Alors j'ai fait la seule chose que je pouvais encore faire pour lui : c'est moi qui ai mis fin à ses souffrances…

— Tu veux dire…

— Cela a été rapide et sans douleur. Son visage était magnifique, apaisé, enfin… J'étais presque seul à son enterrement, je n'avais pas voulu y voir un seul représentant de ma maudite famille. Stephen était orphelin, et nos prétendus amis au club n'ont pas souhaité se montrer.

— Et tu es rentré ? ai-je demandé, au bord des larmes.

— Oui… J'étais au moins sûr d'une chose : les transformations, c'était fini. Nous restons tels que nous étions lorsque nous avons présenté notre Élu à la Destinée. Je savais aussi que je ne ressentirais plus jamais rien : ni désir, ni amour, ni tendresse pour qui que ce soit. Rien, sinon cette colère qui me déchire et le remords lancinant d'avoir entraîné Stephen dans cet enfer. Et je traînerai cela jusqu'à la fin de ma vie, qui n'en finit plus de ne pas finir… Car tu sais l'atroce ironie de l'histoire : nous ne pouvons pas mourir de notre propre volonté. Je peux me jeter dans un précipice ou sous les roues d'une voiture, je ne mourrai pas. J'aurai les plus terribles séquelles, mais « par miracle », t'expliqueront les médecins, je survivrai. En vrac, mais vivant et, le pire : avec le cerveau intact même si mon corps n'est plus qu'un tas de chairs sanglantes.

Mehiel m'a fixée.

— J'ai changé de nom. Une autre de nos obligations quand nous échouons. Mehiel est un des anges de la Kabbale. Il paraît qu'il est un antidote contre les forces de l'abîme. Il m'a paru convenir à merveille…

J'ai encore une fois baissé la tête. Je ne savais pas quoi dire. Le désespoir de Mehiel, ce n'était sûrement pas ce que je voulais pour Andrea… Mais ses parents semblaient si fusionnels… Peut-être que c'était ce que la Destinée nous réservait ?

Plusieurs fois, Maurice s'était approché de notre table, jetant un coup d'œil discret, mais réprobateur, à la pile de gâteaux pourtant super appétissants à laquelle nous n'avions pas touché. Il a fini par nous demander, l'air plus guindé que jamais, s'il y avait un problème. Mehiel a paru enfin revenir sur terre.

— Tu as rendez-vous à quelle heure ? m'a-t-il demandé.

— Je ne sais plus trop…

— Tu dois y aller seule. Je ne suis pas certain qu'Andrea apprécierait de me voir…

Il m'a prise par la main, et nous sommes sortis. La nuit était tombée et un vent froid m'a saisie.

— Tout à l'heure, Andrea m'a embrassée devant tout le monde… Qu'est-ce qui va se passer ? ai-je demandé d'un ton misérable à Mehiel.

Il a soupiré.

— Tu veux vraiment savoir ce que j'en pense ?

— Oui, ai-je répondu, au bord des larmes.

— Andrea va te demander de renoncer à vous deux.

C'était ça. Cette ultime soirée, comme un couple normal, et demain…

— Je suis de ton côté. Je ferai ce que je peux, a conclu Mehiel doucement.

À CHAQUE PAS QUI ME RAPPROCHAIT D'ANDREA, la conviction se renforçait : ce soir allait être notre dernier soir.

Il était déjà là lorsque je suis arrivée sur la place, faisant les cent pas entre deux réverbères vieillots. Je me suis arrêtée quelques secondes pour observer sa silhouette magnifique, éclairée comme au temps du cinéma muet et des studios Harcourt ; cela lui donnait un air à la fois angélique et étrangement absent, comme un figurant déjà en train de sortir du champ… ou alors, sous le coup des secrets révélés par Mehiel – pas vraiment des révélations en fait, juste un projecteur braqué sur ce que je ne voulais pas voir – étais-je en train de fantasmer ?

Lorsqu'il m'a vue, Andrea m'a rejointe en quelques foulées élastiques, m'a serrée contre lui avant de me prendre par la main et de m'entraîner vers un magnifique petit bolide, rond et cependant racé. Décapoté aussi, ce qui, vu la température un peu frisquette, m'a fait passer un frisson tout organique dans le dos.

— Nicola m'a demandé de la lui ramener à la villa…

— *La Fureur de vivre*, hein ?

— C'est drôle que Charlie ait parlé de James Dean, tout à l'heure. Ma mère et lui étaient ensemble quand ils ont acheté deux voitures jumelles, dont celle-ci. Il paraît qu'ils faisaient la course dans le désert, en Californie du Nord…

— Ta mère était avec James Dean ?

— Non ! Elle était déjà avec papa à ce moment-là. C'était son meilleur ami. Ils s'adoraient. Ils ont fait les quatre cents coups ensemble, à ce qu'il paraît. Quand il est mort, une parcelle d'elle a disparu avec lui. Mais ça, c'est notre lot, a-t-il conclu, la voix rauque. Voir mourir ceux que l'on aime, et rester impuissants…

— Andrea…

Ma voix était si claire, si impérieuse à cet instant, qu'il a aussitôt fixé ses yeux sur les miens.

— C'est comment, l'Annonce à la Destinée ?

— Comment sais-tu cela ? m'a-t-il demandé, en alerte.

— Je viens de quitter Mehiel. Il m'a expliqué son histoire…

— Quelle salope !

— Ben dis donc, je te croyais plus ouvert d'esprit !

— Pas lui ! Tu crois vraiment que dans notre situation, nous aurions la stupidité de condamner l'homosexualité ? Non… ma mère !

— Qu'est-ce qu'elle vient faire là-dedans ?

— Cela ne t'a pas effleuré l'esprit que, peut-être, elle l'avait envoyé exprès ? Elle sait admirablement cerner les personnalités et elle a vu ta rébellion. Elle a deviné qu'il suffisait de t'interdire quelque chose, ou de te défier, pour que tu te lances. Et à ton avis, qui lui a offert cela sur un plateau ?

— …

— Gilles ! Tu te souviens quand même qu'il t'a testée, poussée à bout un nombre incalculable de fois ? Tu n'as jamais renoncé ! Et lui, il allait faire son petit rapport à Nicola, qu'il idolâtrait !

Tout en parlant, Andrea avait ouvert la porte de la voiture. Le cuir, qui avait dû être récemment nettoyé et graissé, exhalait une odeur qui me donnait la nausée – au moins autant que ce qu'Andrea venait de suggérer. Nous nous sommes assis en silence ; il a démarré bruyamment et a pris ma main. La voiture a glissé vers une rocade ; le bruit du moteur, le sifflement du vent nous ont empêchés d'échanger la moindre parole. Et en moi, à nouveau, le tumulte…

Nous nous sommes éloignés de Genève. À quelques minutes de là, dans un minuscule village, il a suivi un lacis de ruelles avant de s'arrêter devant une façade banale. Sitôt le moteur stoppé, Andrea m'a prise par la main pour m'entraîner à l'intérieur. Il y régnait une température si douce que j'ai eu l'impression de me glisser dans un cocon. Mais j'ai à peine eu le temps de savourer cette sensation, car le spectacle était incroyable : derrière les murs gris se cachait un restaurant comme je n'en avais jamais vu…

— Bienvenue à la *Casa*, m'a murmuré Andrea.

C'était un rêve de gosses, la maison d'Hansel et Gretel, le temple de la bouffe… Sur chaque marche de l'escalier qui montait à l'étage ou s'enfonçait dans la cave, à chaque poutre du plafond, sur chaque meuble, desserte, saillie de fenêtre, il y avait à manger. Des paniers débordants de fruits, des corbeilles de pains odorants, des jambons et des saucissons se balançant dans les lueurs de l'immense cheminée où une procession de poulets pleurait des larmes de graisse parfumée.

— Alors, le principe est simple : on prend une assiette et on se balade dans la maison. On peut manger tout ce qui nous fait envie, autant qu'on le souhaite… et qu'on parvient à avaler. Les fromages et les desserts sont en bas, à la cave, les poissons dans la cuisine…

Je me suis mise à rire.

— C'est dingue !

— Oh, non ! Ce qui est dingue, c'est que personne ne nous soit encore tombé dessus.

À cet instant, une énorme main s'est posée sur l'épaule d'Andrea. Nous nous sommes retournés d'un bloc pour nous retrouver face à face avec un géant tatoué.

— Monsieur Salvaggi ! Quel honneur !

— Bonsoir, Pascal !

— Calou, pour vous, Calou… Mon ami Héracle est-il avec vous, pour un défi culinaire ?

— Pas ce soir, hélas… Nous ne pourrons assister à un duel au sommet. Mais je vous présente… Voici Faustine, mon amie.

Le géant s'est incliné devant moi, a chuchoté une phrase incompréhensible à Andrea, puis a repris sa voix normale (un torrent du Sud-Est à secouer des barques) pour accueillir les clients qui arrivaient juste derrière nous. À voir les gabarits, il devait s'agir d'une équipe de hockey sur glace. Ou alors des gladiateurs en goguette ? En tout cas, ils parlaient fort, et je me suis rembrunie.

— Ça ne va pas être facile de discuter...

— Je sais. Heureusement qu'on ne reste pas dans cette salle...

Andrea m'a prise par la main pour me guider vers une échelle de meunier à demi dissimulée derrière un vaisselier. En haut, une petite pièce lambrissée au fond de laquelle une porte était entrouverte. Elle donnait accès à une sorte de passerelle qui nous a menés dans les combles d'un bâtiment contigu. Là, une petite table avait été dressée. Rien ne manquait : nappe blanche, bougies, porcelaine, verres en cristal et seau à champagne. Sans oublier le feu de cheminée devant lequel était disposé un tapis épais... J'ai éclaté de rire.

— Ne le prends pas mal, mais... On se croirait dans un roman photo. Ou dans un porno...

Andrea a ri à son tour.

— En fait, j'avais demandé à Pascal de préparer un endroit sympa... Mais je ne pensais pas vraiment à ça. C'est vraiment... euh... kitsch, je reconnais...

Je n'ai pas pu répondre, car une vieille dame a fait son apparition, qui a serré Andrea contre elle.

— Comment vas-tu, pitchoun ?

— Bien, Magali, bien, je vous remercie. Je vous présente Faustine, mon amie, a-t-il répété.

— *Es belasso*...

— Elle dit que tu es très jolie..

— Euh... merci...

— Mais il faut manger, que tu es toute maigrichonne... Je vais vous porter la banne et vous laisser tranquille.

Le temps de nous asseoir, elle avait posé sur la table plusieurs plats sortis d'un immense panier. Il y avait là une sorte de pique-nique improvisé : de jolies salades colorées et des assortiments de charcuteries, des pâtes de fruits, des petites fougasses comme j'adorais en acheter dans les boulangeries chic à Paris, des nougats de toutes les couleurs… Andrea m'a servi un verre de champagne rosé comme un bonbon et nous avons bu en silence tandis que la vieille dame se retirait en fermant la porte derrière elle. Nous nous sommes regardés, puis il m'a souri avec tristesse.

— C'est l'heure des aveux, on dirait…

J'ai essayé de plaisanter, mais le cœur n'y était pas.

— Parce qu'il y a encore des choses à avouer ?

— Oh ! Quelques détails, oui. Sérieusement, Faustine. Pose-moi toutes les questions que tu veux. Je te dirai tout ce que je sais.

J'ai soupiré. Par quoi commencer ?

— D'abord… Je voudrais que tu me parles de l'Annonce et de la Cérémonie de la Destinée.

Il ne m'a pas répondu mais a ouvert le col de sa chemise, d'où il a sorti le médaillon de Salmacis, à nouveau suspendu à son lien. Sur l'une des faces, l'argent était terne, comme noirci par une flamme… mais l'autre était intacte.

— Tu as vu sa couleur ? Il est devenu comme ça depuis que je t'ai choisie comme Élue. Il est comme moi, comme nous. Suspendu entre deux destins. Le jour de l'Annonce, nous le passons simplement au cou de l'Élu en prononçant une phrase que j'ignore encore… Je la dirai sans m'en rendre compte, et elle disparaîtra de ma mémoire sitôt exprimée. Puis tu prendras le médaillon et tu le mettras dans un coffret que Tante Cass' m'aura remis.

— Et… c'est tout ?

— Pas exactement. Le coffret se scelle hermétiquement de lui-même et s'ouvre de la même façon, quelques heures ou quelques jours plus tard. Si le médaillon est entièrement brillant, c'est que les âmes sœurs se sont reconnues. Sinon…

— Sinon les cauchemars recommencent et quelqu'un doit mourir…

— C'est ce que dit la prophétie.

Nous nous sommes tus. Mais j'ai repris la parole – j'avais ressassé tant de questions !

— Si je suis… ton Élue… est-ce qu'il faudra… que je fasse semblant de mourir ?

Andrea a soupiré à son tour.

— Mehiel ne t'a rien épargné, n'est-ce pas ? J'aurais préféré te l'apprendre moi-même… mais j'ai manqué de courage, et voilà le résultat. Oui, tôt ou tard. Tu pourras faire semblant d'être toi pendant quelques années, mais un jour viendra où tu ne pourras plus cacher que tu ne vieillis pas au même rythme que tes proches.

— Qu'est-ce qui se passe, alors ?

— Je vais te répéter ce que Mehiel t'a sans doute déjà dit : les nôtres sont très doués pour accompagner les cercueils. Qu'ils soient vides ou non…

J'ai eu la vision fugace d'Anna et Ben entourant Sasha, penchés sur ma tombe, des images bien trop vivaces depuis l'enterrement de ma mère…

— Et… on irait où, alors ?

— Loin. C'est tout ce que je peux te répondre. En un lieu qu'aucune des personnes qui te connaît n'aura l'idée de visiter.

— Et pour… euh… cette histoire d'enfant ?

Andrea a eu un rire sans joie.

— Décidément, Mehiel est allé jusqu'au bout ! Un seul enfant, c'est la règle immuable. Affligé évidemment de la tare familiale qui transforme les mères en furies prêtes à tout et les pères en impuissants désorientés…

— Et si… si le médaillon reste terne ? Est-ce… est-ce que j'aurai du temps pour dire adieu à ma famille ?

Les pupilles d'Andrea sont devenues mouvantes derrière ses larmes, mais sa voix tremblait de rage.

— Je n'en sais rien ! Mehiel a vu Stephen hurler de douleur quelques heures après leur Annonce, mais des histoires courent chez nous sur des couples qui ont cru pendant quelques jours qu'ils étaient sauvés parce que les cauchemars les avaient laissés en paix ! Tu imagines leur désespoir quand le coffret s'est ouvert ! Mais ça n'arrivera pas pour nous. Je m'y refuse et je ferai ce qu'il faut pour ça !

— Qu'est-ce que tu veux dire par là ?

— Faustine…

Il a pris ma main, mais je l'ai brutalement retirée.

— Alors Mehiel avait raison ! Tu veux me quitter, c'est ça ?

Andrea a eu *le* regard, son regard. Celui qui paralysait les plus virulents. Mais avec moi, il n'avait aucune chance…

— Faustine…

— C'est dégueulasse !

— Écoute…

— Tu savais tout ça ! Tu as tout fait pour que je tombe amoureuse, comme jamais ça ne m'était arrivé, et maintenant je dois oublier ? Mais comment tu oses…

— Tu as raison, je suis un salaud.

Son aveu a coupé net mon accès de rage.

— Mais un salaud qui t'aime, Bon Dieu, comme je n'avais jamais osé rêver… et je suis peut-être un lâche, mais je préfère vivre éternellement insatisfait et te savoir en vie quelque part, heureuse avec quelqu'un d'autre…

— Jamais !

— … que d'être responsable de souffrances abominables qui te conduiront à la mort.

— Tu oublies une chose, Andrea Salvaggi : c'est à moi de choisir, maintenant. C'est à moi de choisir mon destin, même si c'est toi qui m'as mis le marché en main.

— Je peux disparaître…

— Et moi, je peux aller voir ta mère. Lui infliger le pire chantage possible pour qu'elle te fasse revenir. Lui dépeindre ta souffrance, nuit après nuit, parce que tu refuses de revoir celle que tu as désignée comme… Élue.

— Non. Tu es trop loyale pour faire cela…

— Tu te trompes. Je suis encore plus têtue que ce que Gilles croyait, demande à mon frère. Mais j'ai besoin de savoir une chose, une seule, pour prendre ma décision…

— Je sais ce que tu vas me demander…

C'était l'instant décisif. Bien plus fort que ce banal « je t'aime », que des millions d'individus se murmurent chaque jour avant de se séparer, ou en pensant à quelqu'un d'autre... L'acte d'amour suprême. Oh, comme je comprenais aujourd'hui ma mère que j'avais tant détestée ! Tout comme je savais que la moindre hésitation d'Andrea me détacherait à jamais de lui...

— Pour choisir, il faut être libre. Ma liberté, c'est ta réponse à cette question... Es-tu prêt à aller jusqu'au bout ?

Cette fois-ci, les prunelles d'Andrea voguaient derrière ses larmes. Mais il m'a pris la main et sa voix était ferme lorsqu'il m'a répondu.

— Jamais je ne te laisserai souffrir...

— C'est une promesse ?

— Non. C'est un serment.

Dans ses yeux noyés, j'ai lu qu'il le ferait. Lui aussi me tuerait de ses propres mains pour m'éviter d'endurer les pires douleurs. Lui aussi accepterait l'ultime sacrifice et passerait l'éternité de sa vie à expier ce crime : avoir entraîné son amour dans la mort...

— Maintenant, je peux choisir.

À suivre...

REMERCIEMENTS DE L'AUTEUR

À ma sœur Émeline, dont les applaudissements frénétiques et les critiques acerbes m'ont portée tout au long de l'écriture ;

À ma famille décapante qui croit en moi plus que moi-même ;

À la formidable team Black Moon dont le soutien me laisse parfois baba…

Spéciale dédicace à l'album *As Collateral Damages* du groupe Outstock qui fut souvent la BO de mes nuits blanches… It was great, guys !

REMERCIEMENTS DE L'ÉDITEUR

L'éditeur remercie très chaleureusement tous les membres du jury :
les auteurs Christine Féret-Fleury, Lauren Oliver et Margaret Stohl,
les libraires Delphine Lepelletier, Julie Lekeux et Rita Parsis, ainsi que Audrey Botella et Marie Caillet,
pour leur enthousiasme dès l'origine du projet « Tremplin », pour leur engagement et leur temps !

Cette formidable aventure n'aurait pu avoir lieu sans tous nos précieux partenaires :
June et son égérie Navie, Melty, L'Étudiant/Trendy,
le CIC,
Orange/Lecteurs.com
et La Fringale littéraire.

Enfin, merci et bravo à la fantastique communauté Black Moon,
qui s'est révélée riche de tant de talents :
écrivains, critiques, addicts de la lecture et des émotions fortes qu'elle seule peut offrir,
vous êtes notre moteur et nos meilleurs ambassadeurs.

CE ROMAN VOUS A PLU ?

Donnez votre avis et
retrouvez la communauté
Black Moon sur

LECTURE academy.com

ET

/ BLACK-MOON-OFFICIEL

1

« On cesse d'avoir peur du diable à l'instant où on lui prend la main. » C'est ce que m'avait dit Freddie un jour, alors que j'étais encore petite.

Tout le monde appelait ma grand-mère par son surnom, même mes parents ; elle se présentait toujours de la sorte : « Fredrikke, dite Freddie. » Pas maman, ni mamie, mais Freddie.

Puis elle m'avait demandé si j'aimais mon frère.

« Luke est un sale tyran », avais-je répondu.

Je me rappelle que je fixais le marbre rose du vieil et majestueux escalier que nous gravissions ensemble. Il était parcouru de veines noires évoquant les varices bleues sur les jambes blanches de Freddie. Je me rappelle avoir pensé que cet escalier devait vieillir, comme elle.

« Ne parle pas sur ce ton, Violet.

— Tu le fais bien, toi. »

Et c'était le cas. Constamment.

« Luke m'a poussée dans ce sale escalier, une fois », avais-je ajouté sans détacher les yeux des marches de marbre. La chute ne m'avait pas tuée, si c'était son but, mais je m'étais cassé deux dents et ouvert le front, saignant abondamment.

« Je n'aime pas Luke, avais- je déclaré. Et je me fiche de ce que peut bien en penser le diable. C'est la vérité. »

Freddie m'avait considérée avec la sévérité de son regard hollandais, d'un bleu éclatant malgré son âge. J'en avais hérité, ainsi que de ses cheveux blonds. Elle avait alors posé ses mains fripées sur les miennes.

« Il y a vérité et vérité, Violet. Et certaines vérités, oui, certaines sales vérités ne devraient pas être énoncées tout haut, car le diable pourrait les entendre et venir te chercher. Amen. »

Dans sa jeunesse, Freddie adorait porter de la fourrure, faire la fête, boire des cocktails et entretenir des artistes. Elle ne manquait d'ailleurs pas d'anecdotes folles, pleines d'alcool, de filles légères, de garçons et de disputes.

Un événement particulier avait tout changé néanmoins. Un événement dont elle ne parlait pas. Un événement grave. Beaucoup de gens ont des malheurs à raconter, des malheurs qu'ils confient en gémissant et en sanglotant à qui veut bien les écouter. Autant dire des malheurs sans importance. Ou plutôt sans grande conséquence. Les drames véritablement blessants, ceux qui manquent de vous briser… ceux- là, personne ne s'épanche jamais sur leur compte. Jamais.

J'avais déjà surpris Freddie en train d'écrire, à une heure avancée de la nuit, avec passion et précipitation

– à tel point que le papier se déchirait parfois sous sa plume… Je n'ai jamais découvert s'il s'agissait de son journal intime ou de lettres destinées à des amis.

C'était peut-être la mort de sa fille, noyée alors qu'elle n'était encore qu'une enfant, qui expliquait la religiosité de ma grand-mère. C'était peut-être autre chose. Quoi qu'il en soit, Freddie cherchait à combler un vide. Et elle avait trouvé dieu pour ça. Dieu, et le diable. Parce que l'un ne va pas sans l'autre.

Freddie évoquait constamment le diable, un peu comme s'il s'était agi de son meilleur ami, ou d'un ancien amant. Toutefois, elle avait beau n'avoir que ce mot à la bouche, je ne l'ai jamais vue prier.

J'en ai récité des prières, moi. Adressées à Freddie, après sa mort. Je l'ai fait si souvent au cours de ces cinq dernières années que c'est devenu un réflexe, au même titre que je souffle sur ma soupe lorsqu'elle est trop chaude. Je me suis tournée vers Freddie quand mes parents sont partis. Quand l'argent s'est mis à manquer. Et chaque fois que je me sentais si seule que j'avais l'impression de mieux connaître le sale vent venu du large et sifflant à ma fenêtre que mon frère, qui vivait pourtant à l'étage du dessus.

Et j'ai parlé à Freddie du diable. Je l'ai suppliée de le tenir à l'écart. De me protéger du mal.

Ce qui n'a pas empêché le diable, malgré toutes mes prières, de me trouver.

2

Je vivais avec mon frère jumeau, Luke. Rien que nous deux. Nous avions tout juste dix-sept ans et, légalement, nous n'aurions pas dû rester sans surveillance. Personne n'entreprit aucune démarche, pourtant.

Nos parents étaient des artistes. John et Joelie Iris White. Des peintres. Ils aimaient leurs enfants, mais leur art plus encore. Ils étaient partis en Europe l'automne précédent pour chercher l'inspiration dans des cafés et des châteaux… dépensant le peu qu'il restait de la fortune familiale. J'espérais qu'ils ne tarderaient pas à rentrer, ne serait-ce que pour une seule raison : j'avais besoin d'argent pour m'inscrire dans une bonne fac. Un endroit joli, avec des pelouses vertes et des colonnades blanches, avec des bibliothèques aussi profondes que des grottes et des professeurs portant des coudières.

Je ne me faisais pas trop d'illusions.

Mes arrière-grands-parents, des industriels de la côte Est, avaient amassé une jolie fortune quand ils étaient encore très jeunes. Et ce grâce à des investissements dans les chemins de fer et l'industrie – les trucs qui emballaient tout le monde en ce temps-là. Puis ils avaient légué leur pactole à un grand-père que je n'ai pas connu.

Freddie et lui étaient sans doute les citoyens les plus riches d'Echo, à leur époque, à supposer que ce genre de distinction ait pu signifier quelque chose. D'après Freddie, la fortune des Glenship surpassait la leur, mais dans mon esprit il y avait les riches d'un côté, et les autres. Mon grand-père avait construit une énorme maison sur une falaise, au pied de laquelle venaient s'échouer les vagues. Il avait dompté puis épousé ma grand-mère, et l'avait amenée là, au bord de l'Atlantique, pour lui faire des enfants.

Notre demeure était majestueuse et élégante, belle et imposante. Elle était aussi battue par les vents, rongée par le sel, envahie par les mauvaises herbes, en un mot mal entretenue. Comme une ballerine vieillissante qui paraîtrait encore jeune et souple de loin et qui, de près, aurait les tempes grisonnantes, les yeux ridés et la joue barrée d'une cicatrice.

Freddie l'avait baptisée *Citizen Kane*, en référence au chef-d'œuvre du septième art – ce vieux film aux plans impeccablement cadrés, où Orson Welles se pavane en prenant une voix très grave. On ne peut plus déprimant à mon sens. Désespéré. Surtout, la maison avait été construite en 1929 alors que Citizen Kane n'était sorti qu'en 1941, ce qui signifiait qu'il avait fallu des années à Freddie pour trouver un nom. Peut-être que le film avait eu une résonance particulière pour elle. Je n'en sais rien. La plupart du temps, personne ne savait vraiment expliquer les actes de Freddie. Pas même moi.

Mes grands-parents avaient vécu à Citizen jusqu'à leur mort. Après le départ de nos parents, je m'étais installée dans l'ancienne chambre à coucher de Freddie, au premier. J'avais tout laissé en l'état, je n'avais même pas sorti ses robes du placard.

Je chérissais cette chambre : la coiffeuse au miroir gauchi, les fauteuils crapauds sans accoudoirs, le paravent oriental ouvragé. J'adorais me lover sur le sofa en velours, les pieds posés sur une pile de livres, les rideaux poussiéreux grands ouverts pour voir le ciel. Le soir, les abat-jour à franges violets donnaient à la lumière une teinte entre le lilas et la prune.

La chambre de Luke se situait au second. Je crois que nous appréciions tous les deux cet espace entre nous.

Ce printemps-là, nous avions fini par dépenser les derniers dollars que nos parents nous avaient laissés avant de quitter l'Amérique, plusieurs mois auparavant. Citizen Kane avait besoin d'un nouveau toit, tant le vent venu de l'océan le maltraitait. Quant à Luke et à moi, nous devions manger. Voilà comment j'avais eu l'idée brillante de prendre un locataire. Car Citizen possédait une dépendance, vestige de l'époque où Freddie entretenait des artistes fauchés. Ils s'y installaient pour quelques mois, peignaient son portrait, puis partaient en quête d'une autre ville, d'un autre bienfaiteur, d'une autre bouteille de gin.

J'avais donc préparé une petite annonce pour la maison à louer, et j'en avais collé plusieurs exemplaires en ville, sans grand espoir. Je me trompais.

Je le découvris un jour de début juin. La douce brise qui soufflait s'apparentait à une gifle, donnée par l'été au printemps. L'atmosphère poissait de sel marin. J'étais assise sur les larges marches du perron, face au chemin longeant l'immense étendue bleue. Deux colonnes de pierre encadraient l'imposante porte d'entrée et l'escalier se déversait entre elles deux. De là où je me tenais, l'herbe emmêlée de notre pelouse à l'abandon courait jusqu'à la route de terre battue. Juste derrière, la falaise tombait à pic dans les flots déchaînés.

J'étais donc assise là, alternant entre la lecture d'une nouvelle de Nathaniel Hawthorne et la contemplation du ciel qui, à l'horizon, se confondait avec les vagues, lorsqu'une vieille voiture rutilante s'engagea sur le chemin pour venir se garer devant la maison. Je dis vieille parce que celle-ci datait des années 1950 : belle et imposante, elle devait consommer une quantité d'essence monstrueuse. En revanche, elle était si étincelante qu'on aurait cru qu'elle sortait tout juste du garage. Un enfant le matin de Noël n'aurait pas eu un air plus radieux.

Un garçon en descendit. Il devait avoir environ mon âge, mais je n'aurais pas pu parler d'homme pour autant. Ce garçon, donc, me regarda avec autant de familiarité que si je venais de l'appeler par son prénom. Ce n'était pas le cas pourtant. Je ne le connaissais absolument pas. Grand sans être immense – il mesurait à peine un mètre quatre-vingts –, mince, il n'en était pas moins fort. Ses épais cheveux châtain foncé étaient ondulés et séparés par une raie au milieu… jusqu'à ce qu'une bourrasque montée de l'océan les ébouriffe. Dès le premier regard, son visage me plut. Ainsi que sa peau bronzée, qui devait être exposée au soleil quotidiennement. Et ses yeux marron.

Il m'observait, je lui rendais la pareille.

— Tu es Violet ?

Sans attendre ma réponse, il poursuivit :

— Ouais, c'est ce que je pensais. Je m'appelle River. River West.

« Pour l'éditeur, le principe est d'utiliser des papiers composés de fibres naturelles, renouvelables, recyclables et fabriquées à partir de bois issus de forêts qui adoptent un systèpssme d'aménagement durable. En outre, l'éditeur attend de ses fournisseurs de papier qu'ils s'inscrivent dans une démarche de certification environnementale reconnue. »

PAPIER À BASE DE FIBRES CERTIFIÉES

hachette s'engage pour l'environnement en réduisant l'empreinte carbone de ses livres. Celle de cet exemplaire est de :
480 g éq. CO_2
Rendez-vous sur www.hachette-durable.fr

Imprimé en France par Bussière CPI
à Saint-Amand-Montrond (Cher)
Dépôt légal 1re publication : mai 2014
20.4235.6 - ISBN 978-2-01-204235-3
Édition 01 : mai 2014
N° d'impression : 2008699